Knaus
K

Ihr persönliches, unverkäufliches Leseexemplar

288 Seiten, Klappenbroschur, ca. € 16,99
ISBN 978-3-8135-0503-0
Erscheinungstag: 03.09.2012

Wir bitten Sie, Rezensionen nicht vor
dem Erscheinungstag zu veröffentlichen.

Wir freuen uns auf ihre Meinung* zu »Aber Mutter weinet sehr«.
Bitte per Mail an: meine-meinung@knaus-verlag.de

Unter allen Einsendern verlosen wir 10 Bücher
aus dem KNAUS Programm. Einsendeschluss: 01.08.2012

---

* Ihre Meinung möchten wir eventuell für
Werbezwecke verwenden.

Wolfgang Brenner

Aber Mutter weinet sehr

Psychothriller

Knaus

MIX
Papier aus verantwortungsvollen Quellen
FSC® C014496

Verlagsgruppe Random House FSC-DEU-0100
Das für dieses Buch verwendete
FSC®-zertifizierte Papier *Pamo House*
liefert Arctic Paper Mochenwangen GmbH.

1. Auflage

Satz: Uhl + Massopust, Aalen
Druck und Bindung: GGP Media GmbH, Pößneck
Printed in Germany
ISBN 978-3-8135-0503-0

www.knaus-verlag.de

1. Teil

1

Warum der Teich Mühlenteich hieß, wusste Marie nicht. Es gab weit und breit keine Mühle. Man hatte ihr gesagt, früher sei oberhalb des Teiches eine Mühle betrieben worden, gleich am Waldrand, wo jetzt der verkommene Spielplatz lag, auf dem nie ein Kind zu sehen war – nur streunende Hunde und die Säufer der Gegend. Die Mühle sei aber im Laufe der Jahre verfallen und beim Bau der Siedlung als Steinbruch genutzt worden. Aber was, so hatte sich Marie gefragt, sollte eine Mühle zweihundert Meter vom Mühlenteich entfernt?

Robert war mit dem Kommissar zu dem Teich gegangen. Marie hatte sie vom Küchenfenster aus beobachtet. Die beiden Männer hatten sich zwanglos unterhalten – als wären sie auf dem Nachhauseweg von der Arbeit.

Die Sonne brach durch das Geäst der noch kahlen Platanen, auf den umliegenden Feldern schimmerte ein weiches Grün. Es hätte ein schöner Vorfrühlingstag sein können. Das Licht war weiß und unschuldig, die Luft noch schwer vom langen Winter, hatte aber schon die Würze, die Marie so liebte.

Robert hatte Marie gebeten, im Haus zu bleiben. Er würde das erledigen.

Kommissar Fürbringer hatte nur ernst genickt. Aber Marie ließ sich nichts sagen, nicht jetzt. Auch nicht von Robert, der es ja gut meinte.

Es ging um ihr Kind. Robert war zwar der Vater. Aber sie hatte die gleichen Rechte wie er. Und noch mehr Pflichten, fand Marie.

Robert hatte tatsächlich die Haustür von außen abgeschlossen. Marie kochte vor Wut. Wut war gut, sie betäubte den Schmerz ein wenig, der sie seit Tagen peinigte. Was bildete dieser Kerl sich ein? Wollte er sich vor diesem Fürbringer als Herr im Haus aufspielen? Selbst Männer wie Robert neigten dazu, wenn einer in ihrer Nähe war, den sie bewunderten. Und Robert bewunderte Fürbringer, das spürte Marie.

Sie verachtete Robert deswegen. Nicht weil er einen hölzernen, alten Kriminalbeamten bewunderte. Nein, weil er sie damit zurücksetzte. Ausgerechnet jetzt, in der schwersten Stunde ihres Lebens, wie man früher sagte. Das hätte sie Robert nicht zugetraut.

Sie verließ das Haus über die Terrasse. In kleinen Schritten lief sie hinter den beiden Männern her, die nicht bemerkten, dass Marie ihnen folgte. Beide waren sich so sicher, dass sie der Vernunft gehorchen und im Haus bleiben würde.

»Das stehen Sie nicht durch, Frau Lieser«, hatte Fürbringer mit seiner aufgesetzt klingenden Bassstimme gesagt. Und Robert hatte ihn dabei verschwörerisch angesehen. Wenn es nicht so ernst gewesen wäre, Marie hätte sich schiefgelacht über dieses seltsame Paar. Der Freizeit-Biobauer und der alte Bulle. Eine Karikatur. Aber Marie war nicht zum Lachen zumute. Seit Tagen nicht. Seit Johann weg war. Manchmal glaubte sie, sie würde nie wieder lachen können.

Man hätte es für eine Übung der freiwilligen Feuerwehr halten können.

Männer in blauen Allwetteranzügen und hellgelben Helmen mit Visieren, die aussahen wie die Ritter in Johanns Playmobil-Sammlung, standen um ein rot lackiertes Fahrzeug. Ein Kompressor ratterte – nicht wirklich laut, eher gedämpft, die Anwohner der Siedlung sollten nicht gestört werden. Schließlich war es gerade erst zehn Uhr, manche Senioren saßen beim Frühstück.

Leere Schläuche, aus denen noch Wasser lief, lagen überall herum. Auch auf der Straße, die mit einer Plastikbarrikade abgesperrt worden war. Sie hatten das Wasser aus dem Teich einfach in die Gullis gepumpt. Die liefen nun über. Es stank nach Fäkalien.

Maries Knie wurden weich. Das Atmen fiel ihr schwer. Vielleicht würde sie das wirklich nicht durchstehen.

Sie hatten den Teich völlig leerlaufen lassen. Der morastige Boden sah aus wie eine Mondlandschaft: grau, schorfig, unwirtlich. Marie wunderte sich, wie flach der Teich gewesen war. Sie hatte immer angenommen, die schwarzgrüne Brühe sei mehrere Meter tief. Ein dunkler Kindersinn hatte ihr von jeher Angst vor diesem Ort eingeflößt. Nun sah sie, wie lächerlich diese Angst gewesen war. Ein Erwachsener hätte den Teich durchwaten können, ohne zu ertrinken.

Überall lagen Sachen, die hier nicht hingehörten. Mehrere Autoreifen, zur Hälfte im Schlick versunken. Eine große Blechdose mit dem Aufdruck einer Tankstellenkette. Ein Stuhl, der noch wie neu aussah. Ein knallrotes Bobbycar, das Marie schon bei einem der Nachbarskinder gesehen hatte. Und ein Fahrrad. Neben dem Fahrrad stand ein Mann in einem weißen Overall und signalgelben Gummistiefeln. Er trug einen Mundschutz. Das war einer von Fürbringers Leuten. Zu seinen Füßen lag das Bündel.

Es war kaum noch als ein Mensch zu erkennen – so verkrümmt und aufgedunsen wie es war.

Die beiden Männer hatten den Teich fast erreicht. Robert blieb stehen. Fürbringer ging einfach weiter und redete.

Robert fasste sich mit beiden Händen an die Stirn. Marie glaubte, dass er schrie, aber sie hörte nichts.

Dann rannte Robert zum Haus zurück. Jetzt drehte auch Fürbringer sich um. Als er Marie auf den Teich zukommen sah, schüttelte er heftig den Kopf und gab seinen Leuten Anweisungen.

Die Feuerwehrleute wurden auf Marie aufmerksam. Einer ließ einen Schlauch fallen, die schwere Metallschelle klirrte auf dem Asphalt.

Robert zitterte am ganzen Körper. Wie ein Aal. Er umarmte Marie. Marie war das unangenehm. Wegen des Zitterns und weil sie jetzt nicht umarmt werden wollte.

Robert schluchzte. Er sagte Maries Namen.

Sie machte sich los. Nicht nachdrücklich, sondern vorsichtig. Robert tat ihr leid. Aber er spielte gerade keine Rolle. Marie hatte etwas Wichtigeres zu tun. Ein Programm setzte in ihrem Kopf ein. Das Marie-Programm. In letzter Zeit war sie froh, dass sie über dieses Programm verfügte. Es gab ihr Halt, wenn ihre normalen Kräfte versagten.

Marie ließ Robert einfach stehen. Sie ging weiter.

Die Feuerwehrleute waren meist Jugendliche aus dem Ort, deren Eltern Marie gut kannte – sie sah in ihren Gesichtern Erschrecken und gleichzeitig eine wohlige Neugier.

Fürbringer kam ihr entgegen. Er sagte etwas Ernstes, was Marie jedoch nicht verstand. Es interessierte sie nicht. Sie ging einfach weiter. Fürbringer hielt sie am Ärmel fest. Marie riss sich los. Ein weiterer Polizist in einem weißen Overall stellte sich ihr in den Weg. Doch als sie unbeirrt weiterging, machte er ihr Platz.

Ihre Füße versanken im Schlick. Die Schritte wurden schwerer. Marie wunderte sich, wie warm der Schlick war. Warm und angenehm feucht. Man hätte darin ganz versinken können – versinken und alles hinter sich lassen, versinken in unendliche Tiefen, in die das Leid ihr nicht folgen konnte. Aber Marie war noch nicht so weit. Erst musste sie noch zu Johann. Erst musste sie noch ihr Kind sehen.

Der Mann im weißen Overall wollte eine Plane über die Leiche decken. Doch ein Blick von Marie hieß ihn, damit zu warten. Marie bückte sich.

Sie sah kein Gesicht. Nur den Hinterkopf. In die Nackenmuskeln hatten Maden kleine Kanäle gefressen. An einer Stelle war der Schädel bereits kahl. Die Haut war weiß und dennoch wie Leder. Die kleinen Hände waren geschwollen und ineinander verkrallt, wie ein geplatzter Fußball sahen sie aus.

Marie wunderte sich schon wieder, wie gelassen sie war. Das machte das Programm. Erst wenn das Programm das Signal dazu gab, würde sie loslassen. Vorher tat sie alles das, was getan werden musste, mit kühler Zielstrebigkeit. Da war sie anders als Robert. Sie war eben die Mutter. Vielleicht machte das den Unterschied.

Die Farben der Kleider hatten nicht gelitten. Die hellrote Jacke und die braune Cordhose sahen aus, als kämen sie gerade aus der Waschmaschine. Nur die Profilsohlenschuhe hatte das Wasser ausgewaschen. Sie gingen aus den Nähten, die Schnürsenkel hatten sich aufgelöst.

Marie richtete sich auf. Sie trat den Rückzug an. Der Schlick reichte ihr schon bis über die Knöchel. Er lief in ihre halbhohen Schuhe.

Als sie festen Boden betrat, schienen ihre Füße schwerer geworden zu sein. Es quietschte bei jedem Schritt. Das klang eigenartig.

Fürbringer trat auf sie zu. »Tut mir leid«, sagte er leise. Es klang wie: Selber schuld, wenn Sie nicht hören.

Marie konnte ihm das nicht ersparen: »Das ist nicht mein Junge.«

»Was?!« Fürbringer schaute sich um, als könnte er die Blamage vor seinen Mitarbeitern noch irgendwie verbergen.

»Die Kleider. Solche Kleider hat Johann nie getragen.«

»Aber …«

»Ich bin mir sicher: Das ist nicht Johann. Möglicherweise ist es der Sohn des Metzgers. Der ist vor einem halben Jahr verschwunden. Das ist auch sein Fahrrad. Ich glaube, er war etwas behindert. Sie haben damals den Teich nicht abgesucht.«

Wie sich später herausstellte, handelte es sich bei der Leiche wirklich um Timo Scheib, den Sohn des Bubacher Metzgers. Er hatte eine leichte geistige Behinderung gehabt. Timo war mit dem Fahrrad in den Teich gefahren, beim Sturz ohnmächtig geworden und ertrunken. Da der Teich weit weg lag vom Wohnhaus der Eltern, war er nicht abgesucht worden. Timo Scheib war neun Jahre alt geworden. Zwei Jahre jünger als Johann.

2

Bubach war ideal. Es gab eine S-Bahnstation. Man war in nicht mal zwanzig Minuten im Zentrum der nahen Stadt. Bubach hatte gerade mal 2500 Einwohner. Die, die länger hier wohnten, kannten sich alle. Es gab genug Ärzte, eine Apotheke, drei Schulen, zwei Supermärkte – keine Shopping-Ungetüme, sondern mittelgroße, einladende Geschäfte, zwei Pizzerien und ein Restaurant, das für sich als »Gourmettempel« warb. Bubach lag im Grünen, inmitten von Feldern und Wäldern. Es gab genug Platz, die Luft war gut, die Leute hatten Zeit und waren freundlich.

Robert und Marie hatten nach ihrer Heirat eine Weile in der Stadt gewohnt. Roberts alte Wohnung lag nicht weit von der kleinen Firma, die er damals betrieben hatte, einem Elektrogroßhandel. Doch dann war er mit dem Geschäft pleitegegangen.

Für Marie war das eine schwere Zeit gewesen. Er hatte ihr die Notlage seiner Firma lange verschwiegen. Marie war aus allen Wolken gefallen, als der Elektrohandel von einem Tag auf den anderen hatte schließen müssen.

Natürlich war sie nicht ganz unschuldig an ihrer Arglosigkeit gewesen.

Sie hatte sich ganz auf Robert verlassen. Warum auch nicht? Marie hatte damals als Erzieherin gearbeitet und gerade so viel verdient, dass es für sie allein zum Leben reichte. Für den gemeinsamen Haushalt aber benötigten sie die Einkünfte aus Roberts Selbständigkeit.

Ein bisschen fühlte sich Marie von Robert hintergangen.

In ihren Augen hatte es eine stillschweigende Abmachung zwischen ihnen gegeben: Robert versorgte die Familie mit seinem Geschäft, während sie etwas dazuverdiente und Robert mit ihrer häuslichen Arbeit den Rücken freihielt. In dieser Hinsicht hatte er sich nicht an die Abmachung gehalten und sie nicht einmal vorgewarnt. Von der Schieflage des Geschäfts erfuhr Marie erst an einem verregneten Aprilmorgen, als der Gerichtsvollzieher an ihrer Haustür klingelte und in die Wohnung wollte, um zu sehen, ob sich dort pfändbare Werte befanden.

Das alles hätte Marie vielleicht hingenommen, denn es ging ja bloß um Geld, und das hatte ihr nie viel gegolten. Aber ausgerechnet in dieser Krisenzeit stellte sie fest, dass sie schwanger war.

Als sie Robert diese Neuigkeit hinterbrachte, hatte er die Hände vors Gesicht geschlagen und gesagt: »Warum muss das ausgerechnet mir passieren?«

Marie hatte sich damals vorgenommen, sich sofort von Robert zu trennen, wenn er von ihr verlangen sollte, das Kind abzutreiben. Sie spürte deutlich, dass er kurz davor war. Aber er tat es nicht. Also blieb sie bei ihm – obwohl ihr klar geworden war, dass sie sich selbst um ihr Kind und um sich kümmern musste.

Schweren Herzens hatte sie ihre damals schon gebrechlichen Eltern gebeten, ihr das Haus in Bubach zu überschreiben. Die alten Leute hatten es sofort getan, als sie erfuhren, dass Marie ein Kind erwartete. Das Angebot ihrer Tochter, das große Haus in Bubach gemeinsam zu bewohnen, hatten sie abgelehnt – Marie hatte deutlich gespürt, dass ihre Eltern ins Altersheim gingen, um nicht mit Robert zusammenwohnen zu müssen. Sie hatten der neuen Familie Platz gemacht.

So hatte Marie es ganz allein geschafft, dass sie ein großes Haus mit Garten besaßen, als Johann zur Welt kam.

Der Junge wuchs in einer Idylle auf. Er sah Bauernhöfe und Tiere auf der Weide, er hatte Schulfreunde, deren Väter noch richtige Handwerker waren. Und Robert, der eine Stelle als Berufsschullehrer gefunden hatte, konnte endlich seinen Biogarten anlegen. Platz war genug da. Er hatte einen Stall für Hühner, Puter und zwei Schweine. Er baute auf einem schmalen Streifen hinter dem Haus Gemüse für die Familie, Blumen für Marie und Futter für die Tiere an. Es gab in der Nähe des Hauses mehr Wiesen, als er brauchte, und deren Besitzer hatten ihm erlaubt, sie zu mähen, bis sie zu Bauland erklärt wurden.

Marie war nicht ganz so begeistert gewesen wie Robert. Es war ihr Elternhaus, in das sie zogen, sie verband damit nicht nur angenehme Kindheitserinnerungen. Sie befürchtete, wieder unter der Enge und den schlechten Erinnerungen zu leiden, wenn sie nach Bubach zurückzog.

Aber Robert hatte Marie, als er von der Möglichkeit erfuhr, mietfrei in ihrem Elternhaus wohnen zu können, mit seinen vernünftigen Argumenten überzeugt.

Marie war ein Einzelkind. Sie musste keine Geschwister ausbezahlen. Sie nahm, weil das Erzieherinnengehalt zu spärlich war, einen besser bezahlten Halbtagsjob als Buchhalterin in einem kleinen Bubacher Verpackungsmittelbetrieb an. Nun konnte sie zu Fuß zur Arbeit gehen, während Robert mit der S-Bahn zu seiner Schule im Stadtrandgebiet fuhr und ihr den Wagen ließ, falls sie ihn für Johann brauchte.

Alles war gut.

Nur dass auf Johann kein zweites Kind folgte, das machte Marie zu schaffen.

Es quälte sie. Wie jedes Einzelkind hielt sie es für eine Tragödie, ohne Geschwister aufzuwachsen. Sie hatte es als selbstverständlich angesehen, dass Johann nicht ihr einziges Kind bleiben würde. Aber es war so. Die Ärzte sagten, es gebe keine medizinische Erklärung dafür. Eine Weile versuchten Robert und Marie alles – Marie eigentlich mehr als Robert, aber das nahm sie ihm nicht übel. Doch irgendwann verließ auch sie die Hoffnung. Marie überlegte, ob sie ein Kind adoptieren sollten. Aber Robert sperrte sich. Erst nur zaghaft, dann aber so vehement, dass Marie verstand: Es blieb dabei.

Sie hatte gehofft, dass sich seine anfänglich ablehnende Haltung zu Kindern legen würde, wenn sie wirtschaftlich wieder besser dastanden. Zudem hing Robert sehr an seinem kleinen Sohn Johann. Aber er wollte kein zweites Kind.

Umso mehr kümmerte Marie sich um Johann. Der Junge wuchs sehr behütet auf. Wenn er krank war, blieb sie zu Hause, egal, was sie bei dem Tütenhersteller sagten. Sie waren dort auf Marie angewiesen, nicht umgekehrt. Robert verdiente als Lehrer nun genug Geld. Da sie keine Miete zahlten und auch sonst nicht viel brauchten – im Sommer lebten sie quasi von Roberts Biolandbau –, hätte Marie auch aufhören können zu arbeiten.

Als Johann acht Jahre alt war, begann er, sich von Marie zurückzuziehen. Seine Mutter schien ihm mit ihrer Fürsorge ein wenig auf die Nerven zu gehen. Er sagte das nicht, aber sie spürte es. Er schloss neue Freundschaften in der Schule und verbrachte mehr Zeit draußen. Er bekam ein Fahrrad und war immer unterwegs. Zum Fußballplatz, zu einem Bauernhof, wo die Jungen aushelfen durften, zu den Klassenkameraden, die alle in Bubach oder der näheren Umgebung wohnten.

Marie stand schlimme Ängste durch. Sie hatte Angst, dass er mit dem Fahrrad, das sein Vater ihm geschenkt hatte, unter einen der riesigen Trecker kam, mit denen die Bauern der Gegend ihrer Meinung nach ziemlich rücksichtslos durch den Ort rasten. Sie hatte Angst, dass er sich auf einem der Höfe, wo monströse Maschinen im Einsatz waren, verletzen könnte. Obwohl sie selbst in Bubach aufgewachsen und mit der Landwirtschaft vertraut war, hatte sie Angst, dass er von einem großen Stalltier angegriffen werden könnte. Oder dass er beim Spielen vom Heuboden fiel. Dass ihn ein Linienbus erfasste. Oder einer der jungen Motorradrowdys auf ihren schweren Maschinen, die wie Hornissen durch den Ort schwirrten.

Nur daran, dass das geschehen könnte, was dann geschah, dachte sie nicht.

Johann war um 19 Uhr nicht zu Hause gewesen.

Um 19 Uhr aßen sie. Jeden Abend. Marie schnitt frisches Brot und nahm die selbst gerührte Butter aus dem Kühlschrank. Sie schnitt von dem Schinken ab, den Robert im Räucherhaus aufbewahrte und den Johann liebte, weil man an den Scheiben nuckeln konnte. Sie kochte Tee aus den selbst gezogenen Pfefferminzpflanzen, die so stark rochen und so intensiv schmeckten, dass selbst der Junge sie mochte. Sie schnitt eingelegte Gurken auf und rührte frischen Quark an.

Als sie fertig war, war Johann immer noch nicht da.

Sie ging zum Fenster und schaute die Straße hinunter. Manchmal sah sie ihn kommen. Er war immer müde vom Toben und musste sich anstrengen, auf dem Rad die leichte Steigung zu ihrem Haus hoch zu bewältigen.

Johann war nicht zu sehen.

Um zehn nach sieben kam Robert aus seinem kleinen Arbeitszimmer, wo es streng roch und er seine Schulstunden vorbereitete. Er begann sofort zu schimpfen.

»Jetzt reicht es. Der Junge wird immer dreister. Viertel nach. Dabei weiß er, dass wir um Punkt sieben zu Abend essen. Das gibt erst mal Hausarrest für die nächsten Tage.«

Marie sagte: »Du bist doch auch zu spät.« Sie wollte die Situation entkrampfen. Aber Robert wurde nur noch wütender: »Natürlich musst du ihn auch noch verteidigen. Deshalb kann er sich ein solches Benehmen ja auch erlauben. Weil er weiß, du hältst zu ihm.«

Sie schwiegen beide, setzten sich aber nicht an den gedeckten Tisch. Solange Johann noch nicht da war, würden sie das nicht tun. Wenigstens das, dachte Marie.

Draußen dämmerte es bereits. Langsam wurde auch Marie wütend. Johann wusste doch, dass sie sich Sorgen machte. Dass sie sich immer Sorgen machte. Auch wenn ihm das auf die Nerven ging, so konnte sie doch wenigstens verlangen, dass er sie nicht warten ließ. Nicht um diese Zeit.

Halb acht. So spät war Johann noch nie nach Hause gekommen.

Robert wählte die Handynummer des Jungen. Marie war dagegen gewesen, dass er ihm ein Handy kaufte. Jetzt war sie heilfroh. Wie einfach das war. Man rief sein Kind an, wenn es spät dran war. Schon wusste man, woran man war.

Robert wartete. »Der kann sich auf etwas gefasst machen«, stieß er hervor. Er klang wie kurz vorm Ersticken. Warum war er immer so angespannt?

Dann drückte er die Verbindung weg. »Abgeschaltet. So ein Blödian. Wieso habe ich ihm ein Handy gekauft, wenn er es immer abschaltet?«

Marie spürte, dass sich alles in ihr zusammenzog. In solchen Situationen tat jeder Atemzug weh. Es war, als würde eine Schraubzwinge ihren Brustkorb zusammendrücken. Die kleinste Aufregung schlug ihr sofort auf die Lunge. Schon als Kind.

Robert sprach kein Wort mehr. Er kochte vor Wut. Marie fürchtete, dass er den Jungen hart bestrafen würde. Aber noch mehr Angst hatte sie davor, dass Johann nicht kam. Dass er einfach nicht nach Hause kam. Vielleicht sogar aus Angst vor Robert, vor seinem Vater.

In letzter Zeit verstanden sich die beiden nicht besonders. Johann muckte auf. Und Robert fand, dass der Junge sich zu viel herausnahm. Er wollte, dass auch Marie strenger mit ihrem Sohn war. Aber Marie konnte das nicht. Sie verstand Johann ja. Auch ihr behagte Roberts Härte nicht. Sie fand, dass sie unverhältnismäßig war. Und sie vermutete, dass es Robert gar nicht um den Jungen ging. Marie hatte ihren Mann in einem schrecklichen Verdacht: Wollte er mit seiner Härte gegen Johann nicht sie strafen? Möglicherweise dafür, dass sie das Kind zur Welt gebracht hatte, obwohl er dagegen gewesen war – obwohl es ihm wirtschaftlich schlecht ging damals.

Wenn jemand sie wirklich treffen wollte, dann gelang ihm das am besten über Johann.

Marie musste etwas tun. Sie konnte es nicht zulassen, dass die Angst weiter so ungebremst in ihr wütete. Irgendwann war sie nur noch eine Hülle, in der sich fremde Kräfte austobten. Dann war sie nicht mehr dazu fähig, etwas zu unternehmen. Also musste sie es jetzt tun.

Sie ging in Johanns Zimmer und lüftete es. Dann zog sie die Klassenliste aus der obersten Schublade des Schreibtisches. Sie setzte sich auf den kleinen Stuhl und begann zu telefonieren.

Marie riss sich zusammen. Auf keinen Fall durfte sie panisch klingen. Sie sprach mit anderen Müttern, und sie wusste, dass diese Art von Panik sich unter Müttern leicht übertrug. Sie würde es sich nie verzeihen, wenn sie die Angst weiterverbreitete und sich dann in der nächsten Viertelstunde herausstellte, dass alles nur ein Fehlalarm war. Wer sich so etwas erlaubte, den behandelten sie in Zukunft mit Vorsicht. Marie wusste, dass jeder falsche Ton auf Johann zurückfallen würde.

Es gelang ihr. Keine der Mütter schöpfte Verdacht.

Es kostete Marie drei Anrufe. Dann wusste sie, dass Johann den späteren Nachmittag bei seinem Freund Leo verbracht hatte – zum Leidwesen von Leos Mutter am Computer. Johann war um zehn vor sieben nach Hause aufgebrochen. Mit seinem Rad. Er fuhr immer mit dem Rad.

»Ist er denn noch nicht zu Hause?«, fragte Leos Mutter. In ihrer Stimme hatte sich ein gefährlicher Unterton eingeschlichen.

Wie spät war es mittlerweile?

Viertel vor acht.

»Er kommt gerade die Tür herein. Na, der kann sich auf was gefasst machen.« Marie legte etwas zu schnell auf.

Robert erschien in der Tür. »Und?«

»Er war bei Leo. Bis kurz vor sieben.«

Robert sagte nichts. Aber Marie sah ihm an, dass er nun auch Angst hatte.

Das war schlimmer als alles andere: Als das Geschimpfe und die Drohungen. Robert hatte Angst um Johann. Robert, der sonst nie Angst hatte.

Er ging hinaus und kam wenig später in seiner Jacke zurück. »Ich fahre den Weg ab.«

Marie sprang auf. »Warte! Ich komme mit.« Warum? Um zu verhindern, dass er Johann bestrafte, wenn er ihn fand?

»Bleib du mal hier!«

Marie wollte schon protestieren, doch dann fügte Robert fast sanft hinzu: »Sonst ist niemand da, wenn er in der Zwischenzeit nach Hause kommt. Oder wenn er anruft.«

3

Selbst wenn Marie gewollt hätte – sie hätte es niemals geschafft, vom Fenster wegzukommen. Sie wusste, wie lange Robert für den Weg zum Haus von Leos Eltern und zurück brauchen würde. In ihrem Kopf lief eine Uhr. Sie spürte jede Sekunde wie einen Schlag, der durch ihren ganzen Körper ging.

Robert kam nicht.

Marie hielt immer noch das Telefon in der Hand. Es war von ihrem Handschweiß feucht geworden. Sie wischte ihn mit dem Stoff ihrer Bluse weg. Ob sie Leos Mutter anrufen und fragen sollte, ob Robert sich noch bei ihr aufhielt? Nein.

Wenn er nicht zu der von ihr berechneten Zeit zurückkam, konnte das nur heißen, dass er Johann auf seinem Nachhauseweg nicht gefunden hatte und nun in einem weiteren Umkreis nach dem Jungen suchte.

Halb neun. Jetzt war es draußen dunkel. Gut, dass der Junge Licht an seinem Rad hatte, sagte sie sich – und kam sich im selben Moment unsagbar blöd vor. Es war halb neun, ihr elfjähriger Sohn war seit eineinhalb Stunden überfällig, und sie beruhigte sich damit, dass er Licht an seinem Rad hatte.

Am Ende der Straße, dort, wo der Mühlenteich war, tauchten zwei Scheinwerfer auf. Robert?

Komisch, jetzt erst fiel Marie auf, dass die ganze Zeit, während sie am Fenster saß, kein Fahrzeug vorbeigekommen war. Hatte das etwas zu bedeuten?

Sie wohnten an keiner Durchgangsstraße. Und es war schon fast neun Uhr. Um diese Zeit gab es nie viel Verkehr. Das Auto hielt an einem anderen Haus. Eine Frau und Kinder stiegen aus. Die Kinder lärmten. Die Frau wies sie zurecht.

Marie kamen die Tränen.

Wo blieb Robert nur?

Er hatte doch sein Handy dabei. Warum rief er nicht an?

Sie wählte seine Handynummer. Mit fliegenden Fingern. Sie wunderte sich, dass sie die Nummer auswendig kannte. Sie rief ihn so selten an. Marie hatte kein Handy. Sie brauchte so etwas nicht. Sie war etwas altmodisch. Im Vergleich zu Robert. Und zu Johann.

Sie musste das Telefon weglegen, ein Weinkrampf schüttelte sie.

Wenn dem Jungen etwas passiert war, was tat sie dann? Ohne Johann würde sie nicht mehr leben wollen. Warum konnte sie nicht für ihn sterben? Wie süß das für eine Mutter sein musste – mit ihrem Leben ihr Kind zu retten.

Doch dann fasste sie sich wieder. Sie schnäuzte sich die Nase und wählte erneut Roberts Handynummer. Es läutete. Er hatte sein Handy also eingeschaltet. Vorbildlich.

Es läutete weiter. Sie dachte an Roberts Klingelton. Marie fand ihn albern. Die Erkennungsmelodie einer Fernsehserie aus den achtziger Jahren. Sie glaubte, diese Melodie zu hören. Doch das war unmöglich.

Es läutete und läutete. Robert ging nicht ran. Die Mailbox schaltete sich ein.

Marie legte auf. Robert musste doch wissen, dass sie es war, die ihn zu erreichen versuchte. Möglicherweise sah er es sogar auf seinem Display. Warum ging er nicht ran? Warum ließ er sie zappeln? Er wusste doch, wie es um sie stand, dass sie schier starb vor Sorge um ihr Kind.

Sie wählte die Nummer von Johanns Handy. Vielleicht hatte der Junge es ja inzwischen eingeschaltet. Vielleicht wartete er sogar auf ihren Anruf, auf den Anruf seiner Mutter.

Mit klopfendem Herzen horchte sie. Warum dauerte es bei Handynummern immer so lange, bis die Verbindung hergestellt war?

Wie schön wäre es, wenn er jetzt abnehmen und etwas zu ihr sagen würde. Etwas Tröstliches, was den Knoten, der sie zu ersticken drohte, löste. Nur ein, zwei Worte. Worte, an denen sie erkannte, dass es ihrem Kind gut ging. Dafür hätte Marie in diesem Moment alles gegeben.

Nichts. Johanns Handy war immer noch abgeschaltet. Obwohl er doch eigentlich wissen musste, dass seine Eltern ihn zu erreichen versuchten. Er war doch so ein kluger Junge.

Autoscheinwerfer. Marie erkannte Roberts Wagen.

Endlich.

Sie rannte ihm entgegen. Sie machte absichtlich Lärm im Flur. Lärm, um nicht hören zu müssen, dass womöglich nur eine Tür zugeschlagen wurde.

Robert war schon an der Haustür. An seinem Gesicht erkannte sie, dass er ohne den Jungen gekommen war. Robert sah aus wie sein Vater. Wie sein Vater, als es ihm damals so schlecht ging. Kurz bevor er starb. Genauso sah Robert jetzt aus. Er sah dem alten, totkranken Mann zum Verwechseln ähnlich.

Er wollte an ihr vorbei. Doch sie stellte sich ihm in den Weg.

Er konnte ihr nicht in die Augen schauen. »Du kennst ihn ja. Er hat die Zeit vergessen.«

Sie war ihm dankbar, dass er nicht sagte: Der kann was erleben.

Robert schob sie beiseite. Er ging ins Bad. Sie hörte ihn husten. Dann wurde es still.

Marie horchte. Was tat er? Weinte er? Robert doch nicht.

Dann wurde die Spülung betätigt. Wasser lief.

Er kam zurück. Rote Augen. Robert zitterte.

Er ging hin und her, wie jemand, dem entfallen war, was er gerade tun wollte.

Doch dann blieb er abrupt stehen. Er schaute sie an. Sein Blick war leer, so als hätte er getrunken, was Robert nie tat, wenn er Auto fuhr.

»Nur um sicherzugehen«, sagte er. Er biss sich auf die Unterlippe. »Ich glaube, wir sollten anrufen.«

Obwohl sie es wusste, fragte sie: »Wo?«

»Einfach nur, um uns Rat zu holen.«

»Rat?«

»Ja, Rat. Bei der Polizei.«

4

Zuerst kam nur ein Zivilfahrzeug. Sie wollten sich wohl versichern, dass etwas dran war an der Sache. Robert sprach mit ihnen. Sie gingen hinaus zu seinem Wagen. Er öffnete die Kofferraumhaube. Marie sah, dass sich die beiden Polizisten anschauten. Einer ging zu ihrem Fahrzeug, um zu telefonieren.

Nach nur zehn Minuten kamen sie mit drei Autos, ein Streifenwagen und zwei zivile.

Ein dicklicher Mann um die sechzig führte fortan das Gespräch. Er hatte graues Haar, das wie angeknabbert aussah. Er erinnerte Marie an den neuen schwäbischen Ministerpräsidenten – und er sprach auch wie dieser etwas ältere Politiker. Sein Teint war ungesund, und unter seiner Jacke trug er Hosenträger, was Marie ganz unpassend fand.

Er hieß Fürbringer, und er sagte, in der ganz großen Mehrzahl der Fälle stelle sich nach wenigen Stunden heraus, dass das vermisste Kind sich verlaufen habe oder ausgebüxt sei.

»Johann verläuft sich nicht. Nicht hier. Er kennt sich besser aus als ich«, sagte Marie kalt. Sie wollte nicht mit Allgemeinplätzen beruhigt werden.

Fürbringer war etwas genervt. »Gab es Streit mit Johann?«

Marie schüttelte den Kopf. Robert sagte: »Kleine Reibereien. Wie überall.«

Fürbringer gab seine Anweisungen. Marie begriff, dass während sie hier sprachen, andere Beamten schon auf der Suche waren. Fürbringer telefonierte mit ihnen.

Dann fragte er nach Leo. Auch bei Leos Eltern befand sich bereits einer von Fürbringers Männern und stellte Fragen. Damit war nun auch für Leos Mutter klar, dass etwas nicht stimmte. Aber das war Marie jetzt egal.

»Ist der Junge schon mal zu spät gekommen?«, fragte Fürbringer.

»Oft«, sagte Robert und lachte eigenartig.

»So spät wie heute?«, fragte Fürbringer.

Robert schwieg.

»Noch nie«, antwortete Marie. Sie fühlte sich übergangen. Warum wandte sich dieser Fürbringer mit seinen Fragen erst an Robert und dann an sie? Hielt er ihre Angaben etwa für weniger verlässlich als die des Vaters?

Fürbringer ging zum Telefonieren hinaus. Marie und Robert blieben in der Küche zurück. Sie vermieden es, sich anzuschauen. Fürbringer sprach leise, ab und zu waren Sprachfetzen zu hören. Er gab Anweisungen für den Fortgang der Suche.

»Was ist in deinem Kofferraum?«, fragte Marie.

Obwohl er außerhalb des Scheins der tief über dem Küchentisch hängenden Lampe stand, sah sie, dass Robert rot wurde.

»Warum darf ich es nicht sehen?«

»Ich wollte …« Robert räusperte sich. Er war ihr plötzlich so fremd, dabei war er doch ihr Mann, der Vater ihres Kindes. »Ich dachte, ich muss dich schonen.«

»Schonen?« Marie wurde laut. »Du willst mich schonen? Ich bin die Mutter, hast du das vergessen?«

Er schaute weg. Es war ihm peinlich. Marie kränkte das.

Nicht dass es ihm peinlich war, dass sie sich wehrte, kränkte sie.

Vielmehr, dass ihm in dieser Situation überhaupt etwas peinlich war. Sie waren doch nicht bei einem Kaffeekränzchen. Ihr Kind war verschwunden. Ihr einziges, über alles geliebtes Kind war verschwunden. Und Robert war es peinlich, dass sie sich nicht ausschließen lassen wollte von dem, was gerade unternommen wurde.

Marie sah, dass zwei Männer in weißen Overalls mit großen Klarsichttüten die Auffahrt hochkamen und zu Roberts Wagen gingen.

Sie musste sehen, was im Kofferraum war, bevor sie es in die Tüten stopften und fortschafften. Aus irgendeinem Grund ging Marie davon aus, dass Robert es nicht zulassen würde, dass sie das Haus verließ und in seinen Kofferraum schaute. Deshalb tat sie so, als ginge sie bloß in ein anderes Zimmer. Robert hielt sie nicht auf. Auch an Fürbringer ging sie vorbei. Er drehte ihr den Rücken zu, um weitertelefonieren zu können, ohne dass Marie mithörte.

Erst als sie die Haustür erreicht hatte, bemerkte sie, dass Robert ihr folgte. Doch jetzt war sie für ihn unerreichbar. Sie schlug die Tür hinter sich zu.

Draußen war es kühl geworden, die Abendkälte verschlug ihr den Atem. Und in dieser Kälte irrt mein Kind umher, dachte sie noch. Dabei war es fast April. Dann hatte sie auch schon den Wagen erreicht. Der Kofferraumdeckel stand offen. Die beiden Männer in den weißen Overalls beugten sich hinein. Sie trugen transparente Handschuhe.

Marie wurde langsamer, sie blieb aber nicht stehen. Sie dachte nicht daran stehen zu bleiben. Ihr Programm trieb sie an: leise, aber unerschütterlich. Sie musste es tun. Sie war die Mutter. Sie durfte sich nicht »schonen« lassen, was immer Robert damit auch meinte.

Im Kofferraum brannte ein schwaches Licht. Es sah fast gemütlich aus. Vor allem wegen der graublauen Teppichbodenreste aus ihrem Schlafzimmer, die Robert fachgerecht in seinen Kofferraumboden verlegt hatte. Früher hatte sie diesen Ordnungssinn an ihm gemocht, jetzt widerte der Teppichboden im Kofferraum sie an.

Die weißen Männer hatten es fast geschafft. Sie hatten das Fahrrad in zwei Plastikplanen eingeschlagen. Einer stopfte noch die giftgrüne Strickmütze dazu. Sie gehörte Johann. Ebenso wie das Fahrrad.

5

Marie saß in der Küche am Fenster und schaute hinaus. In die Dunkelheit.

Sie wartete. Die ganze Nacht.

Sie hatte mit Robert gestritten. Im Beisein der Polizisten und auch noch, als die Polizisten schon gegangen waren. Möglicherweise waren sie auch deshalb gegangen: Weil Marie unentwegt mit Robert gestritten hatte.

Es war um das Fahrrad und um die Mütze gegangen. Marie hatte Robert vorgeworfen, dass er sie im Unklaren gelassen hatte und dass das schlimmer gewesen sei als die Wahrheit. Die Wahrheit, dass er Johanns Fahrrad auf halbem Weg zwischen seinem Freund Leo und seinem Zuhause gefunden hatte. Am Straßenrand. Einfach hingeworfen. Und die Mütze – seine giftgrüne Lieblingsmütze, die er fast nie auszog, die er oft beim Essen und manchmal sogar nachts im Bett anließ, so dass sie schon unangenehm zu müffeln begann – diese Mütze hatte Robert nur wenige Meter weiter im Straßengraben gefunden. Und er hatte beides einfach in den mit blaugrauen Teppichbodenresten ausgelegten Kofferraum seines Wagens gelegt und war nach Hause gefahren. Er hatte den Wagen mit dem Fahrrad und der Mütze seines Sohnes in der Auffahrt geparkt und war ins Haus gegangen, wo Marie auf ihn gewartet hatte.

Und er hatte Marie nicht gesagt, dass er das Fahrrad und die Mütze Johanns am Straßenrand gefunden hatte. Weil er sie »schonen« wollte. So hatte er das formuliert.

Marie ahnte, was er damit meinen könnte. Dass die Wahrheit über ihre Kräfte ging. Dass er sie nicht damit konfrontieren wollte. Aus Rücksicht auf ihre Nerven. Dass er ihr Zeit lassen musste, das zu verstehen, was nicht zu verstehen war.

Aber sie war die Mutter von Johann. Ihr stand es zu, die Wahrheit über sein Verschwinden zu erfahren. Sie war stark genug. Jede Mutter war stark genug.

Marie spürte, dass Robert sich etwas vormachte. Er wollte nicht sie, er wollte eigentlich sich schonen. Er konnte jetzt keine Tränen und keinen Nervenzusammenbruch brauchen. Robert wollte sich auf das in seinen Augen Wichtigste konzentrieren. Dabei sollte Marie ihn nicht stören. Deshalb hatte er sie außen vor gelassen – nicht um sie zu schonen, wie er behauptete. So war Robert eben; er machte am liebsten alles mit sich selbst aus und hasste es, dabei von Marie gestört zu werden.

Die Polizisten waren übrigens auch nicht gerade begeistert von Roberts Eigenmächtigkeit. Sie hätten es vorgezogen, wenn er Fahrrad und Mütze nicht angerührt und dort liegen gelassen hätte, wo er sie gefunden hatte. Das andere – dass er seiner Frau davon nichts gesagt hatte – interessierte sie nicht. Irgendwie hatte Marie den Eindruck, dass dieser Fürbringer sowieso der Meinung war, dass man Marie so weit wie möglich von den Ermittlungen fernhalten sollte. Wahrscheinlich hielt er sie für leicht hysterisch. Und der Streit, den sie mit Robert wegen des Fahrrads vom Zaun gebrochen hatte, hatte ihn in dieser Haltung noch bestärkt.

Aber welche Frau würde sich so etwas gefallen lassen? Dass der eigene Mann ihr Informationen über den Verbleib ihres vermissten Kindes vorenthielt. Musste man auf so etwas nicht hysterisch reagieren?

Irgendwann hatte Robert nichts mehr zu sagen gehabt. Er war in Johanns Zimmer verschwunden. Marie hätte ihn in dieser Nacht sowieso nicht an ihrer Seite ertragen können. Allerdings fand sie es rücksichtslos von ihm, Johanns leeres Bett für sich zu okkupieren. Hatte Marie nicht das gleiche Recht darauf, in dieser Nacht im Bett ihres Sohnes zu schlafen – oder vielleicht sogar ein noch größeres als der Vater? Da Marie aber sowieso nicht schlafen konnte, hatte sie es hingenommen. Hauptsache, sie war allein.

Irgendwann – Marie schaute schon lange nicht mehr auf die unaufhörlich tickende Küchenuhr – fuhr ein Wagen vor. Sie verhielten sich sehr leise. Entweder wollten sie die Nachbarn nicht wecken, oder sie vermieden schon aus Pietät jedes Geräusch. Sie klingelten auch nicht an der Tür. Sie warteten, bis Marie ihnen öffnete.

Fürbringer und ein uniformierter Beamter. Beide sahen übermüdet aus.

Marie fragte sich, ob sie hier übernachten wollten. Doch dieser Gedanke verflüchtigte sich, sobald Fürbringer zu sprechen begann. »Es ist zwecklos, die ganze Nacht weiterzusuchen. Wir sehen nichts mehr im dichten Wald. Wir legen uns eine Stunde aufs Ohr und machen dann im Morgengrauen weiter. Es bleiben allerdings Posten die Nacht über im Gelände. Falls sich etwas tun sollte.«

»Sie haben also nichts …«

Fürbringer schaute verlegen zu Boden. Das machte ihn etwas sympathischer.

»Nein. Wir haben nichts gefunden. Rein gar nichts. Aber das bedeutet auch: Es gibt keine schlechten Nachrichten.«

Keine schlechten Nachrichten. Dieser Fürbringer war eine Zumutung. Warum schickten sie in so einem Fall nicht jemanden mit etwas mehr Taktgefühl?

Die beiden Männer verabschiedeten sich und gingen zu ihrem Wagen zurück. Nach Robert fragten sie erst gar nicht. Das tröstete Marie ein wenig. Nach dem Streit wegen des Fahrrads sahen sie in ihm vielleicht nun doch nicht mehr ihren natürlichen Verbündeten.

Die Polizisten hielten Wort.

Als das Grau der Dämmerung über die Weidezäune kroch und Dunst aus den Büschen aufzusteigen begann, besetzten sie die Siedlung. Marie sah sie kommen.

Eine lange Schlange von großen und kleinen Einsatzfahrzeugen, von Mannschaftsbussen und Gerätewagen bewegte sich langsam am Waldrand vorbei. Sie scheuten keine unbefestigten Straßen und keine Schlaglöcher. Als der Himmel heller wurde und man graue Wolkenberge ausmachen konnte, begann das Geschirr in den Küchenschränken leise zu vibrieren.

Marie ging hinaus. Von der Ausfahrt aus konnte sie die beiden schwarzen Libellen sehen, deren dumpfes Brummen sie schon eine Weile gehört hatte. Sie suchten Johann also auch mit Hubschraubern.

Ein Wagen hielt vor der Einfahrt.

Es war Fürbringer. Er stieg aus und trat ans Gartentor. Marie fragte sich, warum er das Grundstück nicht betrat.

Fürbringer zeigte mit ausgestrecktem Arm auf die beiden am Himmel stehenden Hubschrauber. »Einer hat eine Wärmebildkamera«, sagte er. Er klang so, als wäre er stolz auf den Einsatz dieser Technik. Marie hätte gern gefragt, wie so eine Kamera funktionierte, aber Fürbringer wurde per Handy weggerufen.

Als Marie zur Haustür zurückging, bemerkte sie Robert. Er stand am Fenster des Kinderzimmers und beobachtete die Straße. Sein Gesicht war durch den Vorhang verdeckt.

Marie kochte Kaffee.

Es war wie an einem ganz normalen Morgen, an einem Arbeitstag. Beim Auffüllen der Kaffeemaschine fiel ihr auf, wie träge sie sich bewegte. In der Nacht hatte sie kein Auge zugetan.

Ihr Kind war verschwunden. Seit nunmehr zwölf Stunden. Seit gestern Abend. Ihr Bewusstsein arbeitete dagegen an. Aber ihr Leben hatte einen Riss bekommen. Einen Riss, der immer tiefer wurde.

Marie deckte den Tisch. Zwei Unterteller, zwei Tassen. Nicht drei. Zwei. Zwölf Stunden konnten selbst in einem sehr geordneten Leben, wie sie es bis gestern geführt hatte, alles ändern. An Essen war nicht zu denken. Marie würde keinen Bissen runterkriegen. Robert konnte sich ja an der Anrichte ein Brot schmieren, falls er Hunger hatte.

Aber Robert kam nicht. Ob er immer noch hinter dem Vorhang stand und die Straße beobachtete?

Schon wieder fuhr ein Wagen vor. Bremsen quietschten, schnelle Schritte waren in der Auffahrt zu hören.

Marie war sofort hellwach.

Wenn es um diese Zeit jemand so eilig hatte, dann hatte das etwas zu bedeuten.

Hatten sie ihr Kind gefunden? Halb erfroren, zitternd, verletzt – aber am Leben?

Johann lebte. Das wusste Marie in dieser Sekunde. Es gab nichts, was gewisser war.

Sie stürzte in den Flur. Durch das Milchglas der Eingangstür sah sie den Arm des Mannes, er bewegte sich langsam zum Klingelknopf hin. Dann läutete es. Eine Siegesglocke. Eine Friedensglocke. Die himmlischen Heerscharen jauchzten.

Johann lebt. Alles ist überstanden.

Marie öffnete.

Es war Fürbringer. Er starrte sie erschrocken an.

Hatte er ihr etwa doch eine schlechte Nachricht zu überbringen? Nein, sie hatte diese Gewissheit, eine Gewissheit, wie Marie sie von Leuten kannte, die in die Kirche gingen und fest an Gott glaubten. Johann lebte. Sicher.

»Darf ich reinkommen?« Fürbringer klang fast ein bisschen beleidigt, er fühlte sich wohl überfahren. Sie machte ihm Platz. Als er an ihr vorbeiging, roch sie für einen Augenblick den Hauch des Morgens. Wald, Tau, aufgeworfene Erde, die noch dampfte. Sie wünschte sich, jetzt draußen zu sein. Über die Felder zu laufen, wie sie das ein- oder zweimal die Woche tat, tief durchzuatmen und an nichts zu denken.

Fürbringer ging in die Küche. Er war ungeduldig. Sie eilte hinterher. Er hatte sich bereits einen Stuhl zurechtgeschoben, wagte aber nicht, sich zu setzen, bevor sie es ihm erlaubte. Den Gefallen tat Marie ihm nicht. Er sollte im Stehen berichten, das fand Marie eher angebracht.

Fürbringer schielte zu der Kaffeemaschine hinüber. Sicher hatte er noch keinen Kaffee getrunken. Wie Marie ihn einschätzte, lebte er allein. Sein Erscheinungsbild war nicht verkommen, aber unordentlich, nachlässig, etwas schlampig. So wie bei alten Männern, die nur noch auf das Nötigste achten. Eine Frau würde das nicht dulden.

Marie bot ihm keinen Kaffee an. Noch nicht. Sie war nicht unhöflich; der Kaffee war einfach noch nicht durchgelaufen. Sollte er erst mal sagen, was er zu sagen hatte.

Fürbringer knöpfte seine altmodische Weste auf. Er war erhitzt, das spürte Marie, sie roch es sogar. Dann wusste er nicht, wohin mit den Händen. Marie konnte ihm nicht helfen.

Sie stand da und tat nichts. Sie wartete.

Fürbringer räusperte sich. »Folgendes.« Er sah dabei aus, als wäre das das entscheidende Wort gewesen, auf das Marie die Nacht über gewartet hatte. »Wir suchen jetzt alle die Bereiche ab, die wir in der Nacht auslassen mussten. Systematisch. Zwei Hundertschaften sind im Einsatz.«

Marie schoss ein Gedanke durch den Kopf: Wer bezahlt das eigentlich alles?

Wie albern der Geist doch werden kann, wenn er zu sehr strapaziert wird.

»Wenn der Junge in der Gegend ist, werden wir ihn finden.«

Das war der erste Satz, den er nur gesagt hatte, um sie zu trösten. Das rechnete sie ihm an.

»Wir haben eine Hundestaffel angefordert. Sie muss jeden Moment hier eintreffen.«

Hunde! Genau. Warum waren sie nicht schon gestern Abend daraufgekommen? Hunde. Ihre Nasen erschnüffelten alles. Selbst auf weite Entfernungen. Das war es. Die Hunde würden Johann finden. Der Junge mochte Hunde so gerne. Er war verrückt nach ihnen.

Fürbringer hatte bemerkt, dass sie gleich heulen würde. Deshalb sprach er schnell weiter: »Die Hubschrauber scannen das gesamte Gebiet ab. Mit der Wärmebildkamera kann man ein Lebewesen auch in einem völlig unzugänglichen Gelände erfassen.«

»Wie soll Johann denn in ein Gelände kommen, das unzugänglich ist?«, fragte Marie.

Fürbringer ignorierte ihre Frage. »Sie sehen, wir tun alles, Frau Lieser.«

Sollte sie jetzt ihren Teil dazu beitragen? Worin bestand der? Warum sagte ihr das keiner? Warum war sie so allein, auf sich gestellt? Es war doch in solchen Fällen immer von Psychologen die Rede. Wo war der Psychologe?

Nein, schoss es ihr durch den Kopf. Kein Psychologe! Wenn die kamen, war das Schlimmste passiert. Psychologen und Seelsorger, bloß nicht!

»Wir haben da Erfahrungswerte. In den ersten zwölf Stunden ist die Wahrscheinlichkeit am größten, dass so eine Sache gut ausgeht. Umso mehr tun wir, wenn die zwölf Stunden vorüber sind.«

Zwölf Stunden. In den zwölf Stunden seit gestern Abend um sieben hatte Johann die besten Chancen gehabt. Nun wurde es schwieriger.

Eine Hupe ertönte zweimal kurz hintereinander. Fürbringer ging zum Fenster und schob die Übervorhänge etwas zur Seite. »Aha«, sagte er. »Die Hunde.«

Eine Autotür wurde zugeschlagen. Marie glaubte, Hunde hecheln zu hören.

Sie ging in den Flur. Erst wollte sie in Johanns Zimmer. Doch dann fiel ihr ein, dass Robert sich dort aufhielt. Sie schob die Mäntel an der Garderobe beiseite. Darunter hing die graue Weste mit Kapuze und Reißverschluss, die Johann den ganzen Winter über unter dem Anorak getragen hatte. Seit es draußen nicht mehr so kalt war, ließ er sie zu Hause. Obwohl ihn Marie jeden Morgen dazu aufforderte, die Weste mit in die Schule zu nehmen. Doch er hörte nicht auf sie.

Marie nahm die Weste vom Haken und knüllte sie zusammen. Das Programm übernahm wieder die Führung. Sie ging hinaus.

In der Auffahrt blieb sie kurz stehen und führte die Weste zum Gesicht. Zur Wange, zur Nase, sie spürte die weiche Baumwolle. Sie roch Johann. Ihr Kind. Das irgendwo da draußen war. Es wurde ihr schwindlig.

Dann kamen Ludwig und Erhard angerannt, die beiden Dackel. Robert ließ sie meistens im Garten herumtollen. Die Polizeihunde brachten sie völlig durcheinander. Ludwig und Erhard kratzten an ihren Beinen. Sie wollten an Johanns Weste. Marie verjagte sie.

Das Programm trieb Marie weiter.

Als sie vor das Tor trat, wieselten die Schäferhunde schon aufgeregt zwischen den Fahrzeugen herum. Die Tiere begrüßten sie freudig, mit wedelnden Schwänzen. Eine junge Frau mit streng zurückgebundenem, weißblondem Haar und plumpem Make-up ordnete die Leinen. Sie trug hohe Stiefel und eine dicke, khakifarbene Jacke mit zwei Reißverschlüssen. Auf ihrem Rücken stand »Hundestaffel«.

Marie war froh, dass sie es mit einer Frau zu tun hatte. Nicht noch ein Fürbringer.

Sie trat auf die Hundeführerin zu. Die Hunde sprangen um ihre Beine.

Die Hundeführerin, die die ganze Zeit leise Befehle erteilt hatte, schaute erschrocken auf. Die junge Frau wusste, wer sie war. Die Mutter.

Marie hielt ihr Johanns Weste hin. »Das gehört meinem Sohn.«

Die Hundeführerin starrte auf das graue Bündel in Maries Hand.

»Für die Hunde. Damit sie Johanns Witterung aufnehmen können.«

Die Hundeführerin rührte sich nicht. Marie sah, dass sie unter dem rissigen, milchkaffeefarbenen Make-up rot wurde.

»So etwas brauchen Sie doch, oder?«

Die Frau konnte ihr nicht in die Augen sehen. »Das sind nicht solche Hunde.«

Marie verstand nicht. Das war doch die Hundestaffel, oder? Die Tiere, die nach Johann suchen sollten. Und die brauchten einen Anhaltspunkt. Etwas, was nach Johann roch. Sie drängte der Hundeführerin die graue Weste förmlich auf.

Die Frau schaute auf das Bündel und schüttelte so heftig den Kopf, als könnte sie sich mit etwas anstecken, wenn sie Johanns Weste anfasste.

»Sie brauchen keine Kleidung von Ihrem Kind. Das sind keine Hunde, die an Kleidern schnuppern. Sie suchen nach etwas anderem als nach dem Körpergeruch, der in den Kleidern ist.«

Marie zog die Weste zurück, klemmte sie unter den Arm. Sie kam sich ahnungslos vor, etwas überdreht. »Was schnuppern sie denn? Irgendetwas müssen sie doch schnuppern.«

Die Hundeführerin schloss die Augen, als sie antwortete. »Sie schlagen auf Leichengeruch an. Das sind Leichenspürhunde.«

Das Programm schaltete ab. Marie spürte noch, wie ihre Knie wegknickten.

Dann wurde es dunkel.

6

Als Marie aufwachte, lag sie auf dem Sofa in der Küche. Robert hielt ihr ein Glas mit Wasser hin. Marie trank. Das tat gut.

Marie bewegte die rechte Hand.

Jetzt fiel es ihr ein: Sie hatte Johanns Weste von der Garderobe genommen und war damit hinausgegangen. Dann spürte sie die weichen Hundefelle an ihren Waden. Sie hörte das Hecheln der Suchhunde. Genau – die Hundeführerin.

Marie richtete sich auf. Es behagte ihr nicht, auf dem Küchensofa zu liegen. Vor allem wegen Fürbringer. Der Kommissar saß am Küchentisch und trank von dem Kaffee, den Marie für sich und Robert gekocht hatte. Er saß da wie in einem amerikanischen Film: die Beine gespreizt, Jacke und Weste weit offen, so, als wäre er stolz auf seine gestreiften Hosenträger.

Fürbringer schlürfte den Kaffee aus einer von Maries Sammeltassen. Die konnte ihm nur Robert gegeben haben. Ebenso wie die Milch aus dem Kühlschrank. Die Kilotüte mit Zucker stand aufgerissen auf dem Tisch. Ein Esslöffel ragte aus der Raffinade. Wusste Robert nicht, wo die Zuckerdose stand?

Die Kumpanei der beiden Männer ging Marie immer mehr auf die Nerven.

Fürbringer beobachtete sie, das spürte Marie. Sie kam sich nackt vor – wahrscheinlich hatten die beiden sie minutenlang so gesehen: bewusstlos auf dem Küchensofa.

Sie stand auf. Jetzt erst bemerkte sie, dass ihr jemand eine Decke um die Beine gewickelt hatte. Es war die Hundedecke, die immer im Flur in der Ecke lag, falls Roberts Dackel es sich im Haus gemütlich machen wollten. Marie roch den süßlichen Geruch der Hunde. Plötzlich hasste sie Hunde.

Sie befreite ihre Beine von der Decke.

»Geht's besser?«, fragte Robert. Er stand mit dem geriffelten Brotmesser in der Linken und einem Brotlaib in der Rechten mitten in der Küche. Machte er etwa Frühstück für seinen Freund Fürbringer? Marie fand, dass es höchste Zeit war aufzustehen.

»Bleiben Sie doch liegen!«, sagte Fürbringer und schlürfte weiter Kaffee. Der Polizist klang so, als wollte er sie zu etwas überreden, was nicht gut für sie war. Wahrscheinlich konnte er besser mit ihr reden, wenn sie hilflos auf dem Sofa lag, mit der Dackeldecke um die Beine.

Marie stand noch unsicher da. Aber es ging. Sie wollte ins Bad, um sich das Gesicht mit kaltem Wasser zu waschen.

»Kann es sein, dass Johann sein Handy gar nicht dabei hat?«, fragte Fürbringer laut.

Marie blieb stehen, als hätte ein Pfeil sie getroffen. »Ich habe gestern Abend mehrmals versucht, ihn zu erreichen. Er hat das Handy abgeschaltet«, wandte sie sich an Fürbringer.

»Wir versuchen gerade, das Gerät zu orten. Das geht aber nur, wenn es auch eingeschaltet wird. Die Sache ist nicht ganz einfach. Wir senden in regelmäßigen Abständen eine sogenannte stille SMS. Die veranlasst das Handy ihres Sohnes, Kontakt mit der nächsten Funkzelle aufzunehmen. Dabei übermittelt das Gerät seinen Standort. Wir bekommen die Daten dann vom Netzbetreiber über eine spezielle Datenleitung übermittelt. Deshalb wäre es gut zu wissen, ob Johann sein Handy auch wirklich mitgenommen hat.«

Der Mann hatte Sorgen. Johann war seit über zwölf Stunden verschwunden, und der Kommissar wollte das Handy nur zu orten versuchen, wenn Johann es auch wirklich mitgenommen hatte. »Ich bin mir sicher: Als er das Haus verließ, hat er es in die Tasche gesteckt.«

»Haben Sie es gesehen?«, fragte Fürbringer.

»Ja, ich habe es gesehen.« Marie betonte jedes Wort. Das tat sie immer, wenn sie log. Sie hatte nicht gesehen, dass Johann sein Handy in die Tasche gesteckt hatte. Dennoch wusste sie, dass er es dabeihatte. Sie kannte doch ihren Sohn.

Fürbringer ging wieder hinaus zum Telefonieren. Marie verstand nur Wortfetzen. Es ging um das Handy. Als er zurückkam, sagte er: »Sobald Johann das Handy einschaltet, werden wir wissen, wo er sich befindet.« Er nickte Robert aufmunternd zu. Doch Robert sah nicht sehr zuversichtlich aus. Er versuchte immer noch sein Glück mit dem Messer und dem Brotlaib. Marie hatte nicht vor, ihm zu helfen.

»Was ist, wenn Johann sein Handy nicht einschalten kann?«

Fürbringer schaute sie an, als könnte er die Bedeutung dieses Satzes auch bei angestrengtem Nachdenken nicht verstehen. »Na ja, dann werden wir ihn auch nicht orten können.«

Marie verlor die Geduld. »Ich meine, es muss etwas mehr geben. Sie können doch in so einem Fall nicht nur darauf warten, dass das Kind sein Handy einschaltet, oder?«

Robert war an Marie herangetreten und hatte seine Hand auf ihren Unterarm gelegt. Sie zog den Arm weg.

Fürbringer atmete tief durch. Das hatte er sicher auf einem Lehrgang gelernt – als Methode zur Beruhigung der Opfer von Verbrechen. »Wir warten nicht. Sie haben die Hubschrauber gesehen?«

»Ja. Und wo sind die jetzt?« Das Brummen in der Luft war verschwunden. Seit Marie aus ihrer Ohnmacht erwacht war, hatte sie es nicht mehr gehört.

Fürbringer zuckte die Achseln. »Wahrscheinlich suchen sie in immer weiteren Kreisen. Glauben Sie mir: Das geht alles seinen Gang.«

Marie wollte nicht, dass alles seinen Gang ging. Sie wollte, dass Johann endlich gefunden wurde. Langsam hatte sie keine Kraft mehr zu warten.

Fürbringer nahm wieder Platz. Er hob die Sammeltasse an, um einen Schluck Kaffee zu trinken. Dann erst bemerkte er, dass die Tasse leer war. Robert schenkte nach. Fürbringer dankte ihm mit einem Nicken. Dann trank er gierig von dem schwarzen Kaffee – und verbrannte sich den Mund. Er stellte die Tasse ab, zog ein riesiges Stofftaschentuch aus der Jackentasche und tupfte die Lippen ab.

Fürbringer sprach jetzt sehr langsam. »Während wir hier sitzen, kämmen immer noch zwei Hundertschaften Bereitschaftspolizei die Gegend durch. Sie weiten ihren Radius stündlich aus. Gleichzeitig überprüft mein Kollege Bäsch die bekannten Sexualtäter, die rein räumlich und von ihrer Opferstruktur her infrage kommen. Es wird untersucht, ob einer dieser Menschen sich gestern Abend hier in der Nähe aufgehalten hat. Wir beobachten diese Leute genau. Wenn einer von ihnen etwas mit Johanns Verschwinden zu tun hat, werden wir es herausbekommen. So etwas braucht natürlich seine Zeit. Aber alles wird getan.«

Marie musste sich setzen. Sexualtäter. Gab es in ihrer Gegend Sexualtäter? Sie konnte sich nicht erinnern, jemals davon gehört zu haben, dass es in Bubach oder in einem der umliegenden Dörfer zu einem Sexualverbrechen an Kindern gekommen war. Einmal hatte ein Betrunkener eine Frau vergewaltigt. Sie war über achtzig gewesen, und sie hatte mit dem Täter zusammen in einer Gartenlaube gefeiert. So etwas meinte Fürbringer wahrscheinlich nicht.

Der Kommissar nahm sich mit dem viel zu großen Löffel Zucker und goss Milch in seinen Kaffee. Er rührte lange. »Seit heute Nacht befragen wir systematisch Zeugen. Anwohner. Menschen, die auf dem Nachhauseweg von Johann zu tun hatten. Alle, die als Zeugen infrage kommen. Wir haben heute Morgen Handzettel verteilt. Ihr Mann hat uns ein aktuelles Foto von Johann zur Verfügung gestellt. Das wird allen Polizeidienststellen in Deutschland, Österreich und der Schweiz geschickt. Wir haben im Internet um Mithilfe gebeten. Frau Lieser, Sie sehen, es geschieht vieles gleichzeitig.«

Marie nickte. Jetzt war es ihr unangenehm, dass sie Fürbringer so zugesetzt hatte. Im Grunde benahm sie sich wie eine heillos überforderte Mutter.

»Welches Foto hast du ihnen gegeben?«, wandte sie sich an Robert.

»Das er für den Schülerausweis hatte machen lassen.«

Marie hatte nichts davon mitbekommen. Vielleicht war es ja während ihrer Ohnmacht geschehen.

Fürbringers Handy läutete. Er ging ran. Während er zuhörte, trank er hastig die Tasse leer. Dann versprach er dem Anrufer, sofort zu kommen, und legte auf.

7

Robert wollte, dass Marie zur Arbeit ging. Er sagte, sie müsse sich ablenken.

Marie hatte das Gefühl, dass er sie loswerden wollte. Wahrscheinlich rechnete er damit, dass Fürbringer bald mit Neuigkeiten kommen würde, und hielt es für besser, wenn er dann allein mit dem Kommissar sprechen konnte.

»Ich kann nicht arbeiten gehen. Mein Kind ist weg. Du gehst ja auch nicht in die Schule«, sagte sie.

Da tat Robert etwas, womit Marie nicht gerechnet hatte: Er nahm sie in den Arm.

Er trat auf sie zu und umarmte sie einfach. Das hatte er schon lange nicht mehr getan. Marie musste weinen.

Robert hielt sie fest. Sie weinte, und er hielt sie fest. Vielleicht weinte er auch. Wenn er das tat, dann tat er es unhörbar.

Es war wie früher. Früher hatte Robert das öfter getan. Wenn sie traurig war oder nicht mehr weiterwusste. Robert hatte sie dann lange umarmt. Irgendwann aber hatte er damit aufgehört. Als Johann kam.

Marie war glücklich, dass er es jetzt wieder tat. Sie entspannte sich. Jetzt erst bemerkte sie, unter welchem Druck sie in den letzten Stunden gestanden hatte.

»Lass uns das zusammen durchstehen«, sagte Robert leise.

Ja, sie mussten es zusammen durchstehen. Anders würden sie es nicht schaffen. Marie jedenfalls nicht. Das war ihr klar. Mit Robert hatte sie eine Chance. Wozu sonst war man denn Mann und Frau?

»Du bist doch total fertig«, fuhr Robert fort. »Warum legst du dich nicht hin? Ich halte hier die Stellung.« Und er umarmte sie immer noch. So fest wie früher. »Sobald sich etwas tut, wecke ich dich.«

Marie machte sich los. »Wirklich?«

»Natürlich. Nichts geschieht ohne dich.«

»Ich will nicht, dass du mich schonst, hörst du?«

Jetzt ließ auch Robert sie los. Er schaute ihr in die Augen. Sein Blick war klar und offen. »Ich habe das mit Johanns Fahrrad getan, weil ich Angst um dich hatte. Ich wollte dich schützen. Ich dachte, es ist besser, es dir nach und nach beizubringen. Und ich habe gehofft, dass Johann doch noch auftaucht. Es tut mir leid.«

Er küsste sie. Marie ließ es geschehen. Womöglich hatte sie Robert Unrecht getan. Aber das mit dem Fahrrad und der Mütze, das hätte er nicht tun dürfen. Sie war jetzt zu müde, um noch etwas dazu zu sagen.

Robert ging mit ihr ins Schlafzimmer. Sie legte sich in den Kleidern aufs Bett. Er deckte sie zu. Dann zog er die Vorhänge zu und ging hinaus. Marie schlief augenblicklich ein.

Sie erwachte nicht, weil Robert sie weckte. Es war etwas anderes. Marie brauchte eine Weile, dann wusste sie es: das Gartentor. Jemand war durch das Gartentor gegangen.

Wenig später läutete es an der Haustür. Robert öffnete. Marie hörte Stimmen.

Sie blieb liegen und wartete. Die Stimmen verschwanden in der Küche. Die Küchentür wurde geschlossen. Die Stimmen waren nicht mehr zu hören.

Marie wartete darauf, dass Robert sie holte. Doch er kam nicht.

Die Stimmen in der Küche erschienen wie ein undeutliches Murmeln. Marie warf die Decke zurück und stand auf.

Sie saßen am Tisch und beugten sich über etwas.

Als Marie eintrat, schaute Robert auf. Er lächelte schwach. Es war kein gelöstes Lächeln.

Jetzt bemerkte auch Fürbringer Marie. Er stieß seinen Nebenmann an, einen bleichen jungen Mann mit der glatten Haut eines Babys. Der Kripobeamte wirkte etwas schwammig, vielleicht wegen der weiten Skaterklamotten: ein XXL-T-Shirt mit einem US-Club-Aufdruck, verwaschene Riesenhosen mit zerfransten Säumen, helle, leichte Turnschuhe. Er stand auf und reichte Marie die Hand, mit einem pietätvollen Blick. Doch seine tiefbraunen Augen hatten einen gefährlichen Glanz. Er nannte seinen Namen:

Bäsch. Bäsch war noch jung, noch keine dreißig, aber er war hart und unnachgiebig. Das spürte Marie. Eigenartig, dass der spröde und etwas weiche Fürbringer einen solchen Untergebenen in seiner Nähe duldete.

Bäsch nahm Platz. Er widmete sich wieder dem, was auch die anderen beschäftigte.

Wie Marie jetzt erst feststellte, handelte es sich um ein Foto. Ein bearbeitetes Foto. Es zeigte einen Wagen. Einen Van. Tiefschwarz und mit getönten Scheiben. Ein Großraumwagen.

»Das ist ein Phantomfoto«, erklärte Fürbringer.

Robert sprang auf und bot Marie seinen Platz an. Marie setzte sich, so konnte sie das seltsame Foto besser sehen.

Fürbringer streckte sich. »Drei Zeugen haben unabhängig voneinander ausgesagt, vorgestern Abend zwischen sechs und sieben Uhr einen schwarzen Wagen mit getönten Scheiben gesehen zu haben. Da hier sehr wenig Verkehr ist und solche Vans selten sind, halten wir die Beobachtung für wichtig. Deshalb haben wir das Phantomfoto an die Medien gegeben.«

Zeugen hatten also ein Fahrzeug bemerkt, das hier nicht hingehörte – so einen dunklen Van mit getönten Scheiben hatte Marie jedenfalls in Bubach noch nie gesehen. Der Wagen hatte sich zu der Zeit in ihrer Gegend aufgehalten, in der Johann verschwunden war. Also ging man davon aus, dass der Fahrer etwas mit Johanns Verschwinden zu tun hatte.

Fürbringer glaubte nicht mehr an einen Unfall. Johann war einem Verbrechen zum Opfer gefallen. Eigentlich waren sie schon davon ausgegangen, als sie die Sexualverbrecher überprüft hatten. Dabei war wohl nichts herausgekommen, sonst hätte Fürbringer längst etwas dazu gesagt. Aber sie rechneten mit einem Verbrechen. Schon längst taten sie das.

Robert nahm ihre Hand. Reflexartig zog sie sie weg. Doch dann griff Marie Roberts Hand und drückte sie.

»Wir müssen jetzt etwas Geduld haben«, sagte Fürbringer. »Im Fernsehen zeigen sie seit einer Stunde in allen Nachrichten das Foto des Vans. Erfahrungsgemäß müssten gleich die ersten Rückmeldungen eingehen. Unsere Leute werden die Spinner und die Wichtigtuer aussortieren. Mal sehen, was dann noch übrig bleibt.«

Die beiden Polizisten mussten weiter. Sie wollten sich die erste Auswertung der Anrufe vornehmen. Fürbringer versprach, sich auf jeden Fall in den nächsten Stunden zu melden. Das Phantomfoto mit dem schwarzen Van ließ er da.

Robert und Marie saßen lange am Küchentisch und starrten das Foto an, das doch eigentlich eine Grafik war und ihnen keine Geheimnisse offenbaren konnte.

»Was hat dieser Mensch mit unserem Kind getan?«, fragte Marie irgendwann.

Robert stand auf und ging zur Tür. Bevor er die Küche verließ, sagte er: »Wir werden es bald wissen.«

8

Fürbringer meldete sich nicht.

Am späten Nachmittag stellte Marie den Fernseher an. Sie suchte die Nachrichten. Sie wollte sehen, was sie den Leuten über Johanns Verschwinden sagten.

Die Meldung kam ganz zum Schluss. An der Stelle, an der sie sonst etwas über Eisbären oder Rockkonzerte brachten. Der Sprecher machte ein ernstes Gesicht. Sie blendeten das Foto von Johann ein. Der Sprecher sagte, der elfjährige Johann aus Bubach sei seit gestern Abend verschwunden. Die Polizei bitte um sachdienliche Hinweise. Dann zeigten sie den schwarzen Van. In diesem Zusammenhang werde nach dem Fahrer dieses Wagens gesucht, hieß es.

Marie dachte schon, das wäre es gewesen. Doch dann sagte der Sprecher, ein Zeuge habe in der Nähe des schwarzen Vans eine Person gesehen, die eine Mickey-Mouse-Maske getragen habe. Sie blendeten eine solche Maske ein.

Marie kannte die Maske. Kinder trugen sie an Karneval oder zu ähnlichen Anlässen.

Der Sprecher sagte, der Zeuge habe die Maske für einen Scherz gehalten. Deshalb habe er sich jetzt erst gemeldet.

Marie fragte sich, wie man im Frühling einen Mann mit einer Mickey-Mouse-Maske herumlaufen sehen und glauben konnte, das sei ein Karnevals-Scherz.

Doch dann stellte Marie sich vor, wie der Mann mit der albernen Maske auf Johann gewirkt hatte. Sie musste weinen.

Abends erschien Fürbringer endlich. Er sagte, der Van sei doch nicht so selten wie angenommen. Der Aufruf habe nichts gebracht – außer der Gewissheit, dass dieser Van in der Gegend herumgefahren sei. Der Zeuge, der den Maskenmann gesehen habe, mache einen glaubwürdigen Eindruck. Deshalb rechne er jetzt immer weniger mit einem Sexualverbrechen.

»Womit rechnen Sie denn dann?«, fragte Marie.

»Mit einer Entführung. Vielleicht will jemand Lösegeld erpressen. Wenn der Täter eine Maske trägt, dann will er nicht erkannt werden. Das heißt: Er hat vor, das Kind freizulassen. Deshalb wollen wir Ihr Telefon abhören. Falls ein Anruf kommt. Sind Sie einverstanden?»

Robert schien aufzuleben. »Aber natürlich.«

Marie verstand das nicht. »Lösegeld? Wer würde denn von uns Lösegeld erwarten? Wir sind nicht reich.«

Fürbringer spitzte die Lippen wie bei einer guten Pointe. »Sie glauben ja nicht, für welche Summen Menschen Verbrechen begehen.«

In Maries Kopf ging alles durcheinander. »Und was ist, wenn wir das Lösegeld nicht zahlen können? Was macht dieser Mann dann mit Johann?«

Bevor Fürbringer antworten konnte, sagte Robert: »Wir werden das Geld auftreiben.«

Marie dachte nach. »Und wenn der Täter bemerkt, dass Sie das Telefon abhören? Dass die Polizei mithört?«

Fürbringer biss sich auf die Unterlippe. »Er wird es nicht mitkriegen. Wir haben Erfahrung in solchen Dingen.«

»Aha. Und wie viele Kinder sind schon gestorben, weil die Täter es trotzdem mitgekriegt haben?«

Marie hielt es zu Hause nicht mehr aus. Sie zog ihre Laufsachen an und lief ihre übliche Strecke. Erst die Straße entlang bis zum Mühlenteich, ein Stück in den Wald hinein, dann in weiten Schritten über den befestigten Wirtschaftsweg durch die Felder. Sie atmete freier.

Marie wurde immer schneller. Ihre Lungen brannten, aber es tat ihr gut, sich zu bewegen. Sie fühlte sich wie auf der Flucht. Sie flüchtete vor dem, was sie nicht mehr aushielt.

An dem Punkt, an dem sie sonst immer umkehrte, lief sie einfach weiter. Das Netz der Feldwege war unendlich. Man konnte stundenlang laufen, ohne auf ein Hindernis zu stoßen.

Die Äcker hatten schon einen leichten Flaum, und das Gras der

Wiesen war für Ende März ungewöhnlich grün. Marie wurde immer schneller. Sie spürte keine Ermüdung. Sonst musste sie nach einer knappen Stunde immer umkehren.

Die plötzlich einsetzende Dämmerung störte sie nicht; Marie kannte sich ja aus. Sie schlug einen weiten Bogen. Durch Felder, auf denen Mais wuchs. An einer Kapelle aus groben Bruchsteinen vorbei. Über einen verlassenen Friedhof, dessen Begrenzungsmauern nur noch Ruinen waren.

Marie hatte längst die Orientierung verloren. Aber das war ihr egal. Es zog sie zu einem niedrigen Wäldchen, an dessen Rand Weiden standen. Dort war es sicher schön. Ein Paradies unter Weiden. Friedlich. Ruhig. Fernab von allem, was wehtat.

Unter den Bäumen wurde der Boden weicher. Sie musste sich vorsehen. Es gab Unebenheiten und Wurzeln, die aus der Erde ragten. Und es war dunkel in dem Wäldchen.

Die Luft war frisch und schwer. Marie lief einfach der Nase nach. Sie hatte keinen Plan. Sie wollte nur laufen. Bis sie aufhörte zu atmen.

Da stand ein Wagen. Mitten im Wald.

Der Fahrer hatte ihn in eine Schneise gefahren. Er war von herabhängenden Ästen verdeckt. Ein schwarzer Wagen. Ein Van. Metalliclackierung. Die Fenster waren getönt.

Marie blieb wie vom Blitz getroffen stehen. Sie rührte sich nicht. Ihr Herz hämmerte. Sie musste nachdenken. Ihr Kopf musste umschalten. Jeder Atemzug war ein Messerstich.

Was ist, wenn er mich sieht? Im Rückspiegel oder durch die getönten Scheiben?

Mit einem Sprung war sie im Gebüsch. Dort wartete sie gebückt unter dem tief hängenden Ast einer Buche, bis ihr Herz nicht mehr raste und die Atmung ruhiger wurde. Sie ging in die

Knie und tastete unter dem trockenen Laub nach einem Ast. Er war zwar leicht und schon ein bisschen modrig, aber er eignete sich als Waffe. Immerhin hatte sie jetzt etwas in der Hand, mit dem sie zuschlagen konnte.

Marie schöpfte Kraft.

Sie wollte ihr Kind zurückholen. Sie wollte Johann aus den Klauen des Mannes mit der Mickey-Mouse-Maske befreien. Diese Chance schickte ihr der Himmel. Ganz unverhofft. Eine Gnade. Marie wollte sich dem würdig erweisen. Sie würde kämpfen. Wie eine Löwin. Wie eine Mutter.

Marie ging los.

Sie achtete nicht auf die trockenen Zweige, die knirschten, wenn sie sie zertrat. Sie achtete auch nicht auf die, die ihr ins Gesicht schlugen. Nur noch wenige Meter. Sie hob den Ast. Modrige Blätter klebten daran und lösten sich auch nicht, als sie ihre Waffe schüttelte.

Jetzt trennte sie nur noch ein mit Moos bewachsener Wassergraben von Johann. Sie nahm einen Anlauf und sprang. Ihre Muskulatur war noch warm – vom langen Laufen. Das war gut. Sie war beweglicher, konnte schneller und härter zuschlagen. Sie würde zuschlagen. Bis er tot war. Der Mann mit der albernen Maske. Es ging darum, ihr Kind zu retten. Alles andere war unwichtig. Ob sie sich verletzte, ob sie starb, ob der andere starb. Es ging nur noch um Johann. Sie hatte ihre Chance. Endlich konnte sie was tun.

Die letzten Meter lief sie.

Ihre Augen mussten die Dunkelheit hinter der Windschutzscheibe erst durchdringen. Doch dann wusste sie – vorne saß niemand.

Marie lief um den Van herum. Sie gab sich keine Mühe mehr,

leise zu sein. Sollte der Kerl sie doch hören. In einer Sekunde würde sie bei ihm sein und so lange auf ihn einschlagen, bis er sich nicht mehr rührte.

Der Griff war eiskalt. Marie drehte ihn. Die Heckklappe blieb zu.

Sie versuchte es in der anderen Richtung. Auch das brachte nichts. Und es dauerte alles zu lange. Was war, wenn er sich ertappt fühlte und sich auf Johann stürzte?

Marie riss die Klappe hoch. Sie sprang auf – so schnell, dass sie ihr gegen die Stirn schlug. Marie spürte die Kälte des Metalls, aber keinen Schmerz. Schmerz interessierte sie nicht. Selbst eine Kugel im Leib würde ihr nichts ausmachen, sie war nicht zu stoppen.

Marie wich etwas zurück, damit sie die Heckklappe ganz öffnen konnte.

Sie schaute in ein dunkles Loch. Es stank. Nach ungelüftetem Schlafzimmer.

Marie sah zwei Füße. Nackt. Sie kamen unter einer Decke hervor. Große, breite Männerfüße. Unter der Decke die Konturen von zwei Menschen. Einer groß, einer klein.

Marie schlug zu. Der Ast blieb am Chassis des Vans hängen und brach ab. Marie schlug mit dem Stummel erneut zu. Sie zielte auf die Männerfüße, auf die großen, schmutzigen Männerfüße.

Der Schlag traf zwar, aber die Füße waren weg. Unter der Decke verschwunden.

Marie bückte sich in den dunklen, stickigen Wagen. Sie holte erneut aus.

Die Decke wurde zurückgeschlagen.

Marie bremste ihren Schlag ab. Der Stummel fiel ihr aus der Hand.

Zu den Männerfüßen gehörte ein Gesicht. Ein Junge. Höchstens achtzehn Jahre. Zottelige Haare, ein Ziegenbart, eingefallene Wangen. Die Augen starrten sie an. In Todesangst.

Marie zog die Decke weg. Wo war Johann?

Sie war auf alles gefasst. Dass ihr Kind leblos war. Oder nackt.

Aber nicht darauf, dass eine totenbleiche Gestalt zum Vorschein kam. Im rosafarbenen BH und ohne Slip. Dafür in Turnschuhen. Ein Mädchen von höchstens sechzehn Jahren. Das hübsche Gesicht hatte sich aufgelöst. In den Augen spiegelte sich Panik, die Wangen waren von einem Tränenfilm überzogen. Das Mädchen schrie nur noch. Es hörte gar nicht mehr auf zu schreien.

Marie sagte: »Entschuldigung.« Aber niemand hörte sie. Das Mädchen schrie so laut, dass die Eichelhäher kreischend aus den Baumwipfeln flohen.

Als der schwarze Van vorfuhr, kam Robert barfuß aus dem Haus gerannt. Er sah aus, als wäre er verrückt geworden.

Marie war so durcheinander, dass sie nicht bedachte, was geschehen würde, wenn die zwei sie nach Hause brachten.

Der Junge kam Marie zuvor. Er stieg aus, ging um den Wagen herum und öffnete ihr die Tür.

Marie konnte gerade noch verhindern, dass Robert auf den jungen Mann losging. »Tut mir leid, Robert. Ich konnte nicht mehr weiterlaufen. Sie haben mich nach Hause gebracht. Es hat nichts mit Johann zu tun. Es ist nur zufällig ein schwarzer Van.«

Robert hielt inne. Er bebte, schaute sie an, dann den Jungen. Dann wurde er grau im Gesicht. Er drehte sich um und ging langsam ins Haus zurück.

Dem Jungen stand immer noch die Angst im Gesicht. Er hatte

ein schlechtes Gewissen, deshalb hatte er auch angeboten, sie nach Hause zu bringen. Marie nahm an, dass der Van seinem Vater gehörte und er ihn heimlich für den Ausflug mit dem Mädchen benutzte. Deshalb wollte er auch keine Anzeige machen, wie er ständig betonte. Es sei ja auch nichts passiert, sagte er selbst, Marie habe niemanden verletzt, und die Freundin, die apathisch im Fonds saß, hatte sogar irgendwann aufgehört zu schreien.

Marie wusste, dass das Mädchen nie wieder mit dem Jungen in den Wald fahren würde. Aber das sagte sie ihm nicht. Sie war heilfroh, dass er sie nach Hause brachte und gleich wieder verschwand.

Marie ging ins Haus. Robert war immer noch bleich. Er telefonierte mit Fürbringer. Marie hörte, wie er dem Kommissar ein Fahrzeugkennzeichen durchgab. Sie wusste jetzt schon, dass das nicht weiterführen würde. Mit diesem Van war Johann nicht entführt worden.

Marie nahm ein Glas aus dem Küchenschrank, füllte es an der Spüle mit kaltem Wasser und trank es gierig aus. Dann trank sie ein zweites Glas. Sie ging zu Robert und legte ihm die Hand auf die Schulter. Sie begann, ihm zu erklären, was passiert war.

Er ließ sie nicht zu Ende reden. Er machte sich sanft los und ging in den Stall.

9

Mit jedem Tag, an dem nichts geschah, fiel Marie das Atmen schwerer. Sie schlief nicht, sie aß nicht, sie trank nur noch Wasser. Sie spürte, dass es immer dunkler in ihr wurde.

Manchmal weinte sie, wenn ein Gegenstand sie an Johann erinnerte. Dann schien sie auch innerlich kurz aufzuatmen. Der zielgerichtete Schmerz, das Trauern um ihr Kind erschien ihr tröstlicher als das endlose Warten. Am Küchenfenster sitzen und warten. Das höhlte sie langsam aus.

Marie konnte nicht mehr warten. Sie musste etwas tun.

Mit Robert war kaum zu reden. Er seufzte nur, wenn sie davon sprach. Manchmal verschwand er. Er fuhr über Land. Er suchte seinen Sohn. Wenn er zurückkam, sah er aus, als hätte er tagelang nicht geschlafen. Er begann zu zittern.

Marie hatte genug geweint, sie hatte auch genug geschrien. Sie musste jetzt reden. Und zwar nicht mehr nur zu Robert. Sie musste zu dem reden, der ihr Kind entführt hatte. Zu dem Mann mit der Mickey-Mouse-Maske.

Sie besprach sich mit Fürbringer. Der war alles andere als begeistert. Aber je länger er nach Johann suchte und nichts fand, desto eher war er bereit, auf Marie zu hören. Sie hatte den Eindruck, dass der Kommissar mit seinem Latein am Ende war. Dass das Phantomfoto, die Hubschrauber, die Wärmebildkamera, die Hunde, die Hundertschaften und die Befragung der Sexualtäter nichts gebracht hatten und Fürbringer nun, fünf Tage nach Johanns Verschwinden, nicht mehr weiterwusste.

Natürlich wollte er sich von Marie nicht drängen lassen. Es musste ein wenig wie seine Idee aussehen. Er übernahm auch die Gespräche mit den Fernsehsendern. Er sagte, es hätte sich gezeigt, dass es in solchen Fällen am besten war, wenn die Presseabteilung der zuständigen Polizeidirektion die Medien zu einer Pressekonferenz lud.

Sie fuhren mit ihrem Wagen in die Stadt.

Robert und Marie sprachen die ganze Fahrt über nichts. Aber

Marie spürte, dass Robert mit dem, was sie vorhatte, einverstanden war. Er würde sie reden lassen. Alle fanden, dass es besser war, wenn die Mutter sich an den Entführer wandte. Väter trafen nur schwer den richtigen Ton. Entweder klangen sie zu hart oder zu weinerlich.

Fürbringer war der leitende Polizeibeamte, er führte die Konferenz. Neben ihm saß der Staatsanwalt, ein etwas scheuer, sehr dünner Mensch mit einer Halbglatze und einem zerfurchten, aber sensiblen Gesicht. Er begrüßte Marie per Handschlag und sagte ihr leise, es tue ihm leid, was sie durchmachen müsse, und er hoffe, die Konferenz helfe, ihren Jungen zu finden. Marie nahm ihm seine Betroffenheit ab – auch wenn sie den Eindruck hatte, dass der Staatsanwalt der Begegnung mit einer Mutter, deren Sohn gerade entführt worden war, lieber aus dem Weg gegangen wäre.

Marie wunderte sich, wie voll der Saal, die Turnhalle einer Grundschule, war. Die Fotografen stürmten nach vorn und behinderten sich gegenseitig. Mehrere Kamerateams hatten ihre Gerätschaften aufgebaut, sie verdeckten die Sicht vom Podium auf die Sitzreihen. Aber Marie bemerkte, dass kein Platz mehr frei war in der Halle.

Fürbringer schilderte in knappen Worten die Sachlage. Er klang angespannt, und seine Stimme wirkte noch unechter als sonst. Dann gab er das Wort weiter an den Staatsanwalt. Der nahm einen langen Anlauf und sprach mit klarer Stimme druckreif in die Kameras. Er erläuterte den anwesenden Medienvertretern, dass sie nicht eingeladen worden waren, weil die Polizei glaubte, den traurigen Fall des kleinen Johann medial ausbreiten zu müssen. Vielmehr habe man sich zu der Konferenz entschlossen, weil man sich durch Information der Öffentlichkeit und einen Appell an den oder die Täter erhoffe, dass Bewegung in den auf der Stelle tretenden Fall kommen werde. Er betonte noch einmal, für ihn und die Sonderkommission unter dem erfahrenen Hauptkommissar Fürbringer gebe es nur eine Priorität: Johann zu finden. Alles andere sei zweitrangig. Dann bat er um die nötige Ruhe, damit die Mutter des entführten Jungen sich an den Entführer wenden konnte.

»Mein Junge ist nun schon seit sechs Tagen verschwunden. Ich weiß nicht, ob sich jemand vorstellen kann, was ich … was wir durchmachen. Sicher, Eltern können sich das vorstellen. Aber wenn dann so etwas passiert, dann ist es doch ganz anders …«

Marie wusste nicht mehr, was sie sagen sollte.

Sie spürte, dass Fürbringer neben ihr unruhig wurde.

»Johann war unser Ein und Alles. Wir haben nur ihn.« Jetzt brannten ihr die Augen, dabei hatte sie sich fest vorgenommen, nicht zu weinen. Marie riss sich zusammen. Ihre Fingernägel schnitten in die Handballen. Es tat weh. Es musste wehtun.

»Ich weiß nicht, wie ich ohne mein Kind weiterleben soll. Seinen nächsten Geburtstag werde ich ohne Johann nicht überstehen.« Sie senkte den Kopf. Sie räusperte sich.

In der Turnhalle herrschte Totenstille. Nicht einmal mehr das Klicken der Kameras war zu hören.

»Ich bitte Sie inständig: Beenden Sie die Qualen, die ich durchmache! Geben Sie mir ein Zeichen. Sagen Sie uns, dass Johann am Leben ist. Und wenn er das nicht mehr ist – dann sagen Sie uns um Gottes willen, wo wir ihn finden!«

Marie spürte, wie Wut in ihr hochkochte. Die Wut verhinderte die Tränen. Aber sie durfte ihre Wut nicht zeigen. Fürbringer hatte ihr geraten, den Entführer nicht zu reizen. Das würde womöglich alles zunichtemachen.

»Ich weiß nicht, warum Sie so etwas getan haben. Aber zeigen Sie, dass Sie ein Mensch sind! Bitte, nehmen Sie Kontakt mit uns auf, und sagen Sie uns, wo unser Kind ist!«

Marie konnte nicht mehr. Sie stand auf und ging hinaus. Die Fotografen blitzten und klickten so aufgeregt, als wäre Maries Abgang der Höhepunkt der Konferenz.

Marie schaffte es bis zum Wagen. Dann knickten ihre Beine ein, ihr wurde schwarz vor Augen. Robert konnte gerade noch verhindern, dass sie auf dem Asphalt aufschlug. Er setzte sie in den Wagen und schnallte sie an.

Fürbringer schaltete das Blaulicht ein. Er fuhr vor. Robert raste hinterher.

Marie öffnete ab und zu die Augen. Sie sah verschwommen das Blaulicht. Robert kauerte über dem Lenkrad. Er sagte nichts, konzentrierte sich ganz aufs Fahren.

Im Krankenhaus wurde sie vom diensthabenden Arzt untersucht. Er gab ihr eine Spritze und veranlasste, dass man ein Bett für sie vorbereitete. Aber Marie wollte nach Hause. Sie musste nach Hause. Womöglich rief jemand an.

Robert tätschelte die ganze Zeit Maries Hand. Jetzt ließ er sie los. »Ich bin doch zu Hause. Ich nehme den Anruf entgegen.«

»Und wir sind auch da«, sagte Fürbringer, der aus Gründen, die Marie nicht verstand, während der Untersuchung die ganze Zeit dabei war.

Marie rutschte von der Liege, auf der sie während der Untersuchung gesessen hatte. Sie konnte nicht im Krankenhaus liegen, während Robert und Fürbringer mit dem Mann sprachen, der ihr Kind entführt hatte. Sie musste selbst mit ihm reden.

Marie lief die Auffahrt hoch. Die uniformierte Polizistin, die ihnen die Haustür öffnete, wartete gar nicht erst ab, bis Marie sie danach fragte: »Bis jetzt hat niemand angerufen.«

Marie drückte sich an ihr vorbei. Sie ging in die Küche. Das Telefon stand in der Ladestation. Das rote Licht, das eingegangene Anrufe anzeigte, blinkte nicht.

Robert und Fürbringer waren sofort hinter ihr.

»Willst du dich nicht hinlegen?«, fragte Robert sanft.

»Nein«, antwortete Marie, zog ihre Jacke aus und legte sie aufs Sofa.

Fürbringer hatte es plötzlich sehr eilig. »Jeden Moment werden die Kollegen von der Technik eintreffen. Sie werden eine Fangschaltung installieren.«

»Das möchte ich nicht«, sagte Marie entschlossen. An Fürbringers Miene sah sie, dass er genau das befürchtet hatte. Aber der Kommissar sagte nichts; er überließ Robert das Feld.

»Marie, du musst vernünftig sein. Diese Fangschaltung ist wichtig. Womöglich kann man feststellen, wo der Anrufer sich befindet und ihn …«

»Glaubst du, der ist so blöd, von zu Hause aus anzurufen?!«, fuhr sie Robert an.

»Wir können auch ein Handy orten«, mischte sich der Kommissar nun doch ein. »Und wenn der Täter hier in der Gegend sitzt, was wir annehmen, dann haben wir eine reelle Chance, ihn auszuheben.«

Jetzt wurde Marie wieder laut. »Und was ist mit meinem Kind? Was geschieht mit Johann, wenn Sie ihn ausheben, wie Sie sagen? Was ist, wenn der Entführer die Falle bemerkt und seine Wut darüber an unserem Kind auslässt? Robert, was ist dann? Was hat uns dann die ganze Fangschaltung genutzt?«

Die beiden Männer schwiegen. Marie hatte ein schlechtes Gewissen. Sie hätte Robert nicht so anfahren dürfen. Er meinte es doch gut, und er litt ebenso wie sie. Auch er wollte seinen Sohn wiederhaben. Aber sie fühlte sich im Recht. Sie musste alles tun, um Johann zu retten. Und eine Fangschaltung kam nicht infrage.

»Wie stellen Sie sich das vor?«, fragte Fürbringer gequält. »Sie allein können Ihr Kind nicht retten. Und das wollen wir doch alle, oder?«

Marie fand seinen Ton etwas salbungsvoll. Aber sie hatte sich genug aufgeregt. »Ich bitte Sie nur darum, allein und ohne eine Fangschaltung mit dem Mann reden zu können. Ich will sein Vertrauen gewinnen. Im Interesse meines Kindes. Verstehen Sie das nicht?«

Robert schüttelte ungeduldig den Kopf.

»Tut mir leid, dass ich Ihnen das sagen muss: Aber Sie überschätzen Ihre Kräfte«, sagte Fürbringer. »Die Situation ist ...«

»Wir haben keine Zeit für Diskussionen«, brach es aus Robert heraus. »Die Fangschaltung wird gemacht. Basta. Marie, du kannst nicht allein bestimmen, was geschieht. Ich bin der Vater und ich bin hier ebenso zu Hause wie du.«

Marie richtete sich auf. »Du wirst es nicht wagen, so etwas gegen meinen Willen zu tun, oder? Du bist mein Mann, ich bin deine Frau. Johann ist unser Kind. Und – ich – will – diese Fangschaltung – nicht. Dabei bleibt es.«

Marie sprach kein Wort mehr. Sie saß auf dem Sofa und wartete.

Als das Telefon läutete, griff sie sofort zu. Sie wollte den Anruf annehmen. Das konnte ihr keiner verbieten. Auch Robert nicht.

Es war kurz nach ein Uhr nachts.

Marie sagte ihren Namen, wie immer, wenn jemand anrief.

Die Stimme klang eigenartig. Irgendwie erfreut. Es war eine junge Stimme, fast albern. »Sie sind doch die Mutter, oder?«

»Ja, das bin ich.«

»Gut. Also ich bin der, der Ihr Kind hat. Ihren Sohn.«

Marie blieb fast das Herz stehen. »Wie geht es ihm?«

»Dem Kleinen geht's gut. Das kann sich aber ändern. Hören Sie, das Kind ist in meiner Gewalt. Ich kann ihm jederzeit den Hals umdrehen. Oder Schlimmeres. Noch ist ja nichts passiert.«

Marie hatte Mühe zu sprechen. Sie hätte nicht gedacht, dass das Gespräch sie so anstrengen würde. »Was wollen Sie? Geld?«

Der Anrufer lachte. »Geld? Vielleicht. Vielleicht auch Geld. Aber vorerst will ich nur mit Ihnen reden. Wie ist es denn so?«

»Was?«

»Na ja, das Gefühl. Ihr Junge ist weg. Ich habe ihn. Ich kann mit ihm machen, was ich will ...« Er wartete.

»Bitte, tun Sie ihm nichts! Der Junge kann doch nichts dafür, dass ...«

»Ich könnte ihm was abschneiden. Erst was Kleines, dann was Großes. Wissen Sie, dass man den Penis eines Menschen entfernen kann, ohne dass er verblutet? Oder den Hodensack? Ihr Junge hat noch einen sehr kleinen Hodensack, wie ich festgestellt habe.« Wieder wartete er darauf, dass sie etwas sagte. »Wenn Sie sich anstellen, würde ich Ihnen die Teile einzeln zuschicken, Madame.« Er lachte auf.

Der Mann war verrückt. Ein Irrer. Und Johann befand sich in seiner Hand.

Doch dann fiel Marie auf, dass der Mann es überhaupt nicht eilig hatte. Er schien es zu genießen, mit ihr zu reden. So mit ihr zu reden.

»Was sagen Sie nun, Madame?« Er klang schnippisch.

Marie konnte nichts sagen. Sie war versucht aufzulegen. Aber das durfte sie auf keinen Fall.

»He!«, brüllte er ins Telefon. »Sind Sie noch da?«

»Ja«, antwortete Marie leise. »Ich bin noch da. Bitte rühren Sie meinen Sohn nicht an! Bitte! Sagen Sie mir, was ich zu tun habe!«

»Was du zu tun hast. Was du zu tun hast.« Er triumphierte. Marie hatte das Gefühl, dass er sie genau dahin hatte bringen wollen. »Ich will dir sagen, was du zu tun hast. Du willst doch deinen Bengel wiederhaben?«

Maries Ton wurde demütig. »Ja, ich will Johann wiederhaben.«

»Gut. Dann tust du auch das, was ich sage, ja?«

»Bestimmt. Alles, was Sie sagen. Alles. Wenn Sie nur meinem Jungen nichts ...«

»Als Erstes wirst du mich lecken. Hörst du? Du wirst mich ...«

Reifen quietschten. Der Mann atmete lauter und schneller. Eine Tür wurde aufgerissen. Die Tür einer Telefonzelle wahrscheinlich. Marie hörte, dass jemand auf ihn einschlug.

»Nicht!«, schrie er. »Bitte, nicht.«

Er wurde aus der Telefonzelle gerissen. Stimmen überschlugen sich. Harte Stimmen. Marie konnte deutlich hören, wie er zu Boden ging. Er jammerte. »Ich habe doch nichts gemacht. Nur telefoniert. Darf man denn nicht mal mehr ...«

Jemand klatschte ihm ins Gesicht. Der Hörer baumelte, er schlug gegen das Gehäuse.

Dann war jemand dran. Eine andere, eine ältere Stimme. »Frau Lieser?«

»Ja«, sagte Marie.

»Es ist alles vorbei. Wir haben ihn.«

Marie legte auf. Sie wusste, dass nichts vorbei war. Es begann erst.

10

Noch in der Nacht wurde der Anrufer dem Haftrichter vorgeführt. Es stellte sich schnell heraus, dass der Mann, der Marie vorher nie gesehen hatte, durch ihren Appell im Fernsehen dazu angeregt worden war, sie anzurufen.

Er hatte mit Johanns Verschwinden nichts zu tun, hatte sich zur fraglichen Zeit nicht einmal in der Gegend aufgehalten. Zahlreiche Zeugen konnten sein Alibi bestätigen. Die Beamten, die ihn verhörten, hatten alle den gleichen Eindruck: Er war ein schwer gestörter Spinner, der es genoss, eine Frau leiden zu sehen. Eine frühere Freundin hatte ihn wegen einer Lappalie angezeigt. Es war der Frau nichts geschehen, aber es war auch klar geworden, dass der Mann sadistische Neigungen hatte.

»Ich lege meine Hand dafür ins Feuer«, sagte Fürbringer. »Der Kerl wird in den Knast gehen. Kein Richter wird das als eine Kleinigkeit ansehen.«

Marie sagte nichts dazu.

Sie wusste nun, dass Robert mit Fürbringer vereinbart hatte, eine Fangschaltung einzurichten, von der Marie nichts hatte erfahren sollen. Nur so hatte die Polizei den Anrufer in der Telefonzelle orten können.

Marie war gewarnt. Die Polizei handelte gegen ihre Interessen – und Robert machte dabei mit.

Sie stellte ihn deshalb nicht zur Rede. Marie konnte sich nicht mehr auf Robert verlassen. Sie stand nun ganz allein.

Marie nahm sich vor, hart zu sein und sehr genau zu beobachten, was um sie herum geschah. Sie kämpfte nun an zwei Fronten. Gegen den Mann mit der Mickey-Mouse-Maske und gegen die, die glaubten, ohne sie besser zum Ziel zu kommen.

In dieser Nacht sammelte sie ihre Kräfte. Sie wusste, sie würde sie brauchen.

Am nächsten Morgen läutete das Telefon schon wieder. Marie hatte darauf geachtet, dass es immer in ihrer Reichweite blieb.

Diese Stimme klang ganz anders als beim ersten Anrufer. Erwachsen, klar – fast gelassen. »Spreche ich mit Marie Lieser, der Mutter von Johann?«

»Ja, ich bin Johanns Mutter.«

»Ich habe Ihren Jungen, Frau Lieser. Es geht Johann gut. Ich sorge für ihn. Sie müssen keine Angst haben. Es passiert ihm nichts. Glauben Sie mir!«

Wie gern hätte Marie das getan. Sie antwortete leise: »Ja, ich versuche es.«

»Gut. Ich will Ihnen nichts Böses. Und Ihrem Jungen erst recht nicht.« Er machte eine Pause, so als müsste er jetzt zu dem unangenehmen Teil des Anrufs kommen. Marie hielt den Atem an.

»Lassen Sie uns ehrlich sein! Wird Ihr Telefon überwacht?«

Marie antwortete, ohne auch nur eine Sekunde zu überlegen: »Ja.«

Da legte der Anrufer wortlos auf.

Die Polizisten waren verärgert. Aber sie sagten nichts. Sie verließen das Haus, um sich zu beraten.

Robert hingegen tobte. Er warf Marie vor, mit ihrem Alleingang das Leben ihres Jungen gefährdet zu haben.

Doch Marie verteidigte sich. »Johann hat nur eine Chance, wenn ich mit dem Entführer allein rede. Fürbringer ist auf einen schnellen Erfolg aus. Er will endlich den Abschluss des

Falls verkünden können. Robert, die glauben doch längst nicht mehr daran, Johann noch lebend zu finden. Eine Mutter muss das aber.«

Roberts Kiefer mahlten. »Ich dachte, wir bringen das zusammen hinter uns.«

Marie musste sich beherrschen. »Das dachte ich auch. Aber du hast Fürbringer hinter meinem Rücken die Erlaubnis für eine Fangschaltung gegeben.«

Robert schrie sie an: »Von wegen. Das legst du dir zurecht. Nichts ist hinter deinem Rücken passiert. Ich habe es offen gesagt: Ich will eine Fangschaltung …«

»Und ich habe gesagt: ›Nein!‹«

»Es hängt aber nicht allein von dir ab. Johann ist auch mein Kind.«

Das stimmte. Robert hatte ebenso Rechte wie sie. Aber sie musste verhindern, dass er und Fürbringer das Falsche taten. Falsch war, was Johann gefährdete.

»Du hast dich mit diesem Fürbringer verbündet. Gegen mich …«

Roberts Kopf war rot wie Blut. »Marie, du steigerst dich da in etwas hinein. Ich verstehe ja, dass du als Mutter …«

Sie unterbrach ihn harsch. »… und gegen Johann.«

Marie wusste, dass der Mann nun nicht mehr anrufen würde.

Sie hatte ihn gewarnt. Damit hatte sie die Kommunikation mit dem Entführer unterbrochen, an der auch ihr so viel lag. Aber sie hatte ihm auch gezeigt, dass er mit ihr offen reden konnte, dass ihr nichts an seiner Verhaftung lag. Sie wollte nur eines: ihren Sohn retten. Die Polizei war ihr egal.

Der Entführer wollte mit ihr reden. Aber er würde sie nicht

mehr zu Hause anrufen. Er wusste ja nun: Dort hörte die Polizei mit.

Nun musste Marie etwas tun. Wenn sie wollte, dass er sich an sie wandte, um mit ihr über Johanns Schicksal zu reden, dann musste sie ihm Gelegenheit dazu geben. Zu Hause war das unmöglich geworden. Nach ihrem Alleingang wurde sie misstrauisch beobachtet. Von Fürbringer und seinen Leuten, aber auch von Robert.

Also musste sie weg. Sich bewegen. Sich sehen lassen. In Bubach. Nur wenn der Entführer sie allein sah, würde er es wagen, mit ihr Kontakt aufzunehmen.

Auch Marie hatte ein Fahrrad. Ein altes Damenrad. Sie fand es angenehmer, in Bubach mit dem Fahrrad in den Supermarkt, in die Bäckerei oder aufs Amt zu fahren. Es gab keine Parkprobleme, und sie konnte unterwegs das eine oder andere Schwätzchen halten.

Marie hatte ihren Einkaufskorb auf dem Gepäckträger. Doch das war nur Tarnung. Marie stand nicht der Sinn nach Einkäufen.

Sie radelte nun jeden Tag durch den Ort.

Sie machte morgens eine lange Tour und nachmittags eine. Sie stellte ihr Rad irgendwo ab, wo viele Menschen sich trafen. Sie lief herum. Sie blieb stehen. Sie wartete.

Das wiederholte sie. Jeden Tag.

Marie war befangen. Weil die Menschen erschraken, wenn sie sie sahen. Die Nachbarn wussten, was geschehen war, sie rechneten nicht damit, dass die Mutter des entführten Kindes mit einem Bastkorb auf dem Gepäckträger quer durch den Ort zum Supermarkt radeln würde.

Marie sah ihren Augen an, was sie dachten: Da ist sie, die Mutter des toten Jungen.

Am fünften Tag nach dem Anruf des Entführers geschah es.

Marie hielt vor dem kleinen Supermarkt in der Ortsmitte und schloss das Rad an den Fahrradständer der Sparkasse an. Sie nahm den Korb und überquerte den Platz mit den Blumenkübeln.

Marie wusste, dass sie unter Beobachtung stand – der Entführer konnte hier irgendwo sein. Er würde sie nicht aus den Augen lassen. Wenn er beabsichtigte, mit ihr in Kontakt zu treten, würde er sicher sein wollen, dass sie allein unterwegs war. Dass keine Polizei sie beobachtete. Deshalb ließ er sich so lange Zeit.

Marie wusste nicht, wie sie gehen, wie sie den Korb halten sollte, ohne dass es verdächtig wirkte. Auf keinen Fall durfte sie verdächtig wirken.

»Frau Lieser!«

Marie blieb stehen. Sie wandte sich langsam um.

Die Frau des Postboten. Ihre weißgrauen Haare waren kunstvoll toupiert, sie trug ein grelles Make-up mit viel zu viel Schwarz um die Augen und mit rosa Puppenbäckchen. Sie war eine notorische Klatschtante. Jetzt stürzte sie auf Marie zu – soweit ihre Körperfülle das erlaubte. Wie ein Kugelblitz. Sie stoppte nicht, sie hielt keinen sozialen Sicherheitsabstand. Sie kam Marie ganz nahe. Sie wollte sie umarmen. Marie machte sich steif. Aber das nutzte nichts. Die fremde Frau drückte ihre Wange gegen Maries Kinn.

»Sie tun mir so leid.«

Marie bemühte sich, ein freundliches Gesicht zu zeigen.

Die Frau schaute sich suchend um. »Wo ist denn Ihr Mann? Er arbeitet doch nicht etwa?«

»Nein. Er ist zu Hause. Es muss immer jemand da sein. Während ich einkaufe, sitzt er am Telefon.«

»Hat denn der Täter schon angerufen? Hat er sich bei Ihnen gemeldet?«

Ihre Augen wurden ganz klein und hinterlistig. Marie wusste: Was sie jetzt sagte, würde sich in Windeseile im ganzen Dorf verbreiten. Sie musste es sich gut überlegen. Wegen Johann. Möglicherweise hörte der Entführer davon. »Es hat sich niemand gemeldet. Wir warten immer noch.«

Die Frau legte die Hände auf ihre rosigen Wangen. »Meinen Sie denn, der Junge lebt noch?«

»Ja, das glaube ich.« Marie drehte sich um und ging schnell davon.

Im Supermarkt ließ sie sich Zeit. Obwohl sie nicht vorhatte, Fleisch zu kaufen, hielt sie sich lange an der Fleischtheke auf. Sie begutachtete die Auslagen und begrüßte zwei Nachbarinnen, die jedoch Abstand hielten.

Dann lief sie durch die Gassen der Regale. Sie suchte nach Nudeln. Als sie sie gefunden hatte, verglich sie die Preise. Sie packte die billigsten Spaghetti in den Einkaufskorb.

An der Käsetheke ließ sie sich etwas Schnittkäse machen, bei den Backwaren suchte sie eine möglichst frische Packung Aufbackbrötchen. Dann hielt sie sich lange in der Obst- und Gemüseabteilung auf, packte Tomaten und Äpfel in Klarsichttüten und wog alles ab.

Nichts von alledem brauchte Marie.

Irgendwann fiel ihr nichts mehr ein, was sie noch hätte kaufen können. Sie ging zur Kasse.

Marie wusste, dass die junge Kassiererin mit den pechschwarz gefärbten Haaren und dem Piercing in der Oberlippe bei Robert in die Berufsschule gegangen war. Sie hatte keine Lust, mit ihr auch noch über Johann zu sprechen. Deshalb vermied sie den

Augenkontakt mit dem Mädchen, zahlte wortlos und räumte ihre Einkäufe in den Bastkorb.

Marie hatte genug Zeit hier drinnen verbracht. Sie beeilte sich. Sie wollte sich wieder draußen zeigen. Sie wollte dem Mann eine Chance geben. Im Supermarkt würde er bestimmt keinen Kontakt mit ihr aufnehmen. Allein schon wegen den Kameras nicht, die an zahlreichen Stellen an den Decken hingen, um Ladendiebe abzuschrecken.

Die Sonne blendete Marie, als sie auf den mit kleinen Pflastersteinen wellig angelegten Platz trat. Sie blieb kurz stehen, um sich an das grelle Aprillicht zu gewöhnen. Als sie mit der rechten Hand ihre Augen vor der Sonne abschirmte, sah sie, dass die Frau des Postboten auf der anderen Straßenseite aufgeregt auf zwei Passantinnen einredete.

Marie wusste, dass gerade die Neuigkeiten in dem Entführungsfall weitergetratscht wurden. Sie beeilte sich, zu ihrem Fahrrad zu kommen. Als die Frauen sie entdeckten, fuhren ihre Köpfe erschrocken auseinander. Hoffentlich sprach sie jetzt keine mehr an. Marie wollte weiter. Sie hatte sich überlegt, dass es helfen würde, wenn sie eine Runde entlang der alten Dorfaue fuhr. Dann sah sie wirklich jeder. Dort standen Bänke unter breiten Linden, wo sie sich hinsetzen und warten konnte. Warten, bis der, der ihren Sohn hatte, sich an sie wandte.

Marie stellte den vollen Korb auf den Gepäckträger und klemmte ihn so ein, dass er beim Fahren nicht herunterfallen konnte.

Da sah sie es.

Eine bunte Plastiktüte. Von Lidl. Obwohl es hier keinen Lidl gab. Der nächste Lidl war ein paar Kilometer weiter weg, am Rand der Stadt.

Die Tüte hing an ihrem Lenker. Sie enthielt etwas, was sie nach unten zog. Einen schmalen Gegenstand. Das erkannte man an den Konturen.

Maries Herz schlug bis zum Hals. Sie schaute sich um. Um diese Zeit waren zwar viele Menschen in Bubach unterwegs, aber dabei handelte es sich meistens um Hausfrauen und ein paar Schüler, die früher Schluss hatten und mit ihren schweren Ranzen auf den Rücken zum Supermarkt trotteten, um sich dort Limonade oder Süßigkeiten zu kaufen.

Die drei Frauen auf der anderen Straßenseite schauten herüber. Marie drehte ihnen den Rücken zu. Sie beugte sich so über die Lidl-Tüte, dass die drei nicht sehen konnten, was sie tat.

Sie griff hinein und zog den Gegenstand heraus.

Es war ein Handy.

Johanns Handy. Das Handy ihres Sohnes. Der Entführer hatte es an ihr Fahrrad gehängt.

Marie ließ das Handy in ihrer Hosentasche verschwinden. Die Lidl-Tüte knüllte sie zusammen und steckte sie in den nächsten Papierkorb, nachdem sie sich vergewissert hatte, dass sich außer Johanns Handy nichts darin befand.

Dann schob sie ihr Rad bis zum Zebrastreifen. Sie wartete, bis ein Lieferwagen vorbei war, und überquerte die Straße. Marie wandte sich an die drei Frauen. »Haben Sie jemanden an meinem Rad gesehen?«

Die drei schauten sich entgeistert an. Eine schüttelte den Kopf. Die Frau des Postboten sagte: »War da nicht ein kleiner Junge? In Johanns Alter.«

Die beiden anderen stimmten ihr erst zögernd, dann aber überzeugt zu.

»Kannten Sie den Jungen?«

Die drei schüttelten synchron die Köpfe. »Nie gesehen«, sagte eine.

Marie bestieg ihr Rad und fuhr nach Hause.

Sie schloss das Rad in den Schuppen ein. Dann betrat sie das Haus und verstaute die Einkäufe im Kühlschrank. Robert saß auf dem Sofa und starrte ins Nichts.

»War was?«, fragte sie.

»Nein«, antwortete er.

Marie ging ins Schlafzimmer. Sie schloss hinter sich ab.

Sie legte sich aufs Bett und schaltete Johanns Handy ein. Zum Glück kannte sie seine PIN. Er hatte es nicht fertiggebracht, sie seiner Mutter gegenüber geheim zu halten.

Marie wusste, dass die Polizei sie jetzt orten konnte. Aber das war ihr egal. Dieses Handy war ihre einzige Verbindung zu Johann.

Den ganzen Tag trug sie es in ihrer Hosentasche mit sich herum. Und abends legte sie es unter ihr Kopfkissen.

11

Mitten in der Nacht vibrierte das Handy.

Marie war sofort hellwach. Sie schaltete das Nachttischlämpchen ein und drückte die grüne Taste.

»Hallo.« Sie klang verschlafen. Marie wusste nicht, wie spät es war.

»Habe ich Sie geweckt?«

Es war die Stimme, die Marie schon kannte.

»Ja. Nein. Ist nicht schlimm«, stammelte sie. Sie sprach leise, damit Robert nichts hörte. Marie kam sich vor wie ein Backfisch bei seinem ersten Rendezvous.

»Sind wir allein?«, fragte die Stimme.

»Ja, das sind wir«, antwortete Marie fest.

»Und die Polizei hat nichts mit dem Handy angestellt?«

»Nein, sie weiß nicht, dass ich das Handy habe.«

»Gut, Frau Lieser. Das ist vernünftig. Wir beide wollen uns ja in Ruhe unterhalten, nicht wahr?«

»Ja. Wie geht es meinem Jungen?«

Der Mann atmete schwer. »Es geht ihm gut.« Mehr sagte er nicht.

In Maries Kopf herrschte ein schreckliches Durcheinander. Sie wollte nichts Falsches sagen, nichts, was ihn verschreckte. Beim letzten Mal hatte er sofort aufgelegt.

Da fiel ihr etwas ein, was ihn vielleicht interessieren würde. »Sie haben die ganze Zeit versucht, das Handy zu orten. Aber es war ja ausgeschaltet. Und jetzt … jetzt ist es eingeschaltet.«

Komischerweise lachte die Stimme auf. »Wenn sie es jetzt orten, werden sie es in Ihrem Bett finden, stimmt's?«

»Ja. Ich glaube, wir dürfen dennoch nicht lange sprechen.«

Marie wurde plötzlich klar, dass sie sich wie eine Komplizin verhielt. Aber was blieb ihr übrig? Sie musste sein Vertrauen gewinnen. Auf keinen Fall durfte er noch mal auflegen. »Woher haben Sie eigentlich die Nummer?«

»Von Johann. Er hat sie mir gegeben.«

»Natürlich. Woher auch sonst?«, sagte sie.

»Ich bin erleichtert, dass Sie so vernünftig sind, Frau Lieser.« Er seufzte, etwas fiel ihm schwer. »Ich habe Sie im Fernsehen gesehen. Sie waren … herzzerreißend.«

Marie verstand nicht, was das sollte.

»Sie taten mir so leid, Marie. Ich darf Sie doch Marie nennen, oder?«

»Ja.« Marie fragte sich, ob das der richtige Mann war. Aber er musste es sein. Er hatte ihr doch das Handy geschickt. Er rief sie an. Johann hatte ihm seine Nummer gegeben. Er war der Mann, der ihr Kind in seiner Gewalt hatte.

»Ich fand diese Pressekonferenz so… furchtbar. Wirklich, Marie. Ich habe so mit Ihnen gelitten. Ich kann mir gut vorstellen, was Sie durchmachen. Diese Angst. Und dann die plötzliche Einsamkeit. Das Liebste wurde Ihnen genommen. Es muss schrecklich sein, sein Kind so zu verlieren.«

Jetzt weinte er. Der Mann, der Johann entführt hatte, weinte. Er konnte nicht mehr weitersprechen. »Entschuldigung.« Und dann: »Das geht mir so nahe.«

Marie versuchte, klar zu bleiben. »Hören Sie, wenn Sie mich verstehen, dann lassen Sie mich jetzt mit meinem Sohn sprechen. Bitte, ich will Johann sprechen!«

Der Mann hörte schlagartig auf zu weinen.

Er legte auf.

Marie vergewisserte sich auf dem Display – das Gespräch war wirklich beendet worden.

Natürlich wurde keine Nummer angezeigt. Dennoch, dachte Marie, er muss Vertrauen zu mir haben. Sonst hätte er nicht angerufen. Wenn ich das Handy der Polizei übergeben würde, könnten sie sicher die Nummer zurückverfolgen. Aber wahrscheinlich hatte er sowieso aus einer Telefonzelle angerufen. Oder mit einem Kartenhandy. Nur – wo war Johann gewesen, während der Mann telefoniert hatte?

Erst wurde an der Klinke gerüttelt, dann gegen die Tür geschlagen. »Mit wem redest du?«

Das war Robert. Dabei hatte sie sich solche Mühe gegeben, leise zu sprechen.

Marie schaltete das Handy aus und ließ es zwischen den Matratzen verschwinden.

Dann stand sie auf und öffnete Robert. Er war im Schlafanzug.

»Tut mir leid, dass ich dich geweckt habe. Ich habe bloß geträumt.«

»Geträumt?« Robert sah schrecklich aus. So alt und müde.

»Ja, ich hatte einen Albtraum.«

»Warum schließt du die Tür von unserem Schlafzimmer ab?«

»Ich hatte … Angst. Ich schlafe so schlecht. Es richtet sich nicht gegen dich.«

Marie spürte, dass Robert ihr nicht glaubte. Aber er ging wieder.

Marie schlüpfte unter die Decke zurück. Sie angelte Johanns Handy aus der Ritze zwischen den Matratzen und schaltete es ein. Sie hielt den Atem an, während das Handy ein Netz suchte. Aber es war nichts: Das Mann hatte nicht mehr angerufen.

Marie war egal, ob sie sie orten würden. Sie wollte für den Anrufer erreichbar sein. Deshalb ließ sie das Handy an. Sie legte es aber wieder unter das Kopfkissen. Robert sollte nichts mitbekommen, wenn der Mann sich in der Nacht noch mal meldete.

Sie lag lange wach und atmete ganz flach. Sie horchte, sie wartete auf das Brummen des Handys.

Aber der Mann rief nicht mehr an.

Marie bemerkte, dass Robert Fürbringer zur Seite nahm. Er sprach lange mit dem Kommissar. Sie verständigten sich halblaut. Marie sollte nichts von dem Gespräch mitbekommen.

Aber sie wusste sowieso, worum es ging. Robert steckte der Polizei, dass seine Frau heimlich mit jemandem telefonierte.

Dass sie möglicherweise Kontakt mit dem Entführer hatte. Marie musste gar nicht hören, was Fürbringer darauf antwortete. Sie sah es an den Gesichtern der beiden Männer – und sie konnte es sich denken. So gut kannte sie Fürbringer schon.

Der Kommissar beschwichtigte Robert, das war klar. Wahrscheinlich sah er die Angelegenheit als eine Chance an. Man musste Marie nur machen lassen und sie beobachten – vielleicht kam man durch sie auf elegante Art zum Täter.

Marie spürte das Handy in ihrer Hosentasche. Der Rufton war ausgeschaltet. Wenn jemand anrief, vibrierte es. Dann vibrierte es auf Maries Oberschenkel. Nur Marie konnte es spüren. Sonst keiner. Sollten sie sie doch beobachten, die beiden Schlaumeier.

In der Nacht darauf schlief Marie besser.

Sie war dennoch sofort hellwach, als das Handy von Johann eine SMS empfing. Sie kannte den dumpfen Dreiklang. Marie setzte sich auf und las die Nachricht.

Wir müssen uns sehen. Sofort. Der Freund.

Der Freund. Marie fand das unverschämt. Wie kam der Kerl dazu, sich ihr Freund zu nennen? Aber sie wollte jetzt nicht über solche Kleinigkeiten nachdenken. Sie stand leise auf und zog sich an. Das Licht blieb gelöscht.

Sie schloss die Tür vorsichtig auf. Barfuß durchquerte sie den Flur. Unten wartete sie ein, zwei Minuten bewegungslos. Nichts. Robert rührte sich nicht. Wenn sie richtig hörte, schnarchte er sogar. In Johanns Bett. Was war das bloß für ein Mensch?

Das Handy steckte in ihrer Hosentasche.

Marie schloss die Haustür auf. Das ging zum Glück lautlos. Sie verließ das Haus.

Es war kalt, sie zitterte.

Schwierig war das Schließen der Tür. Der Metallrahmen klapperte.

Als sie das geschafft hatte, wartete sie, ob im Haus Licht anging.

Es blieb dunkel.

Marie lief zum Schuppen. Die Tür war nie abgeschlossen, das musste man in Bubach nicht.

Sie schob ihr Fahrrad in die Einfahrt, lehnte es gegen den Schuppen und schloss die Tür wieder. Der Holzverschlag wackelte.

Das Fahrrad rutschte langsam an der Wand entlang zu Boden. Da der Lenker eine Plastikkappe hatte, geschah das fast unhörbar. Als das Rad jedoch auf den Beton aufschlug, schellte die Klingel. Laut und hell.

Marie stockte der Atem. Sie wagte nicht, sich zu bewegen.

Im Nachbarhaus ging ein Licht an. Marie packte das Rad und zog es zu sich heran. Sie drückte sich gegen den Schuppen. Irgendwo wurde ein Fenster geöffnet. Jemand hustete. Dann wurde das Fenster wieder geschlossen. Das Licht ging aus.

Marie beobachtete ihr eigenes Haus. Dort blieb alles ruhig. Robert schlief offensichtlich sehr fest.

Marie hob ihr Rad an. Sie wollte nicht, dass der Kies in der Einfahrt den aufmerksamen Nachbarn noch einmal ans Fenster rief. Sie schaffte es sogar, das Rad über das Gartentor zu hieven. Das alte Damenrad war schwer. Aber Marie verfügte plötzlich über ungeheure Kräfte.

Sie lehnte das Rad gegen das Tor – diesmal vorsichtiger, und stieg selbst darüber. Die kleine Pforte war zu laut.

Marie atmete durch, als sie sich endlich auf ihr Rad setzen konnte. Sie fuhr los.

Es war schön, durch die stille Nacht zu radeln.

Marie hatte kein Ziel. Sie bog einfach in die Bundesstraße ein und fuhr in Richtung Ortszentrum. Die sonst so belebte Straße war still. In Bubach war noch kein Mensch zu sehen. Ab und zu brannte in einer Dachkammer Licht.

Marie verließ den Ort hinter dem Supermarkt. Sie radelte in die Felder hinaus. Es wurde kälter und dunkler. Sie hielt an und schaltete den Dynamo ein.

Marie wollte zum Wald. Sie konnte sich nicht vorstellen, dass der Entführer ihr hier, auf einem der Felder, gegenübertrat. Man war viel zu ungeschützt.

An einer Bank hielt sie an, stieg ab, setzte sich und zog das Handy aus der Tasche.

Nichts.

Sie stieg wieder auf das Rad. Als sie endlich atemlos den Waldrand erreichte, hinderte sie etwas daran weiterzufahren. Wenn der Mann sie beobachtete, wovon Marie ausging, dann würde er sie aus den Augen verlieren, sobald sie in den dichten Wald fuhr. Marie schaute wieder auf das Display des Handys. Keine neue Nachricht.

Er hatte sie doch aufgefordert loszufahren. Sofort, hatte es in der SMS geheißen. Warum ließ er sie jetzt zappeln? Trieb er auch nur ein böses Spiel mit ihr, so wie der erste Anrufer, den sie noch in der Telefonzelle festgenommen hatten?

Plötzlich fürchtete Marie, dass er den Kontakt mit ihr verloren haben könnte. Vielleicht war sie längst in einem Funkloch. Das Display von Johanns Handy zeigte zwar ein Netz an, aber Marie wurde dennoch panisch. Sie stieg auf das Rad und raste los. Sie schaltete immer höher. Sie wollte weg. Dorthin, wo der Entführer auf sie wartete.

Es wurde heller. Aber man konnte sie wegen des starken Dynamolichts sowieso schon von Weitem sehen. Marie mied Senken, sie hielt sich auf den Feldwirtschaftswegen, die über die Höhen führten. Ihre Beinmuskeln schmerzten, langsam ging ihr die Puste aus.

Doch Marie fuhr weiter. Sie erklomm weiter Berge, sie trotzte dem starken Gegenwind.

Irgendwann wurde sie langsamer, obwohl der Weg eben war. Jede Pedaldrehung kostete mehr Kraft. Nun schmerzte auch ihre Wirbelsäule. Sie konnte den Kopf nicht mehr halten.

Eigentlich wollte sie nur kurz ausruhen. Als sie aber auf der Steinbank vor dem weißen Feldaltar saß, spürte sie, dass sie nicht mehr konnte.

Sie zog das Handy hervor. Immer noch nichts. Sie hob schon den Arm, um es gegen einen der klobigen Steine zu schleudern, die die Bauern beim Pflügen aus ihren Feldern geholt und hier aufgehäuft hatten. Doch dann beherrschte sie sich. Sie steckte das Handy in die Hosentasche zurück.

Über den hohen Tannen ging die Sonne auf. Ein glühender Vulkan. Marie spürte schon die Wärme auf ihren vom Schweiß feuchten Wangen. Sie streckte sich aus. Sie versuchte, ihre Atmung zu kontrollieren.

Es lag an der Morgensonne. Sie hatte in Marie etwas berührt, was verschlossen hätte bleiben sollen. Warme Tränen flossen ihr über die Wangen. Die Augen brannten. Sie hatte kein Taschentuch dabei. Marie schluchzte. Warum bin ich allein, fragte sie sich.

Da klickte etwas in ihrer Tasche. Der Dreiklang.

Ihre Finger waren kalt und gefühllos. Es dauerte, bis sie das Handy aus der Hose gezogen hatte. Maries Zeigefinger zitterte so stark, dass es ihr erst beim dritten Versuch gelang, die SMS zu öffnen.

Schön, dass Sie da sind. Kommen Sie zum Engscheider Wald. Dorthin, wo die Holzbank und der Tisch für Wanderer stehen. Ich erwarte Sie. Der Freund.

Der Freund wartete auf Marie im Engscheider Wald. An dem Wanderrastplatz. Marie kannte die Stelle gut. Wenn sie schnell fuhr, war sie in fünf bis zehn Minuten dort.

Sie sprang auf das Rad und trat kräftig in die Pedale. Der Wind wehte jetzt von hinten. Sie spürte die Sonne auf ihrem Rücken. Marie lachte laut.

Im Wald war es noch dunkel. Marie stellte ihr Fahrrad an der Holzbank ab.

Auf dem kleinen Parkplatz am Eingang des Waldstücks hatte kein Auto gestanden. Möglicherweise war der Freund ja auch mit dem Rad unterwegs.

Ein greller Pfiff.

Marie wusste sofort, dass er nicht von einem Vogel kam.

Es war ein Mensch, der gepfiffen hatte. Der Freund. Jetzt nannte sie ihn auch schon so.

Noch ein Pfiff. Noch greller, ungeduldiger.

Marie ließ das Fahrrad stehen und ging los. In die Richtung, aus der der Pfiff gekommen war. Erst über einen schmalen Trampelpfad. Als der plötzlich endete, lief sie durchs Unterholz. Hier wuchsen vor allem Nadelhölzer. Mächtige Fichten. Der Boden war von dichtem, feinem Waldgras bedeckt. Sie kam gut voran. Bis ihr mittelhohe Fichtenableger den Weg versperrten.

Marie zögerte, sie schaute sich um.

Der dritte Pfiff.

Er kam aus dem Nadelholzdickicht, das vor ihr lag.

Marie hob die Arme als Schutz gegen die Zweige.

Schon nach wenigen Metern – die feinen Nadeln durchdrangen ihre Kleidung und piekten sie, als wollten sie sie aufhalten – lichtete sich das Gehölz. Sie konnte ohne den Schutz der Arme weitergehen. Marie sah einen schweren Stamm. Eine alte Buche. Ohne Astwerk.

Auf der Buche saß ein Mann. Er trug eine Maske. Eine Mickey-Mouse-Maske.

Der Freund.

Marie ging auf ihn zu. Sie hatte keine Angst. Sie wollte zu Johann.

»Wo ist mein Kind?«, fragte Marie sofort.

Der Freund erhob sich. Als wollte er höflich sein. »In Sicherheit. Es geht Johann gut.«

Die Stimme klang wie am Telefon. Nur etwas gedämpft und hohl. Das war die alberne Maske. Obwohl sie an dem Mann mit den schwarzen Hosen und der dunklen Windjacke grauenhaft aussah, war Marie erleichtert, dass er sie trug. Hatte Fürbringer nicht gesagt, die Maske habe eine Bedeutung? Der Täter wollte nicht erkannt werden, er beabsichtigte also, Johann freizulassen. Auch Marie durfte sein Gesicht nicht sehen. Sie sollte ihn später nicht identifizieren können. Später, wenn alles vorbei war.

»Was wollen Sie mit meinem Jungen?«

»Ich will ihn nur anschauen. Er soll in meiner Nähe bleiben. Ich tue ihm nichts.«

Marie sah jedes Detail in unnatürlicher Größe. Seine Hände waren klein, fast zierlich, nicht die Hände eines Mörders. Aber wie groß mussten Männerhände sein, damit sie einem Kind Leid zufügen konnten?

Er trug Sportschuhe, wie Marie sah, eine mittlere Größe. Die Beine waren schlank, der Freund war weder groß noch stämmig.

Marie suchte nach etwas, was ihn kennzeichnete. Eine unverwechselbare Eigenart. Aber sie fand nichts. Der Freund war äußerlich ein ganz normaler Mensch. Robert hätte hinter der Mickey-Mouse-Maske stecken können.

»Warum haben Sie mich hierherbestellt?«, fragte sie.

Er ließ die Arme hängen und senkte den Kopf. Richtig jämmerlich sah er jetzt aus. Mit seiner schwarzen Uniform und der bunten Maske. »Ich habe dich bestellt, um dir zu sagen: Du sollst dir keine Sorgen mehr machen. Dein Kind bekommt alles, was es braucht. Und bald wird Johann wieder bei dir sein.«

Sie waren also beim Du. Gut, das war ja auch üblich unter sogenannten Freunden. »Das hättest du mir auch am Telefon sagen können.«

»Wenn die Polizei mithört? Ich wollte dich sehen. Wenn du das nächste Mal kommst, kannst du etwas für Johann mitbringen.«

Sie hatte ihn verärgert. Er grätschte über den Baumstamm und ging davon.

Marie lief hinter ihm her. Schon nach wenigen Metern hatte sie ihn eingeholt. Sie hielt ihn an der Jacke fest. Marie hatte den Eindruck, dass er darauf gewartet hatte. Er wehrte sich nicht.

»Bitte, sagen Sie Johann, dass ich ihn liebe!«, bettelte Marie.

»Ja«, sagte der Freund. »Ich verspreche es.« Er wollte weiter. Marie ließ ihn los. Es hatte ja keinen Sinn, ihn festhalten zu wollen.

»Bringen Sie mir etwas von ihm mit!«, verlangte Marie.

Der Freund drehte sich nicht um. Er sprach im Gehen zu Marie. Sanft und so leise, dass sie Mühe hatte, ihn zu verstehen.

»Übermorgen. Wieder hier. Sagen wir um 18 Uhr. Wenn du jemanden etwas erzählst, töte ich dein Kind!«

12

Marie wusste sofort, was los war. Die beiden Zivilfahrzeuge standen in der Einfahrt. Robert hatte ihnen das Tor geöffnet. Wahrscheinlich hatte er sie sogar gerufen. Er hatte wohl bemerkt, dass sie weg war.

Sie saßen am Küchentisch und brüteten. Zu dritt.

Fürbringer und sein Assistent Bäsch taten so, als wäre ihre Anwesenheit zur Frühstückszeit selbstverständlich. Robert war wütend. Marie spürte, dass er sich sehr beherrschen musste. Wahrscheinlich hatten sie ihm zugeredet. Er solle sich zurückhalten. Eine Eskalation bringe nichts. Sie versprachen sich etwas davon, Marie in Sicherheit zu wiegen. Sie sollte sie zum Entführer führen. Marie war ihr Lockvogel.

Die Kaffeemaschine lief. Marie holte Tassen aus dem Küchenschrank und stellte sie auf den Tisch. »Gibt's Neuigkeiten?«

Die drei schwiegen.

»Sicher hat es einen Grund, wenn Sie so früh schon hier sind, oder?«

Roberts Hände verkrampften sich ineinander. »Wo warst du?«

»Ich habe eine Radtour gemacht.« Marie verteilte die Unterteller und die Tassen.

»In der Nacht?«

»Ich konnte nicht schlafen.«

Fürbringer stieß seinen Assistenten an. Bäsch stand auf. In seinen Skaterklamotten sah er aus wie ein etwas zu groß geratener Schüler. Er schob ungeschickt den Stuhl zurück und trat auf Marie zu, die gerade die volle Glaskanne aus der Kaffeemaschine nahm.

»Ich kümmere mich um die Technik.« Bäsch wirkte verlegen. Er sollte ihr wohl etwas beibiegen und wusste nicht genau, wie.

»Um welche Technik?«, fragte Marie, ging zum Tisch und schenkte den Männern Kaffee ein.

»Um das Orten des Handys«, sagte Bäsch leise.

Marie verließ die Küche. Auf der Treppe holte er sie ein. »Ich wollte Sie bitten, mir das Handy zu geben. Ihr Mann sagt auch …«

»Welches Handy?«, unterbrach Marie ihn.

»Das Handy Ihres Sohnes. Wir haben Signale aufgefangen. Sie kamen von hier. Wahrscheinlich aus Ihrem Haus.«

Marie stieg die Treppe hinauf. Bäsch war sofort hinter ihr. Die Nähe des jungen Mannes machte sie nervös. Sie wollte ihn loswerden.

»Stimmt, das habe ich ganz vergessen, Ihnen zu sagen. Ich habe Johanns Handy gefunden. Er hat es wohl doch nicht mitgenommen.«

Bäsch starrte sie an. »Das haben Sie vergessen?« Der junge Mann war kurz davor, laut zu werden. Aber dann überlegte er es sich noch einmal: Schließlich war sie die Mutter des verschwundenen Jungen. »Kann ich es haben?« Jetzt klang er fast wie Johann, wenn der Marie um etwas anbettelte.

Marie wandte sich ab. »Nein. Es gehört meinem Sohn. Ich möchte es behalten.«

Er folgte ihr. Wenigstens an der Schlafzimmertür musste dieser aufdringliche Kerl doch haltmachen, hoffte Marie. Ihre Hand lag bereits auf der Türklinke.

»Sie haben mit dem Handy telefoniert?«

»Ja, ich habe einen Anruf erhalten. Er war aber nicht von Johann, wenn Sie das meinen.«

Dieser Bäsch war wirklich dreist. Sein Gesicht kam dem ihren sehr nahe. So nahe, wie man es nur in innigen Momenten erträgt. Marie sah seine Augen. Sie waren kalt und gierig. Nicht nach Sex.

Sondern nach Erfolg. Er wollte ihn erzwingen. Dafür war ihm jedes Mittel recht.

Marie musste sich vorsehen; Bäsch war ein anderes Kaliber als Fürbringer. Der junge Polizist kannte keine Rücksicht. Er wollte nichts anderes, als seinen Willen durchsetzen.

»Mit wem haben Sie telefoniert?«

»Das geht Sie zwar nichts an, aber ich sage es Ihnen trotzdem: Ein Freund von Johann hat angerufen. Jemand aus der Schule. Kinder sind so – er dachte wirklich, er erreicht Johann und kann etwas in Erfahrung bringen.«

Bäsch glaubte ihr kein Wort, das sah sie sofort.

Marie schlüpfte in ihr Schlafzimmer. Die Tür schlug sie hinter sich zu.

Von nun an belagerten sie Marie. Zumindest empfand Marie es so. Und Robert schien in diese Belagerung seiner Frau einbezogen worden zu sein. Er ließ sie nicht mehr aus den Augen. Nur im Bett hatte sie ihre Ruhe – wenn sie die Schlafzimmertür hinter sich abschloss.

Marie musste sich etwas überlegen.

Sie wusste zwar, was sie von ihr wollten. Aber sie brauchte Raum. Sie musste sich unbeobachtet bewegen können. Wenn der Freund bemerkte, dass sie Marie ständig auf den Fersen waren, würde er sich nicht mehr bei ihr melden. Sie musste Bäsch und Fürbringer loswerden. In Johanns Interesse.

Marie fand es an der Zeit, sich im Büro sehen zu lassen. Zwar hatte sich noch niemand beschwert; ihr Chef hatte sie sogar kurz nach Johanns Verschwinden angerufen und ihr angeboten, der Verpackungsmittelfirma so lange fernzubleiben, wie sie es für richtig hielt. Aber Marie fand es angesichts der permanenten Beobachtung immer anstrengender, sich zu Hause aufzuhalten. Im Büro hatte sie wenigstens vor Robert und der Polizei ihre Ruhe – und Johanns Handy hatte sie sowieso immer in der Tasche. Sie war also für den Freund erreichbar.

Nach der Arbeit fuhr Marie mit dem Rad in den Supermarkt. Diesmal musste sie wirklich einkaufen. Seit Johann weg war, aßen sie zwar nicht mehr regelmäßig, aber es fehlten ein paar unverzichtbare Dinge: frisches Brot, Mineralwasser, Kaffee (noch nie wurde in Maries Küche so oft Kaffee gekocht wie in den Tagen, in denen sie die Polizei im Haus hatten) und etwas Joghurt.

Als sie vor dem Kühlregal stand und routinemäßig nach den Fruchtzwergen griff, die Johann so gern aß, wurde ihr schwindelig. Sie sah ihr Kind, kauernd und vor Kälte zitternd in einer Kiste, irgendwo tief im Erdreich vergraben.

»Kann ich Ihnen helfen?«, fragte eine Verkäuferin.

Dann waren plötzlich zwei junge Männer da, die Marie nicht kannte. Sie nahmen ihr den Einkaufskorb ab und gingen mit ihr zur Kasse. Sie bezahlten sogar für Marie. Marie verstand erst nicht, was vorging. Als sie mit den beiden Männern den Markt verließ und sah, dass sie ihre dunkle Limousine rücksichtslos auf dem Bürgersteig geparkt hatten, wusste sie, dass die beiden zu Fürbringer gehörten.

Sie trank im Stehen einen Schluck aus der Eineinhalbliterflasche »Bergquell«, die sie gerade gekauft hatte. Dann ging es ihr besser. Sie wollte ihre Einkäufe auf dem Fahrrad nach Hause bringen. Die Polizisten aber packten die Sachen in den Wagen. Es gab einen Wortwechsel.

Die Leute blieben stehen und schauten zu, wie sie sich mit den beiden stritt. Sicher dachten sie, Marie werde gerade festgenommen.

Sie setzte sich gegen Fürbringers Männer durch: Marie fuhr ihre Einkäufe auf dem Gepäckträger nach Hause. Die beiden folgten in gebührendem Abstand, wie Marie im Rückspiegel sehen konnte.

Hoffentlich hat der Freund das nicht beobachtet, dachte sie, als sie in die Einfahrt einbog. Aber er musste doch wissen, dass es nicht einfach für sie war, sich der Polizei zu entziehen.

Ihre Bewacher hielten vor dem Haus, blieben im Wagen sitzen und schauten zu, wie Marie die Einkäufe ins Haus schleppte.

Robert war im Stall.

Marie hatte zwar keinen Hunger, aber sie wollte sich so normal wie möglich verhalten. Also kochte sie Nudeln und briet etwas Hackfleisch an.

Robert erschien, kurz bevor das Essen fertig war. Er setzte sich an den Tisch und wartete.

Marie stellte zwei Teller mit Nudeln und Fleisch auf den Tisch. Sie aßen stumm.

Marie bekam kaum etwas runter, nur wenige Gabeln voll Spaghetti. Es schmeckte auch nicht. In ihrem Zustand konnte man nicht kochen.

Robert hingegen schaufelte das Essen in sich rein, als wäre es ein Teil seiner Arbeit im Stall.

Er redete nicht, er schaute Marie nicht an. Als sein Teller leer war, ächzte er und lehnte sich zurück. Er machte nicht den Eindruck, als ginge es ihm nach dem Essen besser; obwohl er sehr hungrig gewesen zu sein schien. Marie überlegte, ob sie ihm noch etwas auftun sollte. Schließlich war er ihr Mann, und er sorgte für sie.

Als sie seinen Teller nahm, hielt er ihren Arm fest und fragte: »Hast du mir etwas zu sagen?«

Marie machte sich los. Roberts Besteck fiel aus dem Teller und krachte auf den Tisch.

»Nein«, antwortete Marie, stand auf und ging mit dem Teller zum Herd.

Nach dem Essen fuhr Marie mit dem Rad zur Kirche.

Sie wollte beten. Vielleicht half ihr das, alles besser zu ertragen. Vielleicht half es sogar Johann.

Sie nickte den beiden Polizisten in dem dunklen Wagen zu, als sie das Kirchenschiff betrat. Die jungen Männer verstanden, was sie vorhatte, und blieben im Wagen sitzen. Sie behielten ihr Fahrrad im Auge.

In der Kirche war es kalt. Marie fror, als sie sich in eine der mittleren Bänke setzte. Sie verharrte eine Weile, die Beine fest aneinandergedrückt und die Hände verschränkt.

Sie bat Gott darum, ihren kleinen Sohn aus der Hand des Freundes zu retten.

Marie tat dies mit großer Inbrunst. Sie sagte Gott auch, dass sie wusste, dass sie Robert wehtat. Aber sie sei entschlossen, alles zu tun, um Johann wiederzubekommen. Gott sollte wissen, dass es ihr sehr ernst war. Aber er sollte auch wissen, dass sie sich nicht allein auf ihn verlassen würde. Dafür stand zu viel auf dem Spiel.

Marie kniete nieder und versuchte, sich an den Wortlaut des »Vaterunser« zu erinnern. Sie schaffte es fast, die letzten Sätze fehlten ihr. Sie legte die Hände über ihr Gesicht und dachte mit ganzer Kraft an Johann. Sie versuchte, Kontakt mit ihm aufzunehmen. Aber das gelang ihr nicht. Sie bildete sich nur einmal ein, ein zartes Jammern zu hören.

Marie bekreuzigte sich und stand auf. Sie ging zum Altar, warf ein Zweieurostück in den Opferstock, nahm sich eine der bereitliegenden Kerzen, zündete sie an einem noch brennenden Stummel an und pflanzte sie auf einen Eisenstachel. Für Johann.

Dann ging sie zur Sakristei. Die Tür war offen.

Sie betrat die Sakristei vom Altar aus.

Marie wunderte sich, wie unordentlich es dort war. Die Messgewänder des Priesters lagen über einem Stuhl, die Kutten der Messdiener waren einfach in einen Wäschekorb gestopft worden.

Es roch nach kaltem Weihrauch und nach Kerzen.

Die Pforte zum Friedhof war verschlossen. Aber von innen. Marie drehte den schweren Schlüssel. Beim zweiten Versuch schaffte sie es. Sie öffnete die Tür. Von draußen strömte warme Luft herein.

Sie schlüpfte hinaus und zog die schwere Pforte hinter sich zu.

Marie ging zwischen den alten Grabsteinen hindurch zur Friedhofsmauer. Hinter dem gemauerten Bassin, an dessen Wasserleitung knallbunte Plastikgießkannen mit Fahrradschlössern befestigt waren, befand sich ein Durchschlupf.

Marie arbeitete sich durchs Gebüsch, dann stand sie auf den Feldern. Von der Straße aus konnte man sie nicht sehen. Die Kirche lag zwischen ihr und den Polizisten.

Marie hatte ihre Laufschuhe schon an.

Sie zog ihre Jacke aus und band sie sich um die Hüfte. Dann trabte sie los. Erst eine Weile an der Friedhofsmauer entlang, langsam und in kleinen Schritten, damit ihre Muskulatur warm wurde. Dann, als sie den Feldwirtschaftsweg erreicht hatte und sich erste Schweißperlen auf ihren Schlüsselbeinen bildeten, holte sie weiter aus. Marie lief jetzt schnell. Sie wollte zum Waldrand.

Dort konnte man sie nicht mehr ausmachen, und dort konnten sie ihr auch mit dem Wagen nicht mehr folgen. Der Asphalt hörte auf, es ging über Stock und Stein.

Marie erreichte den sicheren Wald. Sie tauchte ein in das finstere Gehölz.

Es wurde kälter, sie sah kaum was, der Boden war weich, aber uneben. Sie musste stehen bleiben und warten, bis sich ihre Augen an das Halbdunkel gewöhnt hatten.

Sie ging langsam weiter, tastete sich auf einem schmalen Pfad vorwärts. Es roch gut: nach feuchter Erde und nach Laub.

Marie versuchte, sich zu orientieren. Wenn sie sich nicht sehr täuschte, befand sie sich ganz in der Nähe der Stelle, an der der alte Buchenstamm lag. Dort hatte sie den Freund das letzte Mal getroffen.

Irgendwo schlug eine Glocke, das war der Kirchturm von Bubach. Es war 18 Uhr. Die verabredete Zeit.

Marie konnte jetzt besser sehen. Sie begann wieder zu laufen. Im Wald, wo der Weg schmal war und man überall über Wurzeln stolpern konnte, war es eher ein leichtes Traben.

Der Weg wurde breiter, sie kam auf eine Lichtung. Marie blieb stehen. Rechts oder links?

Marie schaute in den Himmel. Wo stand die Sonne? Sie entschied sich für den breiteren Weg. Nun ging es noch schneller voran. Ihre Augen suchten einen Anhaltspunkt. Das letzte Mal, als sie mit dem Fahrrad unterwegs gewesen war, war sie von der anderen Seite in das Waldstück gekommen. Oder war sie ganz falsch hier?

Marie verließ den Weg. Das Unterholz wurde lichter. Den Buchen wichen Kiefern. Unter den Bäumen wuchs weiches Gras. Marie glaubte, sich zu erinnern.

Dann sah sie den mächtigen Stamm.

Der Freund saß dort. Es sah so aus, als hätte er seit ihrem letzten Treffen hier auf sie gewartet.

Marie wurde langsamer. Sie trat jetzt vorsichtig auf.

Sie hatte gefunden, was sie suchte. Nun musste sie Zeit gewinnen.

Als sie fast bei ihm war, bemerkte sie, dass etwas anders war. Die Mickey-Mouse-Maske saß schief. Er sah nun wirklich lächerlich aus. Die Hände ruhten in seinem Schoß; er gab sich Mühe, besonnen zu wirken.

Auch diesmal stand er auf, um sie zu begrüßen.

»Guten Tag, Marie. Schön, dass du gekommen ist.«

Jetzt erst sah Marie, dass etwas auf dem Baumstamm lag. Eine graue Tüte. Sie enthielt etwas. Marie konnte ihren Blick nicht von der Tüte wenden. Sie lag so da, als hätte der Freund sie für sie drapiert.

Marie fielen die Worte des ersten Anrufers ein, des Irren.

Ich könnte Ihrem Sohn etwas abschneiden. Erst was Kleines, dann was Großes.

Sie stockte, sie fasste sich an die Brust.

Der Freund folgte ihrem Blick.

»Ich habe dir etwas mitgebracht. Ein kleines Präsent.« Er nahm die Tüte und wickelte sie auf.

Marie hörte auf zu atmen. Ihre Bronchien schmerzten. Die Lunge war ihre Schwachstelle.

»Es wird dich freuen, Marie«, sagte der Freund. In seinem Ton lag keine Arglist. Er meinte es ehrlich mit ihr.

Er griff in die Tüte und zog den Inhalt ganz langsam hervor. Wie bei einer Bescherung, fast feierlich.

Der Schuh. Johanns Schuh. Es war Johanns Schuh.

Marie war versucht, sich auf den Schuh zu stürzen, ihn dem Freund zu entreißen, ihn an ihr Herz zu drücken. Doch etwas hielt sie zurück.

Der Freund hielt ihr den Schuh hin. »Nimm! Du weißt, er gehört deinem Kind.«

»Aber … den braucht er doch.«

Der Freund lachte. Es war kein böses, sondern ein gütiges Lachen – soweit Marie das trotz der dämpfenden Maske ausmachen konnte. »Ich habe ihm Pantoffel gegeben. Er kann doch nicht die ganze Zeit seine Schuhe tragen. Das sind Straßenschuhe. So etwas schadet den Füßen.«

»Genau«, entgegnete Marie. Der Freund hatte recht. Wie oft hatte sie Robert gepredigt, im Haus die Schuhe auszuziehen, nicht nur wegen der Dielen, auch weil die Füße litten. Aber ihr Sohn hatte es seinem Vater nachgemacht.

»Nun nimm schon!«, forderte der Freund sie auf.

Marie tat es. Sie umfasste den harten Schuh mit beiden Händen. Sie drückte ihn, sie knetete ihn. Sie wollte ihn nie mehr loslassen. Sie umarmte ihr Kind. Es war unfassbar schön. Für einen Augenblick.

Der Freund setzte sich wieder auf den Baumstamm.

Er klatschte mit der flachen Rechten auf das Holz. Marie sollte sich neben ihn setzen.

Warum nicht? Sie hatte keine Angst mehr vor ihm – auch wenn er immer noch die alberne Maske trug. Irgendwie waren sie einander schon ein bisschen vertraut. Wie Menschen, die in einer Notsituation aneinandergekettet waren.

Marie nahm auf dem Baumstamm Platz. Johanns Schuh ruhte in ihrem Schoß. Es war fast ein harmonisches Bild – sah man von der Mickey-Mouse-Maske ab.

Sie berührten sich. Der Stoff ihrer Kleidung berührte sich. Marie fand das ganz normal – schließlich war der Freund der Mensch, der sich seit über zwei Wochen um Johann kümmerte. Sie wollte ihn gerade fragen, wie ihr Sohn untergebracht sei, als der Freund zu reden begann.

»Ich habe für Johann einen Raum im Keller ausgebaut. Es ist wie ein richtiges Kinderzimmer. Gemütlich. Wirklich. Es würde dir gefallen, Marie. Dein Junge hat alles, was er braucht. Frische Luft, genug zu essen, sogar einen Fernseher, ein weiches Bett, Spielsachen und einen Computer.«

»Genug zu essen?«, fragte Marie. Sie hatte nicht alles verstanden. Was war das für ein Raum, von dem der Freund wie von einem Hotelzimmer sprach?

»Aber natürlich. Dreimal am Tag. Nur gesunde Sachen. Er darf sogar Wünsche äußern. Er mag Spaghetti ganz besonders gern, stimmt's?« Der Freund klang fast ein bisschen stolz darauf, dass er so gut Bescheid wusste.

»Stimmt. Spaghetti mit Tomatensoße.« Das war keine Sensation, jedes Kind mochte Spaghetti mit Tomatensoße.

»Habe ich ihm gestern gemacht. Einen ganzen Topf voll. Für uns beide. Johann hat aber deutlich mehr als die Hälfte davon gegessen.« Er lachte.

Marie hätte gern mitgelacht, aber es gelang ihr nur ein Grunzen.

Der Freund nahm Maries Hand. Sie musste den Schuh loslassen. Er drückte sie. Die Hand des Freundes fühlte sich warm an, warm und weich. »Glaub mir, Marie: Ich sorge dafür, dass es Johann immer gut geht!«

Dass es Johann immer gut geht. Marie schoss ein Gedanke durch den Kopf: Sie sah Johann in seinem Zimmer im Keller kauern. Allein. Und niemand bringt ihm etwas zu essen und zu trinken. »Und was ist, wenn dir etwas passiert?«

Der Freund ließ ihre Hand los: »Mir darf halt nichts passieren. Das sollte auch in deinem Interesse sein.«

Da fiel Marie etwas ein. Sie öffnete ihre Jacke. Sie spürte, dass der Freund sich für einen Moment anspannte. So nah waren sie sich. Sie griff in das Futter. Dort hatte sie es versteckt. Es war so klein, dass ihre Bewacher es nicht bemerkt hatten.

Marie hatte es zusammengedrückt und in eine Tüte eingewickelt. Es hatte so wenig Platz wie möglich einnehmen sollen. Nun packte sie es aus.

Es war ein Stoffbündel, abgegriffen und längst aus den Nähten gegangen. Eine Maus oder ein Hamster, so genau konnte man das nicht mehr sagen. Johann nannte es das »blöde Tier«. Er nahm es jede Nacht mit in sein Bett. Sein Kuscheltier. Zumindest bis vor einem Jahr. Dann hatte er das Interesse an dem Bündel verloren. Marie nahm an, dass er jetzt, in dieser Situation, in dem Kellerzimmer, wo er jede Nacht allein war, froh sein würde, sein »blödes Tier« wieder bei sich zu haben.

Sie hielt es dem Freund hin. »Johann hat es sicher schon vermisst.«

Er zögerte.

»Keine Angst«, sagte Marie. »Da ist nichts versteckt. Kein Sender oder so. Niemand weiß davon. Ehrlich.«

Der Freund nahm das »blöde Tier« an sich. Er tat es fast ehrfurchtsvoll. Er prüfte es nicht. Er hielt es nur in der Hand. Dann steckte er es so vorsichtig, als handle es sich um ein Lebewesen, in seine Jackentasche. »Ich werde es Johann geben.«

»Danke«, sagte Marie. In diesem Moment hätte sie den Freund am liebsten umarmt.

Doch dann rückte sie von ihm ab und fragte: »Woher weiß ich, dass Sie mir die Wahrheit sagen?«

»Dass ich hier bin und mit dir rede, ist das nicht der Beweis dafür?«

Das leuchtete Marie ein. »Was tun Sie mit Johann?« Ihr Herz begann zu hämmern.

Die Frage schien ihn nicht zu überraschen. »Nichts. Ich will ihn nur in meiner Nähe haben. Ich liebe ihn. Fast so wie du ihn liebst, Marie!«

Marie schrie fast: »Fasst du ihn an?«

Der Freund blieb gelassen: »Keine Angst. Ich tue ihm nicht weh. Das könnte ich gar nicht, Marie. Dazu liebe ich ihn zu sehr. Ich kenne ihn schon lange, Marie. Seit er in die Schule geht. Ich habe ihn beobachtet. Ich habe ihn studiert. Ich weiß viel über ihn. Wir reden miteinander. Wir lachen sogar miteinander …«

»Wirklich?« Wie gerne hätte sie das geglaubt.

»Ja. Johann mag die *Simpsons.* Die schauen wir fast jeden Tag zusammen an.« Er winkelte den Arm an, um auf seine Armbanduhr schauen zu können. Sie war klein, rot, hatte die Form einer Himbeere. Wie ein Fruchtbonbon. Eine Kinderuhr mit Tieren als Stundensymbolen. »Ich muss los. Die *Simpsons* fangen an.«

Marie entgegnete: »Ja, die *Simpsons* liebt er.« Doch dann kamen Marie die Tränen. »Gib mir mein Kind zurück!«, flehte sie ihn an. Er war doch ihr Freund, warum tat er das nicht für sie?

Der Freund legte seinen Arm um Maries Schultern. »Nur noch ein paar Tage, lass ihn mir nur noch ein paar Tage! Dann hast du ihn wohlbehalten wieder. Versprochen, Marie!«

Marie machte sich los: »Sag schon, was du willst?! Geld?«

Der Freund wich entsetzt zurück. »Ich nehme doch einer Mutter nicht das Kind weg, damit sie mir Lösegeld zahlt.«

»Nein, du tust es, um dich daran aufzugeilen! Du bist krank.«

Der Freund sprang auf. Er ging um den Baumstamm herum. Er wollte weg. Sie hatte ihn verärgert.

Marie folgte ihm, sie hielt ihn am Ärmel fest. »Was soll ich tun? Sag es! Warum bestellst du mich hierher? Damit du siehst, wie ich leide?«

Der Freund blieb stehen. »Bestimmt nicht, Marie. Glaub mir: Es tut mir schrecklich leid!«

»Was willst du?!«, schrie sie.

»Die Polizei soll hier verschwinden. Die machen mich nervös. Dann kannst du deinen Johann wiederhaben«, antwortete er kalt. »Ich mag es nicht, dass du mit denen redest. Sie sollen verschwinden. Sie machen alles kaputt.«

»Aber wie soll ich das machen? Die hauen doch nicht einfach ab, wenn ich es ihnen sage.«

»Lass dir was einfallen! Du bist eine Mutter. Mütter entwickeln ungeahnte Kräfte, wenn es um ihre Kinder geht, oder?«

Er machte sich los und ging schnell davon. Er hatte es eilig. Die *Simpsons* fingen an.

13

Die beiden Polizisten, denen sie durch die Kirche entwischt war, trafen gleichzeitig mit ihr zu Hause ein. Sie machten finstere Gesichter. Nach einem halblauten Wortwechsel verschwand Fürbringer mit ihnen.

Robert war in düsterer Stimmung.

Er saß in der Ecke, vermied es, Marie anzuschauen, und schien aufgewühlt zu sein.

Irgendwann sprang er auf, packte Marie, die gerade dabei war, sich auf der Anrichte ein Butterbrot zu schmieren, an den Schultern und riss sie herum. »Was du da tust, tötet unser Kind, Marie!«

Marie biss in ihr Brot. »Was tue ich denn?«

»Du paktierst mit diesem … Gib doch zu, dass du das tust!« Er schnappte nach Luft.

Marie wusste, was er durchmachte, aber sie konnte ihm nicht helfen. Johanns Leben war jetzt wichtiger.

Robert rannte hinaus. Marie hatte das Gefühl, dass er kurz davor war, sie zu schlagen. Das wäre das erste Mal gewesen. Aber selbst das war ihr jetzt egal. Sie hätte es sogar verstanden. Er litt, er liebte Johann genauso wie sie. Aber Robert war zu schwach; er verließ sich auf Fürbringer. Das ging doch nicht: Man konnte sich, wenn es um das Leben seines Kindes ging, nicht auf einen Fremden verlassen, der sowieso nur nach Schema F vorging, für den Johanns Entführung ein Fall war wie jeder andere.

Fürbringer kam zurück. Er lächelte gequält. »Was war los? Meine Leute beschweren sich, dass Sie sie an der Nase herumgeführt haben.«

Er klang fast belustigt, aber Marie spürte, dass das eine Finte war.

Fürbringer war auf ein Kräftemessen mit ihr aus.

Marie schaute im Kühlschrank nach. Sie fand eine Flasche Wein. Sie holte zwei Gläser aus dem Schrank und entkorkte die Flasche. Dann setzte sie sich an den Tisch.

Fürbringer stand unentschlossen in der Küche. Mit einem solchen Angebot hatte er nicht gerechnet. Eigentlich war der Kommissar doch sehr einfach gestrickt, fand Marie.

Sie schob ihm einen Stuhl hin.

Er setzte sich zu ihr. Seine Bewegungen waren hölzern, irgendwie hatte sie ihn aus dem Konzept gebracht. Marie goss etwas Wein in die Gläser. »Ich weiß, dass das nicht der richtige Zeitpunkt für ein Glas Wein ist. Aber mir ist jetzt danach. Und wir müssen reden.«

Sie stießen nicht an. Das wäre unpassend gewesen. Sie tranken einfach. Jeder nur einen Schluck.

»Ich möchte Sie um etwas bitten«, begann Marie.

Fürbringer presste die Lippen zusammen.

»Mein Sohn ist entführt worden, ich will nicht auch noch meinen Mann verlieren.«

Fürbringer schaute sie verständnislos an.

»Seit Sie und Ihre Männer hier ein und aus gehen, streiten wir nur noch. Verstehen Sie, wir müssen zusammenhalten, mein Mann und ich.«

Fürbringer nickte.

»Bitte verlassen Sie unser Haus! Suchen Sie vom Kommissariat aus weiter nach Johann oder von sonstwo. Aber hier – das geht nicht mehr.«

»Haben Sie keine Hoffnung mehr?«, fragte er leise.

»Doch, ich habe noch Hoffnung. Aber ich muss auch an meine Ehe denken. Und ich glaube nicht, dass es nötig ist, sich hier im Haus aufzuhalten, um Johann zu finden.«

Fürbringer senkte den Kopf. »Nein, das ist es nicht. Entschuldigen Sie, wenn wir …«

»Sie können nichts dafür.« Marie trank schnell noch einen Schluck. Komisch, aber plötzlich fand sie Fürbringer gar nicht mehr so schlimm.

»Was war heute Nachmittag los?«, fragte er schon wieder. Er war stur. Er wollte vor seinen Mitarbeitern nicht als Weichei dastehen, dem Marie auf der Nase herumtanzte. Deshalb verlangte er eine Erklärung, die er den Männern geben konnte.

Marie seufzte. »Sehen Sie, ich brauche etwas Ruhe. Ich muss den Verlust meines Kindes verarbeiten. Ich wollte beten. In der Kirche. Für meinen Sohn. Und für uns.«

»Das verstehe ich sehr gut, Frau Lieser. Aber Sie sind meinen Leuten entwischt.«

»Ich ertrage es nicht, unter Beobachtung zu stehen. Das hier ist ein kleiner Ort. Jeder kennt jeden und jeder sieht alles. Es bleibt nicht verborgen, wenn einem auf Schritt und Tritt ein Polizeikommando folgt. Ich bin es einfach nicht gewöhnt, dass …«

»Haben Sie mit dem Entführer Kontakt gehabt?!«, unterbrach Fürbringer sie hart.

»Nein.« Marie wunderte sich, mit welcher Selbstverständlichkeit sie log.

Fürbringer brauchte eine Weile. Dann schien er ihr zu glauben. Er trank seinen Wein in einem Zug aus und stand auf. »Wenn Sie darauf bestehen, dass wir gehen, können wir natürlich nicht bleiben.«

»Ich bestehe nicht darauf«, sagte Marie sanft.

Fürbringer winkte ab. »Wir werden hier nicht mehr herkommen. Es sei denn, Sie rufen nach uns. Natürlich werden wir die Suche nicht abbrechen.«

»Das will ich auch gar nicht«, beteuerte Marie. Und dann: »Auch wenn ich nicht glaube, dass mein Kind noch am Leben ist.«

Fürbringer war schon in der Tür, als er sich noch mal umwandte. »Sie machen einen Fehler, Frau Lieser. Das geht nicht gut aus, sage ich Ihnen. Aber ich verstehe Sie. Ich würde es wahrscheinlich genauso machen. Wir lassen Sie von jetzt an in Ruhe. Sie können sich frei bewegen. Aber versprechen Sie mir, uns sofort zu rufen, wenn Sie wissen, wo Johann ist! Es ist unsere Aufgabe, den Jungen da rauszuholen, klar?«

Marie antwortete nicht.

Sie packten ihre Sachen, schleppten alles zu den Wagen und machten sich davon. Der Abzug war unübersehbar. Wenn es den Freund wirklich interessierte, hatte er ihn beobachten können. Marie atmete auf – nun hatte sie ihren Teil der Abmachung erfüllt. Der Freund musste Johann gehen lassen.

Robert verstand nicht, was geschehen war.

Er stand im Flur und schaute mit offenem Mund zu, wie die Beamten ihre Gerätschaften aus dem Haus trugen. Dann bedrängte er Fürbringer. Marie sah, dass Robert in der Einfahrt sehr erregt auf den Kommissar einredete. Fürbringer konnte ihm nicht in die Augen sehen.

Robert war allein. Er hatte keine Verbündete mehr.

Marie triumphierte nicht; sie wusste nur allzu gut, was in Robert vorging. Er musste sich jetzt so fühlen wie sie vor ein paar Tagen – als sie das Gefühl gehabt hatte, dass sie von allem, was geschah, um Johann zu finden, ausgeschlossen wurde.

Fürbringer ließ Robert einfach stehen. Robert rief ihm noch etwas hinterher, was Marie nicht verstand. Aber Fürbringer stieg zu dem schmollenden Bäsch ins Auto, und sie fuhren davon.

Robert rannte in Johanns Zimmer. Er schlug die Tür zu. Als Marie später durch den Flur ging, hörte sie ihn schluchzen.

Er tat ihr leid. Er tat ihr die ganze Zeit leid – seit Johann weg war. Aber sie konnte nichts für ihn tun. Er hatte sie alleingelassen, jetzt ließ sie ihn allein.

In dieser Nacht brummte das Handy unter ihrem Kopfkissen.

Marie hatte es erwartet. Diesmal war sie nicht mehr so aufgeregt. Es erschien ihr fast schon wie eine liebe Gewohnheit, dass sie nachts mit dem Freund telefonierte. Sie hatte ja auch alles getan, was er von ihr verlangt hatte – also stand Johanns Freilassung kurz bevor.

Auch der Freund klang entspannt. Es war fast so, als wäre es auch für ihn eine Erleichterung, dass Marie seine Forderung erfüllte hatte und er Johann endlich die Freiheit schenken konnte. Er war sogar zum Plaudern aufgelegt: »Geht es dir gut, Marie?«

»Ja, ich habe deinen Anruf erwartet. Wie ist es jetzt? Wie geht es weiter?« Sie kam sich vor wie beim Elternabend in Johanns Schule. Da musste auch immer jeder Schritt mit den anderen Müttern abgestimmt werden, wenn alles klappen sollte.

»Wie ist es dir heute ergangen, Marie? Hattest du einen schönen Tag?«

Für solche Artigkeiten hatte Marie dann doch keinen Nerv. »Was ist mit Johann? Sie haben gesagt, Sie lassen ihn frei, wenn die Polizei abzieht. Sie ist abgezogen …« Sie bemerkte, dass sie wieder beim Sie war. Sie fand es angebracht. Es sollte nachdrücklich wirken: Sie hatten eine Abmachung, Marie pochte nun zu Recht auf die Einhaltung.

»Woher soll ich wissen, dass du mich nicht belügst, Marie? Vielleicht machst du gemeinsame Sache mit der Polizei.«

»Wenn ich das täte, hätten sie dich längst!«, sagte Marie kalt.

Der Freund sagte lange nichts. Er legte auf.

Diesmal gab Marie sich keine große Mühe, das Haus unbemerkt zu verlassen. Robert wusste doch sowieso, was sie tat. Wahrscheinlich schlief er wieder so fest, dass er nichts mitbekam.

Sie radelte quer durch den nächtlichen Ort. Die Straßen waren schwarz und nass. Es nieselte. Die Straßenlampen schwankten im Wind. Ihr weißliches Licht leuchtete mal stark und mal schwach. Alle Ampeln blinkten gelb.

Marie fuhr sehr schnell. Sie war wütend. So konnte der Freund sie nicht behandeln. Sie hatte Wort gehalten, und er ließ sie weiter zappeln. Das brachte sie auf. Auch wenn er ihren Sohn hatte – sie durfte sich von ihm nicht alles gefallen lassen. Der Freund sollte nicht glauben, mit ihr spielen zu können.

Zum Glück hatte sie einen Anorak übergezogen. Auf den Feldern war es kalt. Die Nacht lag feucht und schwer wie eine Regenwolke über dem Land. Marie trat entschlossen in die Pedale.

Am Waldrand stieg sie ab und schob das Rad. Das Dynamolicht schwankte ständig; es reichte nur noch wenige Meter. Aber Marie kannte mittlerweile den Weg.

Sie wollte zum Treffpunkt. Wenn der Freund weiter mit ihr reden wollte, würde er dorthin kommen. Vielleicht hatte er ja auch ein Einsehen und brachte Johann gleich mit.

Bei diesem Gedanken geriet Marie in eine plötzliche Hochstimmung. Sie schob ihr Fahrrad noch schneller. Eine Wurzel blockierte das Vorderrad. Marie lief gegen den Rahmen. Sie verlor das Gleichgewicht und kippte nach vorn. Es gelang ihr gerade noch zu verhindern, dass sie samt Fahrrad ins Gebüsch stürzte. Die Äste, die gegen ihr Gesicht klatschten, waren nass.

Marie hatte sich das Knie am Rad angestoßen. Es tat beim Gehen weh. Aber sie achtete nicht darauf. Es war nicht mehr weit.

Natürlich war der Freund nicht da.

Marie lehnte das Rad gegen einen Baum und setzte sich hin. Der Baumstamm – ihr Baumstamm – war kalt und glitschig.

Marie zitterte vor Kälte. Sie streckte die Beine aus und zog

Johanns Handy aus der Hosentasche. Sie legte es neben sich auf den Baumstamm. Dann faltete sie die kalten Hände und steckte sie zwischen ihre Oberschenkel. Sie hasste es, kalte Hände zu haben.

Marie wartete. Sie wusste, er würde sich melden. Das war der Freund ihr schuldig.

Nach einer Weile nahm sie das Handy und überprüfte, ob sie Empfang hatte. Er war sehr gut, alle vier Säulen der Stufenanzeige leuchteten grün.

Marie schaltete den Rufton wieder ein. Hier musste sie keine Rücksicht auf Robert nehmen; der schlummerte zu Hause in seinem Bett und wusste nicht, was los war.

Sie legte das Handy wieder neben sich auf den Baumstamm. Es wurde immer kälter; dabei war die Nacht schon fast vorbei. Hoffentlich hat es Johann wenigstens schön warm, dachte sie. Und: Wenn ich ihn doch bald in meine Arme schließen könnte. Ich würde ihn nie mehr gehen lassen, und ich würde mein ganzes Leben lang dafür sorgen, dass ihm nie kalt wird.

Die Hintergrundbeleuchtung des Displays flammte dunkelgrün auf. Das Handy bewegte sich und blinkte. Marie nahm es in die Hand. Sie suchte die Taste, mit der sie das Gespräch annehmen konnte. Dabei hatte sie das schon so oft gemacht. Aber ihr fehlte einfach die Übung im Umgang mit so einem Handy. Wenn das hier vorbei ist, lege ich mir auch eins zu, schwor sie sich, vor allem, um immer mit Johann telefonieren zu können und immer zu wissen, wo er sich gerade aufhält. Das sollte in Zukunft ihr Lebensinhalt sein. Alles andere ging sie nichts mehr an: die Arbeit nicht, das Haus nicht, auch Robert nicht.

Endlich hatte sie es geschafft. Marie meldete sich. »Was ist? Ich warte auf Sie.«

»Ich weiß«, sagte der Freund. »Ich bin in der Nähe.« Er klang eigenartig, ganz anders als sonst: distanziert und emotionslos. Gar nicht mehr so, wie Marie den Freund kannte.

Marie wurde laut. »Komm aus deinem Versteck! Du hast etwas versprochen. Halte deine Versprechen!«

»Nicht, wenn du mich verrätst, Marie. Du bist nicht allein. Da ist noch jemand.«

Marie sprang auf. »Das stimmt nicht. Ich bin allein.« Sie schrie fast.

Der Freund legte auf.

Marie schleuderte das Handy auf die Erde. Sie lief um den Baumstamm herum. Ihre Augen suchten das dunkle Dickicht ab. Doch sie konnte nirgendwo eine Gestalt oder auch nur eine Bewegung ausmachen.

Marie wurde panisch. Sie konnte das Handy nicht mehr finden. Auf den Knien tastete sie den Waldboden an der Stelle ab, an der sie gestanden hatte. »Ruf an!«, stieß sie hervor. »Ruf wieder an! Los!«

Ihre Hände trafen auf etwas Hartes. Marie packte zu. Es hatte Kanten. Johanns Handy. Sie säuberte es vom Waldboden, indem sie es an ihrem Anorak rieb. Dann stand sie auf. Ihr Rücken schmerzte.

»Hallo!«, schrie sie.

Sie steckte das Handy in die Tasche zurück und legte die Hände wie ein Sprachrohr auf ihren Mund. »Hallo!«

Irgendwo schrie ein Vogel erschrocken auf. In den Baumwipfeln flatterte es.

Marie nahm ihr Rad. Sie trat den Rückweg an.

Immer wieder blieb sie stehen und schrie: »Hallo!« Es klang von Mal zu Mal erbärmlicher.

Am Waldrand stieg Marie auf das Rad. Sie fuhr über den Feldwirtschaftsweg.

Als sie aufschaute, sah sie die Gestalt. Sie hob sich vom Nachthimmel ab. Sie stand mitten auf dem Weg. Marie bremste scharf ab. Sie sprang vom Sattel, um nicht umzukippen.

Der Mann ging ein paar Schritte auf sie zu.

War es der Freund? Warum wartete er hier auf sie?

Doch dann erkannte Marie den Mann.

Es war Robert.

Sie schleuderte das Rad auf den Asphalt. Am liebsten hätte sie ihn geohrfeigt.

»Was tust du hier?«

»Ich bin dir gefolgt.« Er klang bitter.

»Dann hast du gerade deinen Sohn getötet!«, fuhr Marie ihren Mann an.

Sie hob das Rad wieder auf. Es hatte keinen Sinn mehr. Jetzt war der Freund weg. Von Robert verjagt.

Marie wollte aufsteigen und losfahren.

Robert stellte sich ihr in den Weg und hielt den Lenker fest: »Johann ist längst tot. Wenn da jemand ist, der dir etwas anderes erzählt, lügt er.«

»Geh weg! Lass mich!«, schrie Marie ihn an.

Und Robert schrie zurück: »Du hast alles kaputt gemacht. Mit deinem Dickkopf. Dummheit und Sturheit – das ist eine lebensgefährliche Mischung. Aber so warst du ja immer: dumm und stur.«

Marie wollte zum Schlag ausholen, aber sie verlor – mit dem Rad zwischen den Beinen – das Gleichgewicht. Robert hielt mit beiden Händen die Lenkstange fest. Sonst wäre Marie hingefallen.

Ein Wagen raste heran. Die Scheinwerfer waren so hell, dass sie die umliegenden Felder in Flutlicht tauchten. Jedes Mal, wenn sie vom Asphalt des Wirtschaftsweges abkamen und sich in der Ackererde festfraßen, jaulten die Räder auf. Steine spritzten hoch.

Das Licht blendete Marie, sie musste ihre Augen schützen.

Der Wagen kam hinter Robert mit quietschenden Bremsen zum Stehen. Die Scheinwerfer wurden abgeblendet. Zwei Männer sprangen heraus. Sie stürzten auf Robert und Marie zu.

Marie erkannte sie erst, als sie sie fast berühren konnte. Es waren Fürbringer und sein Assistent Bäsch. Sie waren außer Atem – dabei waren sie doch mit ihrer schweren Limousine gekommen.

Die vier standen eine Weile wortlos beieinander.

Im Osten ging die Sonne auf. Ein Lichtschleier legte sich über die Felder. Es ging so schnell wie im Zeitraffer.

»Wir haben das Handy geortet«, erklärte Fürbringer so gelassen, als wäre das Ganze ein Spiel.

Marie riss an ihrem Fahrrad. Endlich ließ Robert die Lenkstange los. Marie schob das Rad an den Männern vorbei.

»Was haben Sie hier gemacht?«, fragte Fürbringer.

Marie stieg auf und fuhr davon.

Marie wartete. Doch der Freund rief nicht mehr an. Er hatte den Kontakt zu ihr abgebrochen – so wie man sich von jemandem trennt, der einen tief enttäuscht hat.

Irgendwann geschah gar nichts mehr.

Marie und Robert redeten nicht miteinander. Sie lebten nebeneinander her wie zwei Fremde, die sich auf die Nerven gehen, aber keinen anderen Raum zur Verfügung haben als das gemeinsame Haus. Es wurde immer düsterer um sie herum.

Sie trauerten beide um ihr Kind. Jeder tat das auf seine Weise.

Es war beiden klar, dass es eine gemeinsame Trauer nicht mehr würde geben können.

Marie weigerte sich auch, mit den Polizisten zu reden. Daraufhin zogen die Beamten sich zurück.

Fürbringer glaubte wohl selbst nicht mehr daran, den Fall noch zu einem Ende bringen zu können. Er telefonierte noch ein paarmal mit Robert. Marie hörte nur das, was ihr Mann sagte. Aus den Bruchstücken der Gespräche folgerte sie, dass der Kommissar nichts mehr auf Roberts Verdacht gab, Marie habe Kontakt mit dem Täter gehabt.

Die Einsatzleitung zog nach und nach alle Kräfte aus der Gegend ab. Irgendwann wurde die Soko »Johann« offiziell aufgelöst. Marie erfuhr davon aus den Fernsehnachrichten.

Der Freund war verschwunden. Marie wusste, dass es für immer war.

2. Teil

Ein Jahr danach

1

Marie hatte sich angewöhnt, jeden Tag zu joggen. Sie lief immer dieselbe Strecke. Erst um den Ort herum, weil sie, seit sie öfter und länger lief, gelernt hatte, den Asphalt zu meiden. Dann durch die Felder bis zum Wald, den sie in einem Zickzackkurs durchquerte – immer darauf achtend, dass sie den beliebten Fahrweg nicht zu oft kreuzte. Sie lief auf Waldboden, Marie schaute dabei ständig auf ihre Füße, um nicht über eine Unebenheit oder eine Wurzel zu stolpern.

Das Laufen half Marie. Es stabilisierte ihre Gefühle.

Zwar war sie nervös und reizbar, solange Robert in der Nähe war. Aber sobald sie in ihre Laufsachen schlüpfte, aus der Einfahrt trabte und sich auf den Rundkurs begab, wurde sie ruhiger, und ihre sonst so unklaren Gefühle wichen einer stabilen Form von Unnahbarkeit. Nichts kam an sie heran. Ihr Innenleben, das zu Hause unter einer Art Quarantäne stand, schien sich Platz zu schaffen. Sobald Marie lief, war sie mit sich zufrieden. Mit sonst nichts, aber das war ja auch schon was.

Sie ging zur Arbeit. Sie machte ihre Hausarbeit. Ab und zu schwatzte sie mit einer Nachbarin, wobei sie darauf achtete, dass das Gespräch nicht persönlich wurde. Marie wusste es zu schätzen, dass die Menschen in Bubach sie nicht darauf ansprachen, dass ihr Kind verschwunden und nicht wieder aufgetaucht war.

Auch mit Robert sprach sie nicht darüber. Sie sprach eigentlich gar nicht mehr mit Robert. Oder nur das, was unvermeidbar war. Sie konnte nicht sagen, was genau sie mit ihrem Mann sprach. Es interessierte sie auch nicht. Sie hasste ihn nicht. Sie liebte ihn auch nicht mehr. Sie konnte wahrscheinlich nie mehr jemanden lieben. Seit Johann ihr so plötzlich aus dem Herzen gerissen worden war, hatte sie das Lieben verlernt. Es wäre auch ein Verrat an ihrem Sohn gewesen. Dort, wo sein Platz gewesen war, war ein schwarzes Nichts. Etwas, was diesen Platz einzunehmen versucht hätte, wäre verschlungen worden.

Marie gönnte sich ab und zu etwas Schönes. Und sie lief. Sie lief so oft und so weit, wie ihr Körper das zuließ. Da sie noch jung war, gerade mal Mitte dreißig, würde sie das noch sehr lange machen können. Das Laufen war ihr Leben geworden. Es ersetzte ihr den Sex und vieles andere auch. Ihren Sohn konnte es ihr nicht ersetzen, aber es konnte ihr ermöglichen weiterzuleben, obwohl Johann nicht mehr bei ihr war.

Marie hatte eine Entdeckung gemacht. Nach dem Laufen war sie für ein paar Minuten glücklich. Es war ein banales, anspruchsloses Glück. Sie war eins mit sich und ihrem strapazierten Körper. Das war alles. Mehr wollte sie nicht.

Je länger und ausdauernder sie lief, je mehr sie sich trotz Sehnenreißen und Atemnot abverlangte, desto intensiver waren diese Momente nach dem Erreichen des Ziels.

Deshalb steigerte Marie sich unaufhörlich. Sie hatte keinen sportlichen Ehrgeiz. Sie wollte nur einmal am Tag für ein, zwei Minuten glücklich sein. Es erschien ihr als das Höchste dessen, was sie in ihrem Leben noch erreichen konnte. Wenn sie sich diese wenigen Augenblicke des Glücks gönnte, war sie stark. Dann konnte sie wieder nach Hause gehen, konnte Robert in die Augen schauen, konnte unter die Leute, konnte sogar Gäste empfangen – meistens Kollegen von Robert aus der Berufsschule – und so tun, als wäre alles in Ordnung.

Marie gab sich Mühe. Sie ließ sich nicht hängen. Sie versuchte, etwas aus sich zu machen. Soweit das noch möglich war.

Die letzte Laufetappe führte am Fluss entlang, das war der schönste Teil der Strecke. Die Luft war lau, auf dem Grasboden lief es sich wie auf Watte, das dickflüssige, grüne Wasser wirkte beruhigend. Hier wurde Marie schneller. Es strengte sie nicht an; der Körper verlangte danach. Er wollte geschunden werden – umso stärker war das Hochgefühl danach.

Was Marie gefiel: Der Fluss war einsam und schön. Er floss so erhaben zwischen den Büschen und Bäumen, nichts konnte ihm etwas anhaben. Hier war man ganz für sich. Da es weit war bis nach Bubach und erst recht bis in die Stadt, kam nie jemand her. Es gab keine asphaltierte Zufahrt. Der Fluss war ein Naturschutzgebiet.

Marie wusste nicht einmal, ob es überhaupt erlaubt war, hier zu joggen. Aber das war ihr egal. Es kontrollierte ja niemand.

Deshalb schreckte sie auf, als sie in der Ferne zwei Gestalten sah. Ganz am Ende der schnurgeraden Strecke. Sie waren nur schemenhaft zu erkennen. Zwei schwarze Linien, die sich langsam bewegten. Vielleicht Jäger. Im vergangenen Winter hatte Marie einmal zwei Schüsse und anschließend das Flattern und Schnattern von Enten gehört.

Sie wurde langsamer. Komisch, dass sie so etwas sofort aus dem Rhythmus brachte.

Maries Lunge war immer noch empfindlich. Obwohl sie so viel lief, hatte sie nun Seitenstechen. Aber Marie behielt die Kontrolle über ihren Körper. Sie atmete tief ein, behielt die Luft in der Lunge und presste die Lippen fest aufeinander. Sie durfte nicht ausatmen. Der Sauerstoff musste ins Blut wechseln können. Sie trabte ruhig weiter. Nicht stehen bleiben.

Erst als sie es nicht mehr aushielt, ließ sie die verbrauchte Luft langsam aus der Lunge. Dann das Ganze noch mal. Nach Maries Erfahrung brauchte es mindestens drei Durchgänge, bis die aufgeregte Milz sich beruhigte. Dann war das Seitenstechen weg.

Das waren keine Jäger.

Spaziergänger. Sie bewegten sich ohne Eile.

Marie fand ihren Rhythmus wieder. Sie atmete freier. Sie blickte auf den Fluss. Er lag wie immer da. Träge. Dunkel. Manchmal sah man eine Luftblase. Es gab hier große Fische. Marie hatte schon eine Schwanzflosse und einen Kopf an der Wasseroberfläche entdeckt. Aber Angler gab es keine. Zum Glück. Marie wollte nicht gestört werden und niemanden stören.

Ein Mann und eine Frau.

Sie lachten. Einmal blieben sie stehen. Marie konnte sehen, dass der Mann den rechten Arm ausstreckte und die Frau auf etwas am anderen Flussufer aufmerksam machte. Sie schienen sich dabei sehr nahe zu kommen. Dann gingen sie weiter. Der Mann legte seinen Arm um die Schulter der Frau; sie schmiegte sich an ihren Begleiter.

Wahrscheinlich hatten sie die Joggerin noch nicht bemerkt. Am liebsten hätte Marie auf sich aufmerksam gemacht; es wäre ihr peinlich, die beiden in einem innigen Moment, in dem sie sich unbeobachtet fühlten, aufzuschrecken.

Sie kamen immer näher. Marie wich etwas nach rechts aus, um ihnen Platz zu machen. Komisch, aber sie hatten sie immer noch nicht gesehen. Sie waren zu sehr mit sich selbst beschäftigt. Dabei müssten sie Maries Schritte eigentlich schon hören können.

Marie hustete. Die beiden schauten erschrocken auf und blieben stehen. Der Mann nahm die Hand der Frau. Marie spürte einen winzigen Moment den Stachel des Neides: Wie schön musste es sein, wenn man sich so nahe war. Bei ihr und Robert war das lange her. Und es würde nie wieder so sein.

Sie waren nun fast auf gleicher Höhe.

Auf dem Land grüßt man sich, wenn man sich begegnet, auch wenn man sich nicht kennt.

Maries Stimme krächzte, das kam vom langen Laufen. »Tag.«

Der Mann nickte nur, die Frau sagte laut: »Guten Tag.«

Marie hatte sie schon irgendwo mal gesehen. Recht klein, schlank, eine etwas altmodische Lockenfrisur. Der Mann hatte ein Dutzendgesicht, war mittelgroß, unauffällig, eigentlich nicht attraktiv genug für seine Begleiterin.

Marie war schon fast an dem verliebten Paar vorbei. Da geschah es.

Es durchfuhr sie wie ein Stromschlag. Plötzlich war alles wieder da. Alles. Die Kinderleiche im Teich. Das Fahrrad im Kofferraum. Die Mickey-Mouse-Maske. Die Leichenspürhunde. Der schwarze Van mit den getönten Scheiben.

Maries Atmung spielte verrückt. Sie bekam keine Luft mehr. Sie wollte stehen bleiben. Aber das konnte sie nicht. Sie musste weiter. Sie war auf der Flucht.

Sie hatte das Gefühl zu ersticken. Trotzdem beschleunigte sie. Sie stolperte. Fing sich. Lief weiter. Fast im Sprint. Dann wurde ihr schwarz vor Augen. Sie musste aufgeben.

Sie stand lange da. Eine kleine Ewigkeit. Den Oberkörper gebeugt, die ausgestreckten Arme auf die Knie gestützt.

Sie versuchte wieder ruhiger zu atmen. Ihr Gehirn bekam keinen Sauerstoff mehr.

Ihre Bronchien begannen zu rasseln. Sie musste tiefer atmen, den Lungen Zeit für den Austausch lassen. Sie richtete sich langsam auf. Der Rücken schmerzte, das hatte sie sonst beim Laufen nie. Sie war danach immer total entspannt, ihre Muskulatur wurde weich und geschmeidig.

Marie ließ ihren Kopf kreisen. Ihr Herzschlag pegelte sich auf die Lauffrequenz ein. Der Schmerz ließ nach. Das Gehirn wurde wieder versorgt.

Was war geschehen?

Marie legte die Hand über die Augen. Der Schweiß brannte. Plötzlich störte sie auch die Sonne, dabei war es an diesem Nachmittag bewölkt.

Der Freund. Sie hatte ihn wiedererkannt.

Woran nur? An der schwarzen Jacke? Etwas in der Art trug heutzutage fast jeder Mann in seinem Alter.

Nein, es war etwas anderes. Seine Körperhaltung, die Art, wie er ging. Unverkennbar.

Der Freund.

Der Freund war zurück.

Marie überlegte. Sie durfte jetzt auf keinen Fall weiterlaufen. Nicht weg von ihm. Zu ihm hin musste sie. Zu dem Freund. Sie brauchte Gewissheit. Und sie durfte ihn nicht wieder verlieren. Nie wieder.

Marie wandte sich um. Die beiden waren verschwunden.

Sie rannte los. Jetzt ging es um etwas. Jetzt lief sie nicht zum Vergnügen.

Marie hatte Erfahrung genug, um zu wissen, dass sie nicht aufdrehen durfte. Sie hatte zu lange bewegungslos gestanden und musste erst wieder auf ihre Betriebstemperatur kommen. Die Gefahr einer Zerrung oder eines Seitenstechens war groß. Das durfte nicht passieren. Sie lief jetzt für Johann. Für ihr Kind.

Sie schaffte es, sich zu zügeln. Als sie zu der Stelle kam, an der sie den beiden begegnet war, atmete sie schon wieder kontrolliert. Die Wadenmuskeln meldeten keinen Schmerz.

Marie wurde schneller. Sie lief den Rückweg. Am Fluss entlang. Wenn sie nur wüsste, wohin die beiden verschwunden waren. Sie mussten irgendwo einen Wagen stehen haben. Wie sonst hätten sie hierherkommen sollen? Sie trugen keine Laufsachen, sie hatten keine Fahrräder dabei.

Wo konnte man einen Wagen abstellen?

Es gab eine Baumschule an der Bundesstraße, die parallel zum Fluss verlief. Dort war ein Schotterplatz für die Kunden und Lieferanten. Wenn sie ihren Wagen nicht irgendwo im Gebüsch abgestellt hatten, wo es unwegsam war, mussten sie dort parken. Warum sollten sie sich verstecken? Sie waren harmlose Spaziergänger. Der Freund musste keine Polizei fürchten. Die war längst weg. Es lag ein Jahr zurück. Ein ganzes Jahr. Eine Ewigkeit.

Marie bog ab. Es gab nicht viele Möglichkeiten. Alle Wege führten zur Bundesstraße. Zur Baumschule. Der Boden wurde härter. Überall lagen Steine. Maries Fußsohlen taten weh. Sie waren den kantigen Untergrund nicht gewöhnt.

Marie versuchte jeden Schritt zu kontrollieren. Sie durfte jetzt nicht umknicken. Gleichzeitig musste sie ihre Geschwindigkeit halten. Dann hatte sie eine Chance, zur Baumschule zu gelangen, bevor das Paar in den Wagen gestiegen und weggefahren war.

Der Freund würde es eilig haben. Womöglich hatte er sie auch erkannt.

Marie hörte in der Ferne den Lärm der Straße. Die vorbeifahrenden Autos. Aber sie sah sie nicht.

Sie lief noch schneller. Sie taumelte. Ein stechender Schmerz durchzuckte sie. Sie konnte sich gerade noch an einem Zaunpfahl festhalten. Der Zaun war brüchig – aber er musste zu der Baumschule gehören. Es war also nicht mehr weit.

Maries Knöchel brannte. Er schwoll an. Sie hatte das Gefühl, dass er bei jedem Schritt dicker wurde. Sie humpelte. Aber sie lief weiter.

Dann sah sie am Ende des Weges einen schmalen grauen Streifen. Ab und zu huschte etwas Buntes über den Streifen – das waren Autos. Sie sprintete noch einmal los, der Fuß war schwer wie Blei. Aber sie lief.

Die Autos fuhren langsam an dieser Stelle. Wenn Marie sich richtig erinnerte, gab es eine Geschwindigkeitsbegrenzung. Eine Fünfzig-Kilometer-Zone. Wegen der Kunden der Baumschule, die aus der unbefestigten Parkbucht in den fließenden Verkehr einscheren mussten. Fahrzeuge huschten vorbei. Marie hörte schon das leise Rattern ihrer Pneus auf dem glatten Asphalt.

Doch dann heulte ein Motor auf.

Der Freund. Er versuchte zu entkommen.

Wenn sie jetzt zu dem Parkplatz kam und er weg war, würde sie ihn niemals wiedersehen. Dann würde er sich absetzen. Er war gewarnt. Er wusste, dass das ihr Revier war – und dass sie ihn erkannt hatte.

Marie versuchte noch mal, ihr Tempo zu steigern. Ihre Lungen brannten.

Sie spürte, dass sie nur noch wenige Meter schaffen würde.

Sie erreichte den Parkplatz. Alles war voller Staub. Reifen drehten durch. Der Motor kreischte. Das Heck des Fahrzeugs schlingerte. Aber Marie sah den Wagen nun genauer. Es war ein Golf. Ein hellblauer Golf. Sie sah sogar zwei Zahlen des Kennzeichens. Eine Vier und eine Acht.

Der Freund fuhr also einen hellblauen Golf und im Kennzeichen waren eine Acht und eine Vier enthalten. Kein schwarzer Van mit getönten Scheiben. Ein Golf, hellblau, mit einer Vier und einer Acht. Das war alles. Aber das reichte. Für Fürbringer vielleicht nicht. Aber für Marie schon.

Maries Beine zitterten. Sie konnte in dem vielen Staub nicht atmen.

Der Wagen bog auf die Straße ein. Die Räder bekamen sofort Halt. Ein grauweißer Transporter, dem der Freund die Vorfahrt nahm, musste bremsen. Er hupte. Der Wagen des Freundes gab heulend Gas und schoss davon.

Marie ging langsam rückwärts. Ihr wurde schwarz vor Augen.

Sie streckte die Arme aus. Sie tastete nach unten und ging in die Knie. Als ihre Hände Halt fanden, setzte sie sich auf die Erde. Sie zitterte jetzt am ganzen Körper. Sie hustete. Ihre Lunge bebte.

Sie glaubte, den Herzschlag an den Rippen zu spüren. Sie musste sich beruhigen. Musste wieder normal atmen.

Es dauerte. Als sie versuchte aufzustehen, wurde ihr schwindelig.

Erst beim dritten Versuch klappte es. Der Staub war verweht. Die Luft ließ sich wieder atmen. Marie machte vorsichtig ein paar Schritte. Der Knöchel schmerzte immer noch, aber sie konnte gehen.

Sie trat den Heimweg an. Es wurde Zeit.

»Jetzt hab ich dich«, sagte sie laut.

Robert sagte sie kein Wort. Seit der Begegnung mit dem Freund war Marie aufgewühlt. Sie versuchte, ihren Zustand vor Robert zu verbergen.

Robert hatte es einmal vermasselt. Diesmal würde sie darauf

achten, dass er ihr nicht in die Quere kam. Diesmal würde sie alles richtig machen.

Natürlich hatte Marie es irgendwann akzeptiert, dass Johann tot war. Aber sie hatte die Leiche ihres Jungen nie gesehen. Nun hatte sie den Freund wiedergefunden. Der Freund war der, der Johann als Letzter gesehen hatte. Wahrscheinlich hatte er ihn auch getötet. Deshalb klammerte Marie sich an den Freund.

Sie wollte ihn haben. Sie wollte ihn stellen. Sie wollte ihn nach Johann fragen. Sie wollte ihn zur Strecke bringen.

Das war alles viel zu wichtig. Dabei konnte sie keinen Robert gebrauchen. Und keinen Fürbringer. Eigentlich waren Robert und Fürbringer schuld am Tod Johanns. Deshalb hatten sie in Maries Augen ihr Recht verloren, an dem, was jetzt kam, beteiligt zu werden.

2

Am nächsten Morgen fuhr Marie schon um sieben Uhr mit dem Fahrrad los. Sie brachte es zu einem Freund von Robert, der in einem Verschlag hinter dem Supermarkt einen kleinen Fahrradladen betrieb. Die Räder, die er anbot, waren gut – aber teuer. Im Supermarkt gab es zweimal im Jahr ein Angebot mit Rädern, die viel weniger kosteten. Aber Roberts Freund reparierte Räder gewissenhaft und ohne die üblichen Sperenzchen der großen Fahrradhäuser.

Er hatte gerade geöffnet und war noch verschlafen. »Wenn's nicht mehr ist als die Bremsen und die Kette, kannst du es heute um vier abholen.«

Marie arbeitete bis fünf, dann lief sie zu dem Fahrradladen. Roberts Freund wollte gerade schließen. Er druckste etwas herum, dann erklärte er Marie umständlich, dass ihr altes Rad zwar zu reparieren sei, dass die Teile, die ersetzt werden mussten, aber sehr teuer werden würden.

Marie konnte nicht mehr warten. Sie bezahlte 450 Euro mit ihrer EC-Karte und bekam ein neues Rad, das billigste, das in dem kleinen Laden angeboten wurde. Es fuhr sich dennoch wunderbar – viel weicher und flotter als ihr altes Fahrrad.

Marie holte sich im Supermarkt eine Flasche Wasser und begann sofort ihre Tour.

Es war schon dunkel, als sie nach Hause kam. Robert saß ohne Licht in der Küche. Er stierte aus dem Fenster. Er fragte nicht, wo sie so lange gewesen war.

»Ich habe mir heute ein Fahrrad gekauft«, sagte Marie. Er nickte nur.

Marie aß etwas, blätterte in der Zeitung und ging dann schlafen. Zu Robert sagte sie, es könne am folgenden Tag wieder spät werden. Sie müsse wegen einer Betriebsprüfung Überstunden machen.

Seit langer Zeit kramte sie wieder einmal Johanns Handy hervor. Sie schaltete es ein. Es hatte kaum noch Strom auf dem Akku. Marie suchte das Ladekabel und stöpselte es ein. Dann wartete sie.

Sie wartete mehrere Stunden. Der Freund meldete sich nicht. Marie schlief ein. Das Handy blieb an, die ganze Nacht über. Als sie im Morgengrauen jäh aus einem traumlosen Schlaf erwachte, leuchtete das Display wieder so stark wie früher.

Der Freund hatte sich nicht gemeldet.

Er würde sich auch nicht melden. Aber Marie würde ihn finden.

Marie hatte ein System. Es war nicht logisch, das wusste sie selbst. Aber die meisten anderen Systeme erschienen ihr ebenso unlogisch.

Sie begann ihre Suche in der unmittelbaren Umgebung von Bubach. Dann zog sie immer weitere Kreise. Wenn man auf der Karte ihre Route nachgezeichnet hätte, so hätte diese an eine Spirale erinnert – an eine Spirale, die auf dem Marktplatz begann und sich dann immer weiter von Bubach entfernte und dabei nach und nach die gesamte Gegend abdeckte.

So kam Marie in fast jede Ecke. Aber wenn der Freund sich nicht an einem festen Platz aufhielt und viel unterwegs war, so konnte es leicht passieren, dass er immer irgendwo anders war und sie ihm nie mehr begegnen würde.

Wenn es sich so verhielt, wenn der Freund nicht in der Umgebung von Bubach wohnte und sich nur ab und zu dort aufhielt – zum Spazierengehen am Fluss oder zum Aufspüren von elfjährigen Jungen –, dann gab es kein logisches System, das ihr eine Begegnung mit ihm garantieren konnte. Eigentlich war es blanker Zufall, wenn sie ihn noch mal traf – so wie die Begegnung am Fluss auch Zufall gewesen war. Aber die Spirale schien ihr die sicherste Vorgehensweise zu sein. Mit der Spirale konnte sie dem Zufall vielleicht auf die Sprünge helfen.

Mehr noch als das topografische Problem beschäftigte sie das zeitliche. Marie arbeitete von morgens halb neun bis gegen siebzehn Uhr. Dann radelte sie los. Was war, wenn der Freund einen anderen Zeitplan hatte? Wenn er nachmittags und abends arbeitete? Dann hatte auch Maries schöne Spirale keinen Sinn.

Aber es blieben ihr ja noch die Wochenenden. Da musste sie nicht arbeiten. Seit Johann nicht mehr da war, hatte sie auch keine familiären Verpflichtungen mehr. Robert zählte ja nicht. Also konnte Marie das ganze Wochenende durch die Gegend fahren. Irgendwann musste der Freund ja mal aus seinem Bau kommen. Wenn er seinen Bau denn in ihrer Gegend hatte.

Aber Marie glaubte fest daran, dass ihr der Freund wieder über den Weg laufen würde. Sie kannte seinen Wagen – ein blauer Golf. Kein schwarzer Van mit getönten Scheiben, den hatte er entweder längst abgestoßen oder nie gefahren. Und sie kannte seine Frau. Oder Freundin. Oder Geliebte. Oder Schwester. Eine Frau, deren Gesicht in Maries Hirn eingeprägt war, stärker noch als das Gesicht des Freundes, den sie nur kurz gesehen hatte.

Doch der Freund blieb verschwunden.

Tag um Tag radelte Marie durch die Gegend.

Mit jedem Tag, an dem nichts geschah, ging es ihr schlechter. Obwohl sie durch das viele Radfahren drei Kilo abnahm – für eine Frau ihrer Größe und ihres Gewichts war das viel – und eine beachtliche Kondition entwickelte, fiel ihr das Atmen wieder schwerer. Je länger es dauerte, desto schlechter bekam sie Luft. Sie fühlte sich wie eine Asthmakranke. Wie eine Asthmakranke, die Radrennen fuhr.

Nach dreieinhalb Wochen wurde Marie krank. Die Rippen taten ihr weh, sie bekam Fieber, jeder Atemzug war eine Qual. Sie legte sich ins Bett. Robert rief den Hausarzt. Der sagte, Marie habe sich eine Lungenentzündung zugezogen und müsse im Bett bleiben. Er ließ ihr Medikamente da und rief noch zweimal an. Marie bat Robert, dem Arzt zu sagen, es gehe ihr besser – obwohl das nicht stimmte.

Marie brauchte über eine Woche, bis sie wieder auf die Beine kam.

Der Arzt hatte sie drei Wochen krankgeschrieben. Sie wollte

trotzdem los. Robert versuchte sie zurückzuhalten. Doch das ließ sie nicht zu. Sie sagte, sie müsse raus, die Decke falle ihr auf den Kopf.

»Nicht mit dem Rad«, sagte Robert. »Du holst dir den Tod.«

»Dann gib mir den Wagen.«

Robert biss sich auf die Unterlippe. Er fuhr in letzter Zeit mit dem Wagen zur Schule. Seit Johann weg war und jeder das wusste, mied er die S-Bahn, wo ihn die Leute, wie er sagte, auf eine unverschämte Art anstarrten. Aus Angst, Marie könnte sich, sobald er in der Schule war, wieder aufs Fahrrad setzen, erklärte er sich dennoch dazu bereit, wieder mit der S-Bahn in die Stadt zu fahren und ihr den Wagen zu lassen. Er machte keinen Hehl daraus, dass er das ungern tat. Er bat sie auch, vorsichtig zu fahren. Er wollte auf keinen Fall, dass dem Wagen etwas passierte. Solche Ängste hatte Robert früher nie geäußert.

Marie versprach, besonders gut aufzupassen. Warum auch nicht? Sie hatte das bekommen, was sie brauchte.

Es stellte sich jedoch heraus, dass sie noch sehr unsicher auf den Beinen war. Als sie endlich hinterm Steuer saß, kam sie sich kleiner vor als früher. Sie suchte lange nach dem Hebel, mit dem man den Fahrersitz höherstellen konnte. Danach fühlte sie sich etwas sicherer.

Sie fuhr los. Es war wie bei ihrer ersten Fahrt nach der Führerscheinprüfung.

Marie schlich durch den Ort. Die anderen Autos hupten. Sie begann zu schwitzen.

Als sie den Ortskern hinter sich gelassen hatte, ging es schon besser. Sie fuhr über Land. Das war einfach.

Doch dann wurde ihr schwindlig. Sie fuhr rechts ran – ausgerechnet an der Baumschule, an der der Freund ihr damals entwischt war. Sie musste aussteigen und tief durchatmen. Sie ging ein paar Schritte. Dann stieg sie wieder in den Wagen und fuhr weiter.

Es klappte einigermaßen. Auf Durchfahrtsstraßen hatte sie sowieso keine Chance. Da rollte der Verkehr so schnell, wenn der Freund ihr dort begegnete, würde er sicher schon weg sein, bevor sie überhaupt etwas tun konnte – etwa seine vollständige Autonummer notieren.

Sie lauerte also auf kleinen Nebenstrecken. Dort konnte er ihr schlechter entweichen.

Aber er kam nicht.

Wieder dauerte es Tage. Es war schon Juni, und die Sonne wurde immer kräftiger. Marie dehnte ihre Suche aus – sie durchstreifte nun die Randwohnbezirke der Stadt. Erst im Süden und im Osten. Dann der im weiter weg gelegenen Norden.

Nichts geschah. Marie ging es etwas besser. Aber sie wusste, dass sie das nicht ewig weitermachen konnte. Entweder würde sie wieder krank werden oder verrückt. Vielleicht war sie auch schon verrückt. Das wäre ja auch kein Wunder, bei allem, was sie durchgemacht hatte.

Robert hielt sie für verrückt. Er überprüfte den Tachostand und schüttelte den Kopf.

Aber er sagte nichts. Noch nichts. Wenn er erst mitbekam, dass ein Großteil des Haushaltsgeldes für Benzin draufging, würde sich das ändern.

Marie wusste nicht mehr weiter. Sie wollte aufgeben. Zum ersten Mal. Und aufgeben hieß nicht einfach nur: nicht mehr mit dem Auto durch die Gegend fahren. Aufgeben hieß: alles aufgeben. Auch das Leben.

Sie konnte gerade noch abbremsen. Ein flinker kleiner Fiat hatte ihr die Vorfahrt genommen. Er war einfach aus einer Einfahrt herausgeschossen, ohne nach links und rechts zu schauen. In dieser einsamen Wohnstraße der Stadtrandsiedlung, in der Marie sich gerade befand, fuhr auch um diese Zeit selten jemand. Dennoch konnte man nicht einfach aus einer Ausfahrt herauspreschen, ohne auf den fließenden Verkehr zu achten. Maries Herz pochte: Wenn etwas passierte wäre, hätte Robert sicher verrücktgespielt. Er hätte wissen wollen, was sie in diesem nördlichen Teil der Stadt machte.

Marie fuhr rechts ran, löste den Sicherheitsgurt und atmete durch.

Da sah sie den Wagen. In der Ausfahrt gegenüber. Eine sehr enge Ausfahrt. Der Wagen stand ganz am Ende. Wenn Marie durch den Rowdie nicht zum Anhalten gezwungen worden wäre, hätte sie ihn niemals entdeckt.

Es gab keinen Zweifel. Er war es. Der Wagen des Freunds. Ein hellblauer Golf. Und wenn Marie ihre Augen sehr anstrengte, konnte sie auch die beiden Zahlen im Kennzeichen ausmachen, nach denen sie wochenlang gesucht hatte: die Vier und die Acht.

Marie nahm sich Urlaub. Robert sagte sie nichts davon. Im Verpackungsmittelbetrieb schauten sie irritiert – Marie hatte in der schweren Zeit der Suche nach dem verschwundenen Johann so viele Tage gefehlt, dass sie es sich eigentlich nicht erlauben konnte, jetzt, kurz nach ihrer Krankschreibung, schon wieder für längere Zeit der Arbeit fernzubleiben. Aber was wollten sie im Betrieb machen? Sie konnten einer Mutter, deren Kind entführt worden war, ja schlecht die Zeit ihrer Abwesenheit vorrechnen.

Sie verließ wie immer morgens das Haus – Robert sollte glauben, dass sie zur Arbeit fuhr. Marie brauchte den Wagen. In ihm war sie geschützt. Aus ihm heraus konnte sie das Anwesen, das der Freund bewohnte, beobachten, ohne selbst entdeckt zu werden. Zudem lag das Haus viel zu weit von Bubach entfernt. Wenn Marie richtig nachgerechnet hatte, waren es fast dreißig Kilometer. Man musste die halbe Stadt umfahren. Mit dem Rad würde sie viel zu lange brauchen – zumal sie sich nach der Lungenentzündung immer noch nicht ganz fit fühlte.

Marie fragte Robert nicht nach dem Wagen. Sie nahm ihn sich einfach. Er protestierte nicht. Er ging jedem Streit aus dem Weg.

Sie suchte sich einen günstigen Platz, von dem aus sie das Haus gut sehen konnte, ohne selbst gleich entdeckt zu werden. Das war in der Gegend, in der die Anwohner Garagen auf ihrem Grundstück hatten und selten Fremde an der Straße parkten, nicht ganz einfach. Zum Glück gab es in der Nähe des Hauses eine Verkehrsinsel. Sie war begrünt und verdeckte Maries Wagen ein wenig.

Sie hatte sich eine Thermosflasche mit Kaffee mitgenommen, ein belegtes Brot und einen Band mit Gedichten. Etwas anderes konnte sie sowieso nicht mehr lesen.

Der Golf war weg. Aber Marie spürte, dass sich noch jemand im Haus befand.

Sie wartete.

Es wurde fast Mittag, als sich etwas tat. Eine Frau trat aus dem eineinhalbstöckigen Einfamilienhaus, einem rotbraunen Klinkerbau mit großen Fenstern. Es war die Frau, die Marie am Fluss gesehen hatte. Die Frau des Freundes. Sie lief in kleinen Schritten zur Straße. Dort schaute sie sich kurz nach beiden Seiten um.

Marie versank hinter dem Lenkrad.

Dann überquerte die Frau die Straße und ging ein paar Schritte zur Bushaltestelle. Sie trug einen dünnen, hellen Mantel und hochhackige Schuhe. An ihrer Schulter hing eine große, braune Ledertasche.

Marie startete den Wagen. Sie wollte bereit sein, wenn der Bus kam. Sie würde der Frau des Freundes folgen. Doch dann überlegte Marie es sich anders und stellte den Motor wieder ab. Wo konnte die Frau schon groß hinwollen um diese Zeit? Einkaufen wahrscheinlich. Zum Friseur. Oder etwas Ähnliches.

Möglicherweise kam der Golf nach Hause, während Marie der Frau beim Shoppen zusah. Das durfte sie nicht verpassen. Der Freund war Maries Ziel, nicht seine Frau.

Der Bus kam angewackelt, hielt, senkte seine Seite ab. Die Frau stieg ein. Der Bus fuhr los. Als er Maries Standort passierte, konnte sie erkennen, dass die Frau der einzige Fahrgast war. Eine stille Gegend. Eine Schlafstadt. Für den Freund ideal. Hier schnüffelte niemand herum. Hier beobachtete man die Nachbarn nicht. Hier wollte man sich nur von der Arbeit ausruhen.

Marie trank Kaffee und aß ihr Brot. Dann las sie in dem Gedichtband. Sie schlief ein. Ein vorbeifahrendes Auto weckte sie. Sie schreckte hoch und schaute auf die Uhr. Sie hatte nur wenige Minuten geschlafen.

Marie startete den Wagen, scherte aus und fuhr an dem Haus des Freundes vorbei. Sie spähte in die Einfahrt. Nichts. Der Golf war noch nicht zurück. Am Straßenende drehte Marie und fuhr zur Verkehrsinsel zurück. Da sah sie im Rückspiegel den Bus kommen. Sie beeilte sich, ihren Platz wieder einzunehmen.

Der Bus hielt an der Haltestelle. Diesmal war er voll. Kurz vor zwei. Die Schulen waren aus. Die Schüler stürmten mit ihren Ranzen auf den Rücken aus dem Bus. Es gab sofort eine Balgerei.

Zuletzt stieg die Frau des Freundes aus. Sie war nicht allein. An ihrer Hand ging ein Kind. Ein Junge. Er schaute hinter den anderen Schülern her. Erst als die Frau mit ihm die Straße überquerte, konnte Marie das Gesicht des Jungen sehen.

Johann. An der Hand der Frau des Freundes ging Johann. Maries Sohn.

3

Marie wich nicht vom Fleck. Als es dunkel wurde, stieg sie aus, setzte sich zwischen die halbhohen Büsche der Verkehrsinsel und pinkelte. Es war ihr gleichgültig, ob sie jemand beobachtete. Sie hatte es nicht mehr ausgehalten.

Sie saß kaum wieder im Wagen, da erschienen zwei Scheinwerfer am Ende der Straße. Der Wagen kam schnell näher, bremste dann aber scharf ab. Als er in die Einfahrt einbog, sah Marie, dass es ein hellblauer Golf war.

Der Freund kam nach Hause.

Im Haus gingen Lichter an. Marie glaubte zweimal, Schemen von Erwachsenen hinter den zugezogenen Gardinen zu erkennen. Von dem Jungen sah sie nichts.

Der Schock kam mit Verspätung. Die Bilder des Jungen an der Hand der Frau mussten sich erst einmal in ihrem Bewusstsein festsetzen.

Marie wurde kalt. Sie begann zu zittern. Dann wurde sie ganz ruhig. Sogar ihre Atmung verlangsamte sich. Allerdings auf eine bedrohliche Art. Es geschah gegen ihren Willen. Sie hatte Angst, irgendwann mit dem Atmen aufzuhören.

Ihre Hände umfassten das Lenkrad. Sie klammerte sich daran fest. Ihre Handrücken waren schon ganz weiß. Es tat weh. Aber sie musste verhindern, dass sie das Bewusstsein verlor.

Marie glaubte zu verdursten.

Es dauerte unvorstellbar lange, bis sie das Lenkrad losgelassen und sich so weit zum Handschuhfach hinübergebeugt hatte, dass sie es öffnen konnte. Mit einer Handbewegung fegte sie den Inhalt des Fachs auf die Fußmatte. Ganz hinten lag eine Plastikflasche. Sie enthielt einen abgestandenen Rest Mineralwasser. Marie trank gierig. Es schmeckte scheußlich – aber danach ging es ihr besser.

Marie setzte sich auf. Sie versuchte, ihre Gedanken zu ordnen.

Was war geschehen?

Sie hatte das Haus des Freundes beobachtet. Die Frau, die mit dem Freund zusammenlebte, war mittags mit dem Bus weggefahren und am Nachmittag mit einem Kind an der Hand zurückgekommen. Das Kind war Johann gewesen.

Ihr Johann. Johann, der vor einem Jahr entführt worden war. Von dem die Polizei nicht einmal eine Spur gefunden hatte. Johann, der unter der Hand für tot erklärt worden war. Von der Polizei. Von seinem Vater. In gewisser Weise auch von ihr, seiner Mutter.

Sie musste zur Polizei gehen und sagen: »Mein Sohn ist wieder da. Er befindet sich in der Gewalt eines Mannes und einer Frau. Ich weiß, wo sie sich aufhalten.«

Dann hätte sie eine Chance, ihren Sohn zu retten. Dann käme Johann zu ihr zurück.

Aber es gab etwas, was Marie daran hinderte, zur nächsten Polizeiwache zu fahren und dort eine Anzeige gegen den Freund und seine Frau zu machen.

Sie war sich nicht sicher.

War der Junge wirklich Johann? Eigentlich war das doch unmöglich. Die Frau hatte ihn von der Schule abgeholt. Dieser Junge ging also morgens aus dem Haus und besuchte eine Schule. Er bewegte sich völlig frei. Er saß nicht in einem Verließ. Er konnte weglaufen, wenn er wollte.

Ihr Johann würde weglaufen. Er würde zu seiner Mutter zurückwollen, oder?

Marie quälte diese Frage.

Eigentlich hatte sie Angst vor der Antwort.

Könnte es sein, dass dieser Junge an der Hand der Frau zwar Johann war, aber nicht mehr ihr Johann, das Kind, das Marie liebte? Dass aus ihrem Johann in diesem einen Jahr ein anderer Johann geworden war? Ein fremder Johann. Ein anderes Kind.

Dann wäre es mir lieber, er wäre tot.

Dieser Satz schoss Marie durch den Kopf wie ein Blitz. Es graute ihr vor diesem Satz. Sie hasste sich für diesen Satz.

Und dennoch war es so.

Marie döste immer nur ein paar Sekunden lang. Zum Schlafen war es zu kalt. Und sie war viel zu unruhig. Sie starrte stundenlang auf die dunklen Fenster des Hauses, in dem Johann lebte. Nun schon seit über einem Jahr.

Als es am Ende der Straße und in den Lücken zwischen den Häusern zu dämmern begann, waren Maries Hände und Füße gefühllos. Sie zwang sich, sie zu bewegen. Erst ganz langsam – es tat schrecklich weh –, dann immer schneller, zum Schluss geradezu krampfartig.

Das Blut ergoss sich wie warme Suppe in ihre Extremitäten. Angenehm war dieses Gefühl nicht, aber es gab Marie wieder die Herrschaft über ihren Körper zurück.

Sie drehte das Autoradio an und hörte die Nachrichten. Erst um fünf, dann um sechs Uhr.

In dieser Stunde änderte sich nichts. Die Meldungen blieben

gleich. Nichts, worüber sich nachzudenken gelohnt hätte. Aber Marie hatte schon lange das Interesse für das Weltgeschehen verloren. Eigentlich schon vor einem Jahr.

Um sieben Uhr konnte sie die Nachrichten nicht mehr hören, sie suchte klassische Musik. Diese Suche auf der Senderskala machte sie unachtsam. Sie verlor die Umgebung aus dem Blick. Deshalb bemerkte sie nicht, dass sich jemand ihrem Wagen näherte. Er kam von hinten.

Marie sah ihn erst, als er sich bückte und in das Seitenfenster blickte. Sie erschrak, als der Kopf des Mannes so dicht neben ihr erschien. Ihr Herzschlag beschleunigte sich rasend schnell.

Marie betätigte den Fensteröffner. »Ist was?«

Der Alte schüttelte den Kopf. »Nö. Wollte nur nachschauen, ob alles in Ordnung ist.«

»Ja. Alles in Ordnung.«

Jetzt erst entdeckte Marie den Dackel, der die Nase zu ihr hochstreckte. Er sah genau aus wie Ludwig, einer von Roberts Hunden. Marie betätigte den Fensterheber – das fehlte noch, dass sie sich von einem Nachbarn, der frühmorgens seinen Hund ausführte, ablenken ließ. Der Alte schaute etwas vergrätzt, ging dann aber zur Freude seines Dackels weiter.

In der Wohnung brannte ein Licht. Wahrscheinlich wurde in der Küche Frühstück gemacht.

Marie überlegte, ob sie es wagen könnte, den Motor zu starten. Mit der Autoheizung würde es im Auto etwas wärmer werden. Aber sie wollte nicht noch einen weiteren Anwohner anlocken. Womöglich fühlte sich ein Umweltschützer aufgerufen, gegen den laufenden Motor bei einem parkenden Wagen zu protestieren. Dann würde der Freund aufmerksam werden – und alles war verdorben.

Marie begann, ihre Bein- und Armmuskeln abwechselnd anzuspannen und zu entspannen. Aber das vertrieb die Kälte auch nicht aus ihrem Körper. Hoffentlich bescherte ihr die durchwachte Nacht im Auto keinen Rückfall. Eine zweite Lungenentzündung konnte sie jetzt nicht brauchen – nun, da sie Johann gefunden hatte.

Kurz vor acht. Es tat sich was.

Erst rollte der Golf rückwärts aus der Einfahrt. Der Freund saß am Steuer.

Als er auf der Straße war, bremste er ab und gab im Leerlauf kräftig Gas. Seine Heizung lief jetzt an und spendete ihm Wärme.

Offensichtlich wartete er auf jemanden. Ob die Frau mit ihm zur Arbeit fuhr? Dann war der Junge allein zu Hause.

Maries Herz schlug bis zum Hals. Sie könnte zu dem Haus hingehen und an der Tür läuten. An der Tür läuten und warten, bis der Junge ihr öffnete.

Marie kamen die Tränen. Ein Bild erhob sich übermächtig vor ihren Augen. Kein Bild. Eine ganze Oper. Sie stand an der Tür des Hauses und drückte auf den Klingelknopf. Immer wieder. Jemand kam. Erst lauerte er, dann öffnete er die Tür. Sie sahen sich an. Sekundenlang. Dann fielen sie sich in die Arme. Sie umarmten sich. Sie waren wieder vereint. Marie und ihr entführter Sohn.

Marie und Johann.

Marie weinte jetzt richtig. Die Tränen waren nicht zu stoppen.

Deshalb sah sie auch wie durch einen Vorhang hindurch, dass der Freund sich über den Beifahrersitz beugte und die Tür aufstieß.

Dann kam der Junge aus der Einfahrt gerannt. Den Ranzen auf dem Rücken.

Er brauchte nur eine Sekunde. Dann war er durch die offene Beifahrerführ in den Wagen geschlüpft. Zu dem Freund. Allein. Ohne dass ihn jemand dazu zwang.

War das wirklich Johann?

Robert machte ein Riesentheater. Er hatte die ganze Nacht kein Auge zugetan. Angeblich. Dabei schlief er wie ein Stein. Selbst in der Zeit, als sie um Johanns Leben gebangt hatten, hatte er geschlafen.

Robert bestand darauf zu erfahren, wo Marie die ganze Nacht gewesen war.

»Bei einer Freundin«, antwortete Marie kühl.

»Du hast überhaupt keine Freundin.«

»Du kennst sie nur nicht.«

Es klang wie früher. Wie ein Ehepaar, das sich wegen Kleinigkeiten kabbelte.

»So geht das nicht«, brüllte Robert. »Noch sind wir verheiratet. Ich will sofort wissen, mit wem du die Nacht verbracht hast.«

Wenn du wüsstest, dachte Marie. In diesem Moment war klar, dass sie Robert kein Wort sagen würde. Sie würde alles für sich behalten. Er würde nicht wieder alles verderben. Sie fragte sich zum ersten Mal, warum sie überhaupt noch mit ihm zusammen in diesem Haus wohnte. Warum zog er nicht aus? Schließlich war es ihr Elternhaus und nicht seines.

»Hast du mit irgendjemandem rumgefickt?«

Gut, dachte Marie, du hast es nicht anders verdient. »Ja«, sagte sie und schaute weg.

Robert bebte. »Mit wem?«

»Mit einem Mann. Es geht dich nichts an.«

Für einen Moment dachte Marie, er würde sie schlagen. Es

hätte ihr nichts ausgemacht. Es hätte sie nur noch bestätigt. Doch er rannte nur aus dem Zimmer.

Marie atmete auf. Sie kochte sich einen heißen Tee und ging ins Bett. Sie musste ein wenig schlafen. Hoffentlich gelang es ihr.

4

Es gab nichts mehr zu beobachten. Marie wusste alles.

Sie musste jetzt den nächsten Schritt gehen. Oder die Polizei informieren. Aber das kam nicht infrage. Noch nicht.

Marie brauchte Gewissheit. Die würde sie nicht bekommen, wenn sie den Freund weiter auf der Straße vor seinem Haus belauerte. Und ihn womöglich auf sich aufmerksam machte und damit verjagte. Marie musste sich etwas anderes überlegen.

Ein Motorengeräusch weckte sie. Sie hatte höchstens eine Stunde geschlafen. Ihr war schlecht. Sie stand auf und schaute aus dem Fenster. Robert fuhr mit dem Wagen weg. Sollte er. Es war auch sein Wagen. Und Marie brauchte ihn momentan nicht.

Sie ging in die Küche. Plötzlich hatte sie Hunger. Richtigen Hunger. Das war ihr schon lange nicht mehr passiert. Sie schaute in den Kühlschrank. Es war kaum etwas da. Ein paar Scheiben Wurst. Etwas Käse. Ein Klecks Butter. Zwei Eier.

Marie erhitzte die Butter in der Pfanne, gab die Wurst dazu, schlug die Eier darüber und legte die Käsescheiben obendrauf, nachdem die Eier angebraten waren. Sie stellte den Ofen ab und tat einen Deckel auf die Pfanne. Sie wartete, bis der Käse geschmolzen war. Dann schnitt sie sich eine Scheibe Brot ab. Sie nahm einen Teller und Besteck aus dem Schrank, kratzte Eier, Wurst und Käse aus der Pfanne und setzte sich an den Tisch.

Sie aß. Es schmeckte ihr. Danach wechselte sie auf das Sofa. Sie sah aus dem Fenster und dachte nach. Stundenlang.

Sie hörte erst auf nachzudenken, als am späten Nachmittag Robert vorfuhr.

Marie stand sofort auf. Sie wollte nicht, dass er sah, dass sie es sich gemütlich gemacht hatte. Sie wollte überhaupt nicht mehr, dass er irgendetwas über sie wusste.

Er betrat grußlos die Küche.

»Morgen gehe ich wieder arbeiten«, sagte Marie.

Er reagierte nicht. Er tat so, als wäre sie nicht vorhanden.

»Kann ich den Wagen haben? Es ist nichts mehr zu essen da. Ich muss einkaufen.«

Er brauchte eine Weile. »Wann? Jetzt?«

»Morgen.«

»Warum nicht jetzt?«

»Jetzt bin ich zu müde dazu.«

Robert rannte wieder hinaus. Danach fiel Marie erst ein, dass er ihre Aussage, sie sei zu müde, um zum Einkaufen zu gehen, als eine Anspielung darauf verstanden haben musste, dass sie angeblich die ganze Nacht bei einem anderen Mann verbracht hatte. Das hatte sie nicht gewollt. Aber sie verspürte auch nicht den geringsten Impuls, etwas richtigzustellen.

Als Robert zurückkam, wollte er reden. Aber Marie nicht.

Sie ging in ihr Zimmer. Das war das Zimmer, das mal ihr gemeinsames Schlafzimmer gewesen war.

Sie holte Johanns Handy aus dem Versteck und schaltete es ein. Vielleicht rief er ja an. Ihr Sohn.

Marie wartete, bis Robert das Haus verlassen hatte. Dann stand sie auf.

Sie fühlte sich gut. Es war wie kurz vor der Heimkehr nach einer langen Abwesenheit. Sie dachte nicht einmal speziell an Johann, wie ihr nach dem Frühstück auffiel.

Marie machte sich einen Zettel. Es musste wirklich einiges eingekauft werden. Jetzt war die richtige Zeit dazu. Die meisten Leute mussten arbeiten, nur Hausfrauen hatten Zeit, in den Supermarkt zu gehen. Marie liebte es, wenn es dort ruhig und leer war. Man konnte sich besser auf seine Einkäufe konzentrieren und wurde nicht ständig abgelenkt.

Marie parkte den Wagen auf dem Parkplatz hinter dem Markt. Es war Platz genug. Sie konnte es sich aussuchen. Die Einkaufstasche ließ sie im Kofferraum. Sie ging erst in die Bäckerei auf der anderen Seite der Bubacher Hauptstraße. Dort suchte sie sich einen freien Stuhl am Fenster und bestellte einen Milchkaffee. Eigentlich hatte sie schon genug Kaffee getrunken. Aber sie wollte jetzt hier sitzen, auf die Straße hinausschauen und sich entspannen. Wie eine ganz normale Frau – wie eine Frau, deren Mann zur Arbeit und deren Kind in die Schule gegangen ist.

Das tat gut. Marie fühlte sich wie früher. Bevor es passiert war.

Frauen, die zum Einkaufen in die Bäckerei kamen, sahen sie und grüßten sie vom Tresen aus. Marie grüßte immer nur knapp zurück. Eine Nachbarin ließ sich davon nicht abhalten und kam auf sie zu. Aber Marie wollte jetzt keine Gespräche führen. Sie stand auf, ging an der verdutzten Frau vorbei, bezahlte ihren Milchkaffee und stürmte hinaus.

An ihrem Auto angekommen, entschloss sie sich, ihre Einkäufe diesmal nicht in Bubach zu machen. Sie wollte in Ruhe gelassen werden.

Über die Hauptstraße gelangte sie zum Kreisverkehr am Ortsrand. Dort bog sie auf die Bundesstraße ein. Es gab drei Fahrbahnen, und Marie konnte beschleunigen. Hier waren 120 Stundenkilometer erlaubt. Da wenig Verkehr war, kam sie schnell voran.

Nach zehn Minuten sah sie die hohen Fassaden des Supermarktes, der erst vor zwei Jahren am östlichen Rand der Stadt auf freiem Feld errichtet worden war. Marie fuhr alle paar Wochen hierher zum Einkaufen – immer wenn es für sie verlockende Sonderangebote gab.

Sie parkte in der Nähe des belebten Eingangsbereichs und nahm die Einkaufstasche aus dem Kofferraum. Dann holte sie sich einen Einkaufswagen.

Im Supermarkt war es angenehm kühl. Eine unaufdringliche Musiksoße umfing Marie. Sie schloss die Augen und sog die verschiedenen Gerüche ein.

Marie begann mit ihrem Einkauf.

Es war ein feierlicher Akt. Maries Rückkehr zur Normalität. Sie wollte so einkaufen, wie sie früher eingekauft hatte. Mit Hingabe und Ernst. Ohne Hetze, ohne die Nervosität der letzten Monate.

Langsam füllte sich der Einkaufswagen. An der Fleischtheke ließ sie sich beraten; das hatte sie früher nicht getan, ihr waren die Kunden, die die Supermarktangestellten in nutzlose Gespräche verwickelten, auf die Nerven gegangen. Nun strapazierte sie die Geduld der Fachverkäuferin mit ihrer Unwissenheit über die verschiedenen Salamisorten. Aber das gehörte dazu.

Marie ging zweimal den langen Zettel von oben bis unten durch. Sie überprüfte alles, dann schaute sie sich die großen Schilder mit den Sonderangeboten an – obwohl sie wusste, dass es sich selten lohnte.

Schließlich ging sie zur Kasse. Es gab keine Schlange. Sie ließ sich Zeit, als sie die Waren auf das Band räumte, auch beim Zahlen.

Dann schob sie den vollen Wagen, der sich nicht allzu gut manövrieren ließ, hinaus. Sie hatte Probleme, eine Bodenwelle zu überwinden, die verhindern sollte, dass allzu forsche Käufer mit einem Auto oder einem Passanten kollidierten. Ein alter Mann half ihr dabei.

Marie musste sich einen Moment orientieren. Während sie im Supermarkt eingekauft hatte, waren eine ganze Menge Autos dazugekommen. Sie brauchte eine Weile, bis sie den Standort ihres Wagens wiedergefunden hatte. Dann ging sie los.

Marie nahm ihn erst nur aus den Augenwinkeln wahr. Sie war schon fast vorbei. Aber das Signal, das ihr Unterbewusstsein aussandte, war so stark, dass Marie den schweren Einkaufswagen unter Einsatz ihres Körpergewichts zum Stehen brachte.

Sie zog ihn ein paar Schritte zurück.

Kein Zweifel. Das war der Wagen des Freundes. Ein paar Reihen weiter hinten. Ein hellblauer Golf. Davon gab es nicht viele.

Sie stand erst mal still. Obwohl sie wusste, dass das nicht gut war. Sie konnte hier nicht stehen bleiben. Wenn der Freund sie in der Nähe seines Wagens entdeckte, würde er sofort die Flucht ergreifen. Das aber wollte Marie auf keinen Fall.

Sie wollte weiter. Aber sie konnte nicht. Ihr Puls hämmerte gegen die Schädeldecke. Sie atmete unrhythmisch und schnappend.

Marie schloss die Augen. Sie sagte sich: Du musst weitergehen. Nicht stehen bleiben!

Doch der Einkaufswagen ließ sich nicht bewegen.

»Ist Ihnen nicht gut?«

Der alte Mann, der ihr geholfen hatte, den Einkaufswagen über die Bodenwelle zu bewegen. Sicher verdiente er sich auf dem Parkplatz ein paar Euro, indem er den Kunden beim Einladen half.

»Es ist nur … nichts.«

Seine alten, grauen Hände legten sich über den Griff des Einkaufwagens. Sie berührten Maries Hände. Aber das machte ihr nichts aus. Der alte Mann strengte sich an. Der Einkaufswagen rollte.

»Danke«, sagte sie und versuchte zu lächeln.

Aber der Alte ließ nicht los. Er drückte weiter. Marie hatte Mühe, den Wagen in die Richtung ihrer Parkbucht zu lenken. Der Alte schob wacker.

»Wir sind da«, sagte Marie und versuchte, den Wagen und den Alten zum Stehen zu bringen. Dennoch fuhren sie ein paar Meter zu weit. Endlich ließ der Alte los. Marie sah, dass seine faltige Stirn schwitzte. Sie wusste nicht, was sie ihm sagen sollte. Warum ging er denn nicht? Worauf wartete er?

Genau. Marie suchte ihre Geldbörse. Sie war irgendwo im Einkaufskorb.

Sie hatte es eilig. Sehr eilig. Und der Alte wich nicht vom Fleck.

Endlich entdeckte sie das rote Leder der Börse zwischen den Waren. Mit zittrigen Fingern öffnete sie sie und entnahm ein Zweieurostück. Sie gab es ihm.

Er nahm es ungerührt entgegen. War es ihm zu wenig?

Marie schaute zu dem hellblauen Golf hinüber. Sie konnte ihn erst nicht finden. Ihr Herzschlag setzte einen Moment aus. Doch dann blinkte das Dach in der Sonne. Gott sei Dank.

»Soll ich beim Ausräumen helfen?«

»Nein, danke.« Marie öffnete die Verriegelung ihres Wagens. Die Lichter blinkten.

»Wirklich nicht?«

»Nein!« Marie war laut geworden. Der Alte drehte um und ging.

Marie stellte sich auf die Zehenspitzen und schaute zum Supermarkt hinüber.

Eine kleine Frau schob ihren großen Einkaufswagen über die Schwelle. Marie erkannte sie am Mantel. Die Frau des Freundes. Die Frau, an deren Hand Johann gegangen war. Ihr Einkaufswagen enthielt nur wenige Artikel, das Einladen würde schnell gehen.

Marie öffnete den Kofferraum und schmiss ihre Einkäufe hinein. Eine Palette mit Joghurt ging zu Bruch, die weißgraue Soße verkleckerte Roberts Teppichboden. Dem Einkaufwagen versetzte Marie einen Stoß, damit er gegen die Begrenzungsmauer fuhr. Marie schlug die Klappe zu und stieg in ihr Auto.

Sie bekam den Schlüssel nicht in das Zündschloss. Im Rückspiegel sah sie, dass die Frau in den hellblauen Golf stieg.

Endlich, der Motor sprang an. Marie legte den falschen Gang ein. Der Wagen schoss einen halben Meter vor. Marie schwitzte. Sie wuchtete den Rückwärtsgang ein. Das Getriebe ächzte.

Marie gab Gas, der Wagen schoss aus der Parkbucht. Sie drehte das Lenkrad. Schon stand sie in ihrer Fahrtrichtung. Während sie den ersten Gang einlegte, suchte sie den Parkplatz nach dem blauen Golf ab.

Er war weg.

Das konnte doch nicht sein, nicht in der kurzen Zeit. Wie hatte die kleine Frau so schnell ihre Waren einladen und den Parkplatz verlassen können – zumal es jetzt von ein- und ausfahrenden Fahrzeugen nur so wimmelte?

Marie fuhr los. Sie beschleunigte, legte sofort den zweiten Gang ein. Mit quietschenden Reifen bog sie in die nächste Gasse ein. Sie schaltete nicht zurück, der Wagen ruckte, aber er war stark genug, sofort wieder auf Touren zu kommen. Ein Kleinwagen rollte aus der Parkbucht, Marie hupte, der Fahrer stieg auf die Bremse, sie schoss an ihm vorbei.

Sie raste um den Supermarkt herum zur Ausfahrt. Dort mussten die Fahrer stoppen.

Marie beschleunigte noch einmal. Aus den Augenwinkeln sah sie, wie Passanten die Köpfe schüttelten.

Der hellblaue Golf. Er stand in der Ausfahrt. Die Fahrerin wartete darauf, in die Vorfahrtsstraße einbiegen zu können. Der Verkehr floss langsam und war dünn. Sie konnte jeden Moment eine günstige Gelegenheit bekommen rauszufahren.

Marie musste nicht nachdenken. Sie hatte nur diese Chance. Ihr Programm rastete ein. Das Marie-Programm.

Marie kauerte dicht über dem Lenkrad. Im letzten Moment schloss sie die Augen.

Der Aufprall war viel heftiger, als Marie gedacht hatte. Trotz Sicherheitsgurt wurde sie weit nach vorne geschleudert. Einen Moment dachte sie, sie würde mit dem Kopf die Windschutzscheibe durchbrechen. Aber der Sicherheitsgurt hatte längst gegriffen. Es war, als würde eine Riesenhand ihren Körper zerquetschen.

Dann herrschte Stille. Als hätte mit einem Schlag die Welt aufgehört, sich zu drehen.

Jemand klopfte an ihre Scheibe. Marie brauchte eine Weile, bis sie in der Lage war auszusteigen. Die Tür klemmte. Ein Mann in einem weißen Kittel, der zum Supermarkt gehörte, rüttelte am Griff. Dann sprang die Tür auf.

Marie löste den Sicherheitsgurt. Sie stieg aus. Es war ihr schwindlig, sie musste sich am Autodach abstützen.

Die beiden Wagen klebten zusammen, als wären sie miteinander verschweißt worden.

Die Fahrerin des blauen Golfs war schon ausgestiegen. Sie rieb sich den Nacken. Der Supermarktangestellte fragte sie, ob sie verletzt sei. Die Frau schüttelte den Kopf. Dann schaute sie sich den Schaden an.

»Mein Gott, wie konnte das denn passieren?!«

Eine Polizeisirene näherte sich.

Marie sagte: »Und ich habe nicht mal Papiere dabei.«

Robert war schon zu Hause. Marie hatte nicht mit ihm gerechnet.

Als er den lädierten Wagen sah, schlug er die Hände vors Gesicht. Sein bestes Stück. Es fuhr zwar noch, aber die Stoßstange war hin, der Kotflügel eingedellt und beide Scheinwerfer waren zersplittert.

Die Frau – sie hieß Lore, so viel wusste Marie schon – parkte ihren Golf in der Einfahrt, gleich hinter Roberts Wagen. Sie hatte sich etwas beruhigt. Marie hatte ihr versichert, dass es keine Probleme geben würde. Sie nahm alle Schuld auf sich.

»Wie ist das denn passiert?«, fragte Robert. Er riss sich zusammen, wegen Lore. Aber Marie spürte deutlich, dass er fuchsteufelswild war.

»Ich wollte bremsen und habe Gas gegeben.« Marie wusste selbst, dass das Schwachsinn war, aber für Robert musste es reichen. Und Lore interessierte nicht, wie es passiert war, die interessierte nur, wer ihren Schaden bezahlte. Seit klar war, dass Roberts Versicherung das übernehmen würde, wirkte sie fast unbeteiligt.

Marie hatte sie dazu überreden müssen mitzukommen. Lore hätte es vorgezogen, nach Hause zu fahren und dort zu warten, bis Marie ihr die Versicherungsnummer mitteilte. Schließlich hatte sie aus purer Höflichkeit, wie es Marie schien, eingewilligt, hinter Marie herzufahren und alles für den Versicherungsfall Nötige bei ihr in Empfang zu nehmen.

So ordentlich wie Robert war, hatte er natürlich alle Unterlagen irgendwo bereitliegen. »Hat die Polizei denn auch geklärt, dass unsere Versicherung zahlen muss?«, fragte er sicherheitshalber noch mal, bevor er Lore das vorgedruckte Formular aushändigte.

Marie wurde ungeduldig, sie wollte Lore nicht noch mehr verärgern. »Nun mach schon! Ich bin ihr hintendrauf gefahren. Sie stand in der Ausfahrt, und ich bin voll drauf, ich Dussel. Was gibt es da viel zu klären?«

»Darüber reden wir noch«, zischte Robert, als er Lore das Formular hinhielt.

Lore war unsicher. Sie schaute erst Marie an. Als die ihr aufmunternd zunickte, griff sie nach dem Formular.

»Darf ich Ihnen einen Kaffee anbieten?«, fragte Marie so aufgeräumt, als hätten sie gerade einen guten Geschäftsabschluss getätigt.

»Höchstens ein Mineralwasser ...«

»Gern. Oder lieber einen Tee?« Marie wusste nicht einmal, ob sie noch Tee im Haus hatte.

»Warum nicht?«, antwortete Lore zögernd. Dann schien sie sich etwas zu entspannen. »Ja, gern.«

Auch Robert besann sich auf seine Pflichten als Hausherr und bot Lore einen Stuhl an. Dann verschwand er nach draußen, was Marie begrüßte, denn sie wollte nicht, dass er dabei war, wenn sie sich mit Lore unterhielt.

»Mein Mann betreibt einen kleinen Bauernhof«, erklärte Marie. »Nebenbei. Eigentlich ist er Berufsschullehrer. Aber Sie wissen ja: Lehrer haben viel Freizeit.«

Sie lachten beide. Marie etwas zu laut, Lore gezwungen.

Während Marie das Wasser für den Tee aufsetzte, konnte sie den Blick nicht von Lore wenden. Sie musste sich vorsehen. Sicher erschien der Frau ihr Verhalten merkwürdig.

Lore war schlank, aber nicht dünn. Sie hatte weibliche Formen: einen kleinen Busen und runde Hüften. Aber alles an ihr schien eine Nummer kleiner zu sein. Ihr Gesicht war fein geschnitten, etwas mädchenhaft, wozu der milchig-zarte Teint beitrug. Die Haare waren dafür umso kräftiger und von einem gesunden Braun. Sie schienen sorgfältig frisiert, aber wahrscheinlich gehörte Lore nur zu der Sorte Frauen, die tun und lassen können, was sie wollen: Ihre Frisur sitzt immer, sie sehen auch wie aus dem Ei gepellt aus, wenn sie am Morgen aus dem Bett steigen.

Lore war nicht schön. Dafür wirkte sie zu zerbrechlich und hatte auch einen leicht bitteren Zug um den schmalen, empfindsamen Mund. Marie hatte den Eindruck, dass sie schon viel erlitten hatte. Vielleicht auch, dass sie es sich selbst nicht leicht machte.

Marie suchte einen Anhaltspunkt. Etwas, was ihr Aufschluss darüber gab, wieso diese Frau mit dem Freund zusammen war. Gab es etwas an ihr, was auf Vorlieben des Freundes hinwies? Das war die Frage, die Marie sich stellte, während der Wasserkocher heiß wurde.

Möglicherweise war es ihr fast kindlicher, knabenhafter Körper, der ihn anzog. Aber um für ein Kind gehalten zu werden, war Lore wiederum zu feminin. Marie glaubte sogar, etwas Sinnliches an ihr zu entdecken – wie viele kleine oder schmächtige Frauen strahlte auch Lore eine natürliche Weiblichkeit aus.

Am ehesten noch ihr Gesicht. Es hatte diese Blässe und Durchsichtigkeit, wie sie Menschen nach einer schweren Krankheit haben – und manche Kinder. *Wie Milch und Honig.* Wenn sie sich nicht irrte, stammte der Ausdruck aus der Bibel.

Das Wasser kochte sprudelnd, der Kocher schaltete sich aus. Marie wurde durch das Zurückspringen des Einschaltknopfes aus ihren Gedanken gerissen.

Lore schaute sie erwartungsvoll an.

Marie drehte ihr schnell den Rücken zu, nahm den Wasserkocher aus der Halterung und goss das heiße Wasser vorsichtig über die Teebeutel in der Kanne. Dann stellte sie den Kocher zurück. Sie konzentrierte sich. Wie fing sie es am besten an?

»Das dauert jetzt einen Moment«, sagte sie und versuchte zu lächeln.

Lore schien die Situation weiterhin zu verwirren. Sicher fragte sie sich, warum diese fremde Frau ihr erst ungebremst ins Heck ihres Wagens gefahren war und sie nun zuvorkommend bewirtete.

»Haben Sie es eilig?«

Lore schüttelte eifrig den Kopf. Wie ein Schulmädchen, dachte Marie. Unbedarft und unsicher, ja verängstigt wie ein Schulmädchen. Genau – das war es, was der Freund an ihr mochte. Aber Johann war kein Schulmädchen. Er war ein Junge, ein sehr selbstsicherer Junge sogar.

Marie stellte zwei Unterteller und zwei ihrer Sammeltassen auf den Tisch. Sie benutzte sie sonst nie, sie standen nur als Zierde im Glasschrank. Aber sie wollte, dass Lore sich wohlfühlte, dass sie sich entspannte und endlich zu erzählen begann.

»Wohnen Sie hier in der Nähe?«

Lore antwortete einen Tick zu schnell: »Im Norden der Stadt. Ich fahre aber in den neuen Supermarkt zum Einkaufen.« Und als Marie darauf nichts entgegnete, fügte sie hinzu: »Dort ist das Angebot größer als bei uns.«

Marie war ihr dankbar über diese Auflockerung der angestrengten Atmosphäre. »Ja, das finde ich auch. In Bubach gibt es keine Frischfischtheke und keine vernünftige Auswahl an guten Weinen. Und dann ist auch noch alles etwas teurer.«

Lore sah sie verständnislos an. »Sind Sie von hier?«

Marie nahm neben ihr Platz. Sie schenkte Tee aus. »Ich bin hier geboren. Das hier …« Sie machte eine weit ausholende Armbewegung. »Das ist mein Elternhaus. Wir haben es vor ein paar Jahren übernommen und renoviert.«

Dabei hatten sie einfach nur den alten Kram entsorgt und alles neu gestrichen. Aber Lore zeigte zum ersten Mal einen Anflug von Begeisterung. »Schön.«

Marie tat Zucker in ihren Tee und rührte. »Und Sie?«

Auch Lore nahm sich Zucker. Sie seufzte leicht. »Ich bin erst kürzlich in die Stadt gekommen.« Sie nippte am Tee, stellte die Tasse aber schnell wieder zurück – sie hatte sich den Mund verbrannt. »Ich komme aus Chemnitz.«

»Aus dem Osten«, sagte Marie, als wäre das heutzutage noch eine Besonderheit.

»Ja, aus den neuen Bundesländern. Mein Sohn und ich, wir dachten, wir versuchen es mal im Westen. Ich hatte lange keine Arbeit, und da, wo wir bisher wohnten, sind viele Menschen weggezogen. Praktisch alle Kameraden von Kevin sind mit ihren Eltern in den Westen gegangen …«

Kevin. Sie hatte also einen Jungen, der Kevin hieß.

»Wie alt ist Ihr Junge?«

»Elf. Fast zwölf.«

Genau so alt, wie Johann jetzt wäre. War Kevin Johann? Oder Johann Kevin?

»Und? Hat Kevin sich hier eingewöhnt?«

Lore trank wieder von dem Tee, diesmal war er nicht zu heiß.

Als sie die Tasse abgestellt hatte, setzte sie sich aufrecht hin. Sie schloss die Augen, bevor sie antwortete. »Er tut sich schwer. Gut, wir sind noch nicht so lange hier. Aber in der Schule … nun, ich glaube, er findet keinen Anschluss. Vielleicht schneiden ihn die anderen Schüler auch.«

»Das glaube ich nicht«, sagte Marie schnell. »Die Leute hier sind es gewöhnt, dass Fremde zuziehen. Das war schon immer so. Sie sind nicht abweisend. Das können Sie mir glauben.« Marie kam sich selbst etwas überspannt vor. Was sollte das? Sie musste Lore doch nicht von der Geselligkeit der hiesigen Bevölkerung überzeugen. Zumal Marie in Bubach wohnte und der Freund mit seiner neuen Familie weit weg vom Dorf, im Norden der Stadt.

Lore schien mit den Gedanken woanders zu sein. Sie schaute in die Teetasse. »Kevin und ich, wir sind in den letzten Jahren immer allein gewesen. Da war niemand – außer meinen Eltern. Kevins Vater – er ist schon lange weg. Ich hätte es mir so gewünscht: Dass mein Junge endlich Anschluss findet. Ich allein kann ihm das doch gar nicht bieten.« Lore war den Tränen nahe, riss sich aber zusammen. »Zum Glück bin ich jetzt mit einem Mann zusammen, der viel Verständnis für den Jungen hat.« Ihre Stimme wurde immer schwächer. Sie räusperte sich und nahm einen neuen Anlauf. »Er hat uns zu sich geholt. Hierher. Er gibt sich große Mühe mit uns. Es ist auch sehr schön. Alles ist gut. Ich fühle mich wohl hier, vielleicht finde ich auch bald eine Arbeit.« Sie ließ den Kopf hängen. »Nur Kevin, der hat keine Freunde. Der Junge tut mir so leid.«

»Das kriegen wir hin.« Marie erschrak. Wie kam sie denn dazu, so mit dieser Frau zu reden?

Lore schaute ganz verwirrt. Sie schob die Teetasse von sich weg und schien aufstehen zu wollen.

»Ich kenne hier viele Leute. Allein schon durch meine Arbeit«, fuhr Marie etwas gedämpfter fort. »Ich werde Ihnen helfen, Kontakte zu knüpfen.«

»Aber …«

»Wir Frauen müssen uns doch gegenseitig unterstützen.« Fast hätte sie »wir Mütter« gesagt.

Und dann fiel ihr etwas ein. Etwas, womit sie die Situation retten konnte. »Es gibt doch dieses *Schüler-VZ*. Ich weiß, dass das viele nutzen. Die Schüler geben ihre Daten ein und suchen gleichaltrige Schulkameraden aus ihrer Umgebung. Das wäre doch was für Ihren Kevin.«

Johann war bei *Schüler-VZ* angemeldet gewesen; sie hatten oft darüber gesprochen.

Lores Gesicht hellte sich auf. »Davon habe ich gehört. Das wäre vielleicht wirklich etwas, was Kevin helfen könnte.«

Marie ließ sich von Lores Begeisterung anstecken. »Ja, und dann kenne ich ja auch einige Familien mit Kindern in Kevins Alter. Ich werde meine Fühler mal ausstrecken. Ich bin sicher, da ergibt sich was …«

Lore stand auf. Sie hatte ihren Tee noch nicht ausgetrunken, aber sie schien gehen zu wollen. Auch Marie erhob sich. Sie überlegte, was sie noch tun konnte, um Lore aufzuhalten. Zum eigentlichen Thema war sie ja noch gar nicht gekommen: zu dem Freund.

»Nicht, dass Sie glauben, Sie müssen Kevin helfen, weil Sie in meinen Wagen reingefahren sind?«

Was bildete diese Frau sich ein? Hielt sie Marie für naiv?

»Natürlich nicht. Ich freue mich nur, dass wir uns begegnet sind.« Und dann: »Man freut sich doch immer, wenn man jemanden kennenlernt.« Marie wusste selbst, dass sie nicht sehr überzeugend klang.

Sie brachte Lore noch zur Tür.

Bevor Lore zu ihrem Wagen ging, wandte sie sich noch mal zu Marie um. »Und Sie? Haben Sie keine Kinder?«

Diese Frage traf Marie wie ein brutaler Schlag gegen die Schläfe. »Nein«, sagte sie und schloss schnell die Tür.

5

Sie hatte alles verdorben. Anstatt umsichtig vorzugehen, war sie polternd über Lore hergefallen. Allein dieser Auffahrunfall. Wie hatte sie sich nur dazu hinreißen lassen können?

Und dann die plumpe Anbiederung. Wie kam sie dazu, dieser fremden Frau vorzuschlagen, ihrem Jungen zu Freunden verhelfen zu können?

Lore hatte sicher längst Lunte gerochen. Sie hatte bemerkt, was Marie im Schilde führte – dass sie unbedingt mit ihr in näheren Kontakt treten wollte. Marie wusste nicht genau, was nun geschehen würde, aber sie ahnte, dass es nicht gut für sie sein würde. Nicht für sie, und erst recht nicht für Johann.

Irgendwann war Marie froh darüber, dass Robert seine Schmollecke verließ und mit ihr über den Unfall sprechen wollte. Es lenkte sie ab – von ihrem Fehler und von der Sorge um die möglichen Konsequenzen.

»Wie kannst du auf dem Parkplatz vor dem Supermarkt in einen anderen Wagen hineinrasen?«

»Ich bin nicht gerast.«

»Und wie konnte das dann passieren, wenn du langsam gefahren bist?« Robert war stinksauer, sein Wagen war ihm sehr ans Herz gewachsen. Marie tat der Unfall auch leid. Aber sie konnte

Robert nicht helfen. Der Wagen war nun mal nicht so wichtig wie Johann.

»Ich habe es dir doch gesagt: Ich bin von der Bremse gerutscht und aufs Gas getreten.«

Robert schüttelte den Kopf. »Unglaublich.« Er tat so, als könnte sie ihm eine befriedigende Erklärung für den Unfall geben, würde sie ihm aber aus Boshaftigkeit verweigern.

»Nun hab dich doch nicht so, Robert!«

Er war kurz vor einem richtigen Wutanfall. »Du fährst mir meinen Wagen kaputt und sagst ›Hab dich doch nicht so‹!?«

»Erstens habe ich ihn nicht kaputt gefahren. Zweitens ist das nicht dein Wagen, sondern unserer.«

»Von meinem Geld bezahlt!«, brüllte Robert sie an. Es war das erste Mal, dass er einen Unterschied zwischen seinem und ihrem Geld machte. Seit sie zusammen waren, hatte er das bisher noch nie getan.

Das kränkte Marie. Deshalb sagte sie, um die Sache zu Ende zu bringen: »Dann zahle ich, damit du Ruhe gibst, den Schaden aus meiner Tasche.«

Robert stand der Mund offen. Er wollte etwas entgegnen, sie vielleicht sogar wieder anschreien – aber das Telefon läutete. Marie ging ran.

Es war Lore. Maries Herz schlug sofort höher – wie bei einem verliebten Backfisch.

»Ich dachte, wir könnten uns mal sehen«, begann Lore unumwunden. Sie klang recht kühl. »Was halten Sie davon, zusammen irgendwo einen Kaffee zu trinken?«

Bei dir, schoss es Marie durch den Kopf. Sag es! Du lädtst mich zu dir ein!

»Kennen Sie vielleicht ein nettes Café?«, fragte Lore.

»In Bubach?«

»Warum nicht?«

»Ich gehe manchmal in die Bäckerei gegenüber vom Supermarkt. Der Kuchen ist gut dort.«

»Ich bin zwar ziemlich verwöhnt, was Kuchen angeht. Aber das soll mir recht sein.«

Lore trug eine Art Kostüm, in Blasslila. So etwas sah man nur bei älteren Frauen, und bei denen eigentlich auch schon lange nicht mehr.

Immerhin: Lore lächelte, als Marie an ihren Tisch trat.

Sie bestellten zwei Milchkaffee. Marie verzichtete auf ihren Kuchen, obwohl die Zitronenrolle hier gut war. Was hatte Lore gesagt? Sie sei ziemlich verwöhnt, was Kuchen anging. Was sollte das heißen?

Der Kaffee kam sofort. Zum Glück, denn die beiden Frauen wussten nicht so recht, womit sie ihr Gespräch beginnen sollten. So konnten sie sich erst mal ihrem Milchkaffee widmen. Marie schaute aus dem Fenster und sagte etwas über das Wetter. Lore bestätigte es, sie wirkte erleichtert darüber, dass Marie ein unverfängliches Thema angeschnitten hatte.

Irgendwann – Marie fürchtete schon, das Treffen würde sich in einer belanglosen Plauderei erschöpfen – sagte Lore, sie wolle auf das Angebot von Marie zurückkommen.

»Mein Junge kommt allein nicht da raus. Ich möchte so gerne, dass Kevin endlich Freunde findet.«

Marie atmete auf. Lore hatte den Köder geschluckt.

»Ich werde gleich morgen mit ein paar Müttern reden, die ich kenne«, versprach Marie.

»Und dieses *Schüler-VZ*?«

»Nun, das ist einfach. Man meldet sich an. Das kann jeder. Sie haben doch einen Computer und einen Internetanschluss?«

»Ja, Tom arbeitet viel mit dem Computer.«

Tom.

Endlich. Der Freund hatte einen Namen. Tom. Also Thomas. Gut, er nannte sich Tom. Marie fand, dass dieser Name viel zu nichtssagend war für einen Mann wie den Freund. Für jemanden, der Kinder entführte und tötete. Der dürfte nicht Tom heißen, fand Marie.

»Sie geben Ihre Daten ein und teilen mit, dass Sie … also Ihr Sohn …«

»Kevin.«

»Dass Kevin neu hier ist und dass er Freunde sucht.«

»So einfach ist das?«

»Ja, so einfach ist das.«

»Und woher wissen Sie das?«

Marie schoss das Blut in den Kopf. »Ich weiß es … von meinen Freundinnen. Die haben alle Kinder und wir … reden halt darüber.«

Lore nickte ernst. Dann strahlte sie wieder. »Umso besser. Ich bin ja so froh, dass wir uns begegnet sind. Kevin hat … Also das geht nicht mehr so weiter. Er steckt nur noch mit Tom zusammen …«

Marie musste etwas sagen. Etwas Unverfängliches. »Hat das geklappt mit der Versicherung?«

Lore schaute etwas irritiert. »Versicherung?«

»Der Wagen.«

»Ach so. Die in der Werkstatt haben gesagt, sie setzen einfach eine andere Stoßstange drauf. Wahrscheinlich muss der Kotflügel noch ausgebeult werden. Es ist ja nicht so ein großer Schaden wie an Ihrem Wagen. Wollen wir nicht einfach Du sagen? Ich bin die Lore.«

Das überraschte Marie. Sie hob den weißen Porzellanbecher und stieß mit Lore an. »Sagen wir Du! Ich bin Marie.«

Sie tranken und sahen aus dem Fenster. Fast schon wie alte Freundinnen.

»Momentan läuft es wirklich gut«, begann Lore, ohne ihren Blick zu wenden. »Ich habe Aussicht auf eine Arbeit. An der Kasse eines Supermarktes. Früher musste ich putzen. Es beginnt mir hier zu gefallen. Und dann hab ich dich kennengelernt. Das ist fast schon zu viel Glück auf einmal. Für meine Verhältnisse jedenfalls.« Sie lachte verlegen.

Dann schaute sie auf die Tischplatte und verzog den Mund. »Weißt du, drüben, also im Osten, da lief es gar nicht gut für uns. Ich war ziemlich verzweifelt. Ganz auf mich allein gestellt. Mit dem Jungen. Unterhalt habe ich nie bekommen all die Jahre. Zum Schluss habe ich meine Wohnung verloren und musste mit Kevin zu meinen Eltern ziehen. Das war schwierig, sehr schwierig. Und dann kam Tom.« Sie lachte. »Also, er kam nicht einfach. Wie hätte er von hier aus auch nach Chemnitz kommen sollen? Nein, wir haben uns im Internet kennengelernt. Ich dachte erst, das ist jetzt einer dieser Westmänner, die sich Frischfleisch im Osten besorgen wollen. Aber ich stellte schnell fest, dass wir viele Gemeinsamkeiten haben. Die Natur. Tiere. Reisen. Wir haben uns dann getroffen. Tom musste beruflich nach Dresden. Und da hat es gleich gefunkt. Ich habe ihm gesagt, dass ich nicht allein bin. Dass ich einen Jungen habe. Weißt du, was er darauf entgegnet hat? ›Umso besser‹, hat er gesagt. Umso besser!«

Marie verschluckte sich beim Trinken. Sie bekam einen Hustenanfall und sprühte kleine Tropfen Milchkaffee über den Tisch.

Die Bedienung kam mit einem Lappen. Marie war das peinlich.

Lore lächelte. Sie wartete, bis Marie sich wieder beruhigt hatte.

»Dann haben wir eine kleine Reise gemacht. Nach Hiddensee. Im Winter. Zu dritt. Kennst du Hiddensee im Winter? Den Dornbusch? Den Leuchtturm?«

Marie schüttelte den Kopf. Sie kannte Hiddensee auch nicht im Sommer.

»Tom und Kevin waren sofort Freunde. Und du wirst es nicht glauben: Das hat sich bis heute nicht geändert. Manchmal denke ich, Tom hat mit dem Jungen mehr Spaß als mit mir.«

Jetzt lachte Lore laut. Marie konnte nicht lachen. Sie hustete schon wieder.

»Weißt du, in meinem Leben hat es schon einige Männer gegeben. Nach Kevins Vater, meine ich. Aber keiner hat sich so um den Jungen gekümmert. Und das ist doch wichtig für eine Frau, oder?«

Marie nickte. Sie konnte Lore nicht in die Augen sehen. »Hast du ein Foto von ihm?«

»Von Tom?«, fragte Lore.

»Nein, von Kevin natürlich.«

Lore begann in ihrer Umhängetasche zu kramen. »Von Tom habe ich auch eines. Aber das zeige ich dir nicht.« Zum ersten Mal fiel Lore in den Dialekt der Region, aus der sie stammte. »Von dem musst du schön deine Fingerchen lassen. Das ist mein bestes Stück. Da darf keine andere drantatschen, verstehste?«

»Natürlich«, beteuerte Marie ernst.

Doch Lore brach in ein noch helleres Lachen aus. »Das war doch nur ein Witz.« Endlich hatte sie gefunden, was sie suchte. Ein kleines Ledermäppchen. Sie klappte es auf. Innen war es eine

Art Leporello. »Was willst du sehen? Kevin als Baby. Als Schulanfänger? Oder Kevin heute?«

»Heute«, sagte Marie heiser.

Lore blätterte, dann drehte sie das Mäppchen und schob es Marie hin.

Marie sah es sofort. Der Junge war Johann wie aus dem Gesicht geschnitten. Unglaublich. Wie Johann vor etwa zwei Jahren. Aber er war nicht Johann. Kevin war Johanns Doppelgänger. Oder so etwas Ähnliches.

Und Johann war tot. Seit einem Jahr.

Marie wurde es schwindlig.

»Ist dir nicht gut?«

»Doch, doch, es ist nur …« Marie winkte die Bedienung, die schon aufmerksam geworden war, heran und bestellte ein Wasser. Das Wasser kam sofort. Marie trank es in einem Zug aus.

»Besser?«

»Ja, besser.«

Lore packte das Leporello weg. Sie schloss ihre Tasche und stellte sie wieder neben sich. Dann fiel ihr was ein. »Was hältst du davon? Ihr kommt am Sonntag zu uns. Zu Kaffee und Kuchen. Tom macht eine Torte – das kann der wirklich. Wär das was?«

Jetzt verstand Marie, warum Lore, was Kuchen anging, verwöhnt war: Tom konnte Torten machen.

6

Marie wäre lieber ohne Robert zu Lore gegangen. Sie fürchtete, er könnte alles verderben.

Aber als sie Robert von der Einladung erzählte, wollte er mitkommen. Der Ärger wegen der Beschädigung des Wagens war verraucht.

»Die Bekanntschaft mit dieser Lore scheint dir gutzutun«, sagte er. Marie klang das zu gönnerhaft. Aber sie konnte Robert ja schlecht verbieten, am Sonntagnachmittag mitzukommen.

»Habt ihr euch denn schon richtig angefreundet?«

Was für eine Frage! Und was ging das Robert überhaupt an?

»Sie ist neu hier und kennt noch keinen Menschen. Außerdem hat sie einen Jungen, der in der Schule keinen Anschluss findet. Und da dachte ich, ich kann Lore etwas unterstützen. Natürlich auch, weil es mir leidtut, dass ich ihr durch den Unfall so viele Unannehmlichkeiten bereitet habe.«

Das ärgerte Robert wieder. »Und die Unannehmlichkeiten, die du mir bereitet hast? Lores Schaden zahlt die Versicherung. Unseren Schaden müssen wir selbst tragen.«

Diese Kleinlichkeit ging Marie immer mehr auf die Nerven. Sie blies die Backen auf und verdrehte die Augen. »Ich habe doch gesagt: Ich zahle das.«

»Musst du nicht. Ich will nur nicht, dass du glaubst, das ist eine Lappalie.«

»Tu ich ja nicht. Ich weiß, dass es schlimm ist. Aber fang nicht ständig davon an!«

»Wir gehen am Sonntag dahin – und vergessen diesen blöden Unfall. Okay?«

Wenigstens etwas.

»Wie alt ist der Junge?«, fragte er nach einer Weile. Marie spürte, dass Robert lauerte.

»Lores Junge? Ich glaube, elf oder zwölf Jahre.«

»Wie Johann.«

»Ja, wie Johann.«

Sie schwiegen. Die Luft im Zimmer schien schwerer geworden zu sein. Sie ließ sich nicht mehr gut atmen. Marie musste sich anstrengen.

»Ich habe ihr trotzdem nichts gesagt. Dass Johann entführt wurde und … Ich habe ihr gar nichts gesagt.« Marie atmete aus. »Sie weiß nicht, dass wir ein Kind haben … hatten.«

»Warum nicht?«

»Weil ich nicht darüber reden will.«

Robert sagte nichts. Aber Marie spürte, dass er verstanden hatte. Er würde den Mund halten.

Lore hatte Marie die Adresse aufgeschrieben und umständlich erklärt, wie sie zu ihr gelangen konnte. Marie hatte sich alles geduldig angehört – obwohl sie den Weg ja kannte.

Auch Robert gegenüber, der ständig Probleme hatte, sich zu orientieren, tat Marie so, als würde sie sich in diesem Bezirk der Stadt nicht auskennen. Komischerweise parkte er den Wagen genau dort, wo sie ein paar Tage zuvor eine ganze Nacht gestanden hatte – hinter der Verkehrsinsel. Robert war in diesen Dingen penibel, beim Parken ging er immer auf Nummer sicher.

Marie hatte einen kurzen Rock, eine Seidenbluse und die hochhackigen Schuhe angezogen, die sie schon sehr lange nicht mehr getragen hatte. Auch Robert, der wenig auf seine Kleidung gab, trug ein Jackett und hatte seine Schuhe geputzt, was er selten tat.

Zusammen überquerten sie die Straße. Marie hatte einen selbst geschnittenen Strauß mit Margeriten dabei, Robert hatte eine Flasche Rotwein aus dem Keller geholt. Sie wirkten wie ein gut situiertes Ehepaar, das einen Sonntagnachmittagsbesuch bei einer befreundeten Familie macht. So sollte es ja auch sein.

Marie war sehr nervös. Aber sie gab sich alle Mühe, das vor Robert zu verbergen.

Als sie durch die Pforte traten, knickte Marie um. Es tat höllisch weh. Robert fasste sie unterm Arm. Es war das erste Mal seit einem Jahr. Marie war dankbar, dass er sie stützte, sie ging die ersten Schritte sehr unsicher mit dem lädierten Knöchel. Aber sie empfand die Berührung ihres Mannes als eigenartig fremd.

Robert ließ ihr den Vortritt.

An der Klingel stand kein Name. Marie drückte auf den Knopf. Man hörte nichts.

Möglicherweise war das Haus schallisoliert. Oder die Klingel funktionierte nicht. Marie versuchte es ein zweites Mal.

Doch da erschien auch schon ein Schatten hinter dem dicken, fast undurchdringlichen Milchglas. Marie hörte das Rasseln einer Türkette. Dann wurde geöffnet.

Lore trug schon wieder dieses blasslila Kostüm. Es machte sie um Jahre älter. Marie musste ihr das sagen, wenn sie sich besser kannten. Dabei hatte Lore eine schöne Figur und so ein frisches, junges Gesicht – aber sie trug Sachen, die besser zu ihrer Mutter gepasst hätten.

»Herzlich willkommen«, sagte Lore, öffnete aber die Tür nur einen Spalt breit.

Marie sah Robert an, der lächelte tapfer. Wollte Lore ihren Besuch an der Tür abfertigen?

»Hallo«, sagte Robert.

Nun öffnete Lore doch die Tür so weit, dass sie beide eintreten konnten.

Es war eine saubere, etwas altmodisch, aber gediegen eingerichtete Wohnung. Viel Holz, auch an den Wänden, Teppichböden, überall Kissen und Deckchen. Es roch eigenartig.

Marie hatte ihre Probleme mit dem Geruch fremder Wohnungen. Sie konnte die letzten beiden Essen riechen, sie konnte riechen, womit geheizt wurde, sie roch, wenn Haustiere vorhanden waren.

Aber in dieser Wohnung gab es keinen Essensgeruch, und Marie konnte auch nicht riechen, womit sie heizten. Haustiere waren ebenfalls keine da. Was Marie aber den Atem nahm, war ein feiner Hauch von Moder. Überall lagen Trockenblumen. Wahrscheinlich war es das.

Aber Trockenblumen hatten viele Menschen. Hier war noch etwas anderes. Der Geruch von Verfall. Marie kannte etwas Ähnliches aus den Wohnungen sehr alter Leute.

»Einfach durchgehen«, flötete Lore. Jetzt erst sah Marie, dass sie Straßenschuhe trug. Schnallenschuhe, die aber so blitzsauber waren, als hätte Lore noch nie das Haus damit verlassen.

Lore breitete die Arme aus, machte sich dünn und schlüpfte zwischen Marie und Robert durch zu einer Glastür. Dahinter lag das Wohnzimmer. Überladen mit Ansichten von untergehenden Sonnen und schneebedeckten Landschaften, ein paar Bücher, offensichtlich Deko, und unendlich viele dicke Kissen. Sicher trug Lore dafür die Verantwortung. Sie wollte, dass es in ihrem neuen Heim gemütlich war. Marie verstand das – aber diese Kissen! In allen Farben und Formen. Nichts war aufeinander abgestimmt.

Jetzt kam ein vertrauter Geruch dazu, der den Moder etwas abschwächte: frisch gekochter Kaffee.

Der Wohnzimmertisch war ausgezogen und großzügig für fünf Personen gedeckt. Mit Platztellern und grünen Plastikkränzen.

»Tee oder Kaffee?«, wollte Lore aufgeräumt wissen.

»Ich nehme Kaffee«, verkündete Robert. Wie es seine Art bei Besuchen war, begann er ungebeten, sich die Wohnung der Gastgeber anzuschauen. Er wanderte erst an der Bücherwand entlang, wobei er sich, wie Marie wusste, nicht im Geringsten für Bücher interessierte. Dann streckte er den Kopf durch die offene Tür, die in einen Wintergarten führte, und versuchte einen Blick in die angrenzenden Räumlichkeiten zu erhaschen.

»Wisst ihr was?«, fragte Lore, die schmalen Hände vor dem Bauch reibend. »Wir trinken erst gemütlich Kaffee, anschließend veranstalte ich eine Führung.«

»Habt ihr den Wintergarten selbst gebaut?«, fragte Robert – eine Frage, die wiederum typisch für ihn, den Hobbybauern und Handwerker, war.

»Teils, teils«, antwortete Lore bemüht. Irgendwie war auch sie nervös. Sie wartete darauf, dass ihr Besuch endlich Platz nahm.

»Und seid ihr zufrieden?«, fragte Robert.

»Womit?«

»Mit dem Wintergarten. Nimmt er euch nicht zu viel Wärmeenergie weg?«

Lore suchte nach einer Antwort. Offensichtlich war sie mehr für den Haushalt zuständig und weniger für das Haus.

Marie hörte sowieso nur mit halbem Ohr zu. Ihr Blick schweifte von Tür zu Tür. Wo war der Hausherr? Hatte er Lore das Terrain überlassen und war verschwunden? Marie durchzuckte ein Gedanke: War er womöglich misstrauisch geworden? Sicher beobachtete er jeden Schritt seiner neuen Frau genau. Und dass die Annäherung mit der Unfallgegnerin überraschend schnell ging, musste ihm doch aufgefallen sein.

Vor allem aber: Wo war der Junge? Fünf Gedecke. Er musste zu Hause sein.

»Ich denke ja auch schon lange daran, einen Wintergarten anzubauen«, erklärte Robert, während er endlich Platz nahm. »Vor allem, um Pflanzen ins Haus zu holen, die sonst ein Gewächshaus bräuchten. Aber ich mache mir noch Sorgen um den Wärmeverlust, den so ein Anbau verursacht. Deshalb würde ich liebend gerne mal mit jemandem darüber reden, der da schon eigene Erfahrungen gesammelt hat.«

Lore stand hinter ihrem Stuhl, umfasste krampfhaft die Lehne und dachte nach. Dann sagte sie mit einem aufgesetzt wirkenden Lächeln: »Ich glaube, da bin ich die Falsche.« Sie warf Marie einen Hilfe suchenden Blick zu. »Am besten ist, ich hole Tom. Der weiß da besser Bescheid.«

Marie kam es so vor, als würde Lore geradezu aus dem Wohnzimmer fliehen.

Sie nahm neben Robert Platz. Er lächelte. Irgendwie schien er sich hier wohlzufühlen. Marie schlug der Muff aufs Gemüt. Vielleicht war es aber auch nur die Nervosität.

»Merkst du nicht, dass du sie verunsicherst?«, fragte sie.

Robert schaute sie groß an. »Ich? Ich könnte ihr Vater sein. Oder zumindest ihr großer Bruder.«

Blödmann, dachte Marie. »Mit deiner Fragerei zum Wintergarten.«

»Man wird doch mal …«, maulte Robert.

In diesem Moment erklärte Lore hinter ihnen mit einer angestrengt lauten Stimme: »Und das ist Tom. Mein bestes Stück.«

Marie erstarrte. Sie legte die Hände flach auf die Tischplatte, um Halt zu finden. Aus den Augenwinkeln sah sie, wie Robert sich erhob und auf die beiden zuging.

»Endlich erscheint der Hausherr und Erbauer des Wintergartens. Sie wurden schon erwartet.«

»Ich musste die Torte aufschneiden. Lore macht das nicht gern. Sie hat Angst, die Verzierung kaputt zu machen.«

Marie erkannte die Stimme sofort wieder. Das war der Freund.

Als sie es endlich geschafft hatte aufzustehen, musste sie sich zu ihm hindrehen. Das war der Moment der Wahrheit. Die ganze Zeit hatte Marie davor Angst gehabt. Jetzt erst spürte sie, wie groß diese Angst gewesen war.

Sie schaffte es. Sie streckte sogar die Hand aus. »Guten Tag!«

Sein Gesicht, das sie bisher nur bei der Begegnung am Fluss kurz gesehen hatte, erschien ihr flach und nichtssagend. Seine Lippen waren schmal, seine Nase dünn, seine Augen eigenartig leer. Er war nicht hässlich, aber auch nicht attraktiv.

Der Freund starrte Marie an.

Sie sah sofort, dass er unvorbereitet war. Er hatte keinen Verdacht geschöpft.

Er hatte nicht geahnt, dass Marie zu ihm kommen würde.

Nichtsahnend war er in sein Wohnzimmer getreten, um die Gäste zum Sonntagnachmittagskaffee zu begrüßen.

Und nun stand er Marie gegenüber. Der Frau, dessen Kind er entführt hatte. Er war blass geworden. Seine Mundwinkel zuckten. Die Augen schienen keinen Halt zu finden.

»Tom, was ist mit dir?«, hörte Marie Lore fragen.

Tom schluckte. Er schaute an Marie herunter. Jetzt erst sah er ihre ausgestreckte Hand. Seine Kiefer mahlten. Marie wusste, dass er sich unglaublich zusammenreißen musste. Es kostete ihn all seine Kraft, die Hand dieser Frau zu ergreifen und zu schütteln – so, wie das von ihm erwartet wurde.

Mit einem Schlag war Maries Angst verflogen. Sie wollte diesen Augenblick auskosten.

Das war ihr Triumph.

Zum ersten Mal war sie dem Freund gegenüber im Vorteil. Das Überraschungsmoment war diesmal auf ihrer Seite. Endlich. Sie war ihm einen, ach was, sie war ihm mehrere Schritte voraus. Das baute sie auf. Das entschädigte sie ein klein wenig für die Demütigung, die sie hatte ertragen müssen – die Demütigung, diesem fremden Menschen, diesem Monster mit der albernen Mickey-Mouse-Maske, ausgeliefert zu sein. Vollkommen ausgeliefert, weil er das Wertvollste in seiner Hand hatte, was Marie besaß: ihr Kind.

Wenn es nach Marie gegangen wäre, hätte dieser Moment der Überrumpelung des Freundes ewig dauern können. Für sie war es ein Trost. Allerdings nur ein kleiner.

Dann war es vorbei. Der Freund fing sich. Sie spürte, dass er alle seine Ressourcen mobilisierte. Und er schaffte es. Er ergriff die ausgestreckte Hand.

Marie spürte die glatte, weiche Haut. Den Angstschweiß.

»Marie, das ist Tom. Tom, das ist Marie!«

Lore klang etwas verärgert. Klar – sie hatte sich solche Mühe gegeben mit dieser Einladung, und Tom, der Mann, den sie ihrer neuen Freundin Marie stolz hatte vorführen wollen, benahm sich wie ein autistisches Kind.

Sie stieß ihn kameradschaftlich in die Seite. »Kennt ihr euch etwa?«

Tom suchte nach einer Antwort.

Marie gab sie für ihn. »Ich bin mir nicht sicher. Aber ich habe das Gefühl, dass wir uns schon irgendwo begegnet sind.« Dann tat sie so, als fiele es ihr gerade ein. »Auf welche Schule sind Sie denn gegangen, Tom?« Es war unglaublich. Sie hatte die Fäden in der Hand. Sie bestimmte, wo es langging. Eine Befreiung.

»Ich weiß auch nicht …«, stammelte Tom, während er Marie mit sanftem Nachdruck dazu bringen wollte, seine Hand loszulassen. Aber Marie wollte nicht. Noch nicht. Erst sollte er sich seiner Frau gegenüber erklären.

»Du weißt nicht, auf welche Schule du gegangen bist?«, fragte Lore ungläubig und lachte.

»Doch, doch. Auf die Realschule in der Nordstadt. Ich meinte, ich weiß auch nicht, woher wir uns kennen. Vielleicht …«

»Aus dem neuen Supermarkt«, sagte Marie lauernd.

Lore nahm Platz, gleichzeitig schob sie die anderen Stühle zurecht. »Tom geht nie einkaufen. Das findet er unter der Würde des Mannes. Nun setzt euch, der Kaffee wird kalt.«

Marie ließ Toms Hand los. Der Freund atmete auf.

Du bist noch nicht erlöst, dachte Marie. Noch längst nicht.

Lore drehte sich um und grinste den Freund an. »Holst du die Torte, Tom?«,

Er brauchte immer noch etwas länger. Doch dann schien er verstanden zu haben und ging in die Küche. »Wir haben nicht so oft Besuch«, flüsterte Lore Marie zu. »Bei uns im Osten war das anders. Da saß immer jemand mit am Tisch.«

Sie schenkte Kaffee aus. Von Tee war plötzlich keine Rede mehr, aber das war Marie sowieso egal. Sie ließ sich Kaffee geben, nahm Zucker und Milch, rührte. Sie schaute immer mal wieder zur Tür. Ob der Freund abgehauen war? Sicher nicht, er musste wegen Lore den Schein wahren.

Marie hatte immer noch das Gefühl, dass sie dem Freund gegenüber im Vorteil war. Sie schwamm auf einer Woge der Genugtuung. Sollte er leiden. Sollte er schwitzen.

Warte nur! Das kommt noch schlimmer. Dich kriege ich klein.

Was hatte sie für eine Angst vor diesem Nachmittag gehabt. Und jetzt gab sie den Ton an.

Vor einem Jahr hatte sie sich jeder noch so kleinen Laune des Freundes unterworfen. Was hatte sie alles mit sich machen lassen. Weil sie geglaubt hatte, damit Johann retten zu können.

Dann war Tom zurück. Er balancierte eine weißgelbe Buttercremetorte mit schwarzen Kaffeebohnen als Verzierung.

Lore stand auf, nahm ihm die Torte ab und stellte sie feierlich auf den Tisch. »Tata«, trompetete sie. »Ihr werdet es nicht glauben: Diese wunderschöne Torte hat Tom selbst gemacht. Kannst du dir das vorstellen, Marie: ein Mann, der solche Torten machen kann?«

Marie schüttelte den Kopf. »Nö.« Und dann mit schlecht kaschiertem Desinteresse: »Dass es das gibt!«

Lore nahm eine Tortenschaufel und schob sie ehrfürchtig unter den Kuchen. »Marie, darf ich dir ein Stück auftun?«

Marie spürte einen starken Widerwillen gegen eine Torte, die der Freund gemacht hatte. Aber bei dem Theater, das Lore wegen des Kuchens veranstaltete, konnte sie sich schlecht verweigern. Sie hielt ihr zaghaft den Teller hin. »Bitte nur ein kleines Stück. Mit Torten muss ich etwas vorsichtig sein!«

Mit ausgestreckter Zunge hebelte Lore das erste Stück Torte aus dem Kuchen heraus und hob es vorsichtig auf Maries Teller. Sie schaffte es, ohne dass das Stück Torte umkippte. Beide Frauen atmeten auf.

»Du kannst dir das doch leisten.«

Marie ließ fast den Teller fallen. Tom hatte diesen Satz mit einer Selbstverständlichkeit, ja Rotzigkeit gesagt, als würden sie sich schon seit Jahren jeden Sonntag zu Kaffee und Kuchen treffen.

»Waren wir schon beim Du?«, fragte Lore – fast ein bisschen verstimmt darüber, dass ihr Mann derart vorgeprescht war.

»Oh, Entschuldigung«, sagte der Freund. »Ich dachte, ihr seid längst Freundinnen.«

Marie traf jedes seiner Worte wie ein Schlag ins Genick. Was war geschehen, seit sie am Tisch saßen? Hatte er in dieser kurzen Zeit seine Selbstsicherheit zurückerlangt?

Marie war nicht mehr vorne. Er hatte das Ruder wieder übernommen.

»Wo bleibt denn Kevin?«, fragte Lore, als sie ihre Tasse abstellte.

»Nun probiert erst mal meine Torte!«, empfahl Tom, und zu seiner Frau gewandt: »Ich habe ihm erlaubt, das Computerspiel noch zu Ende zu spielen.«

Alle aßen stumm und ergeben von der Torte, die der Freund für sie gemacht hatte. Sie schmeckte gut, auch wenn sie für Maries Geschmack ein wenig zu süß war. Aber das waren Torten eigentlich immer.

»Du lässt ihm zu viel durchgehen«, sagte Lore mit vollem Mund und drohte Tom spielerisch mit der Kuchengabel.

»Er wird gleich kommen. Der Junge weiß doch, dass der Kuchen auf dem Tisch steht.« Tom schaute in die Runde. »Und? Keine Angst, ich kann Kritik vertragen.«

Marie musste sich vorsehen: Der Freund war weit abgebrühter, als sie geglaubt hatte.

Lore stand auf. Sie tupfte ihre Lippen mit der rosa Stoffserviette ab. »Entschuldigt bitte, aber ich hole jetzt Kevin. Das ist einfach unhöflich, uns hier warten zu lassen.«

Robert schien die Torte zu schmecken, er hatte sein Stück schon fast aufgegessen. Marie tat so, als wäre sie mit dem Kuchen beschäftigt. Sie konnte dem Freund jetzt nicht in die Augen schauen.

»Lore ist manchmal zu hart zu dem Jungen«, erklärte Tom ernst. Es klang fast so, als wollte er den beiden ein Geheimnis anvertrauen. »Sie vergisst völlig, dass er erst kurze Zeit hier ist und alles noch sehr fremd für ihn ist. Man muss Geduld mit ihm haben.«

Der Freund warb um Verständnis. Er wollte Maries Nachsicht.

Rede nur, dachte sie.

Robert hörte auf, Torte zu essen, schaute Tom an und nickte bedeutungsvoll. Dann sagte er, als wollte er den Gastgeber etwas aufheitern: »Die Torte – die ist 'ne Wucht.« Er wandte sich an Marie: »Willst du dir nicht das Rezept geben lassen?«

Was bildete Robert sich ein? Dass Marie sich stundenlang in die Küche stellte und Torten für ihn machte? »Ich glaube, so etwas überlasse ich dem Konditor. Der kann das etwas besser.«

»Ohhh«, sagte der Freund. »Höre ich da eine versteckte Kritik?«

Marie sehnte sich danach, dass Lore an den Tisch zurückkam, dann hatte sie es einfacher. »Die Torte ist großartig. Wirklich. Aber ich fürchte, ich habe für so etwas kein Talent.«

Tom lehnte sich zurück und lachte breit. »Aber das braucht man nicht. Das ist ebenso einfach wie Spaghetti kochen. Man muss nur die Angst davor verlieren.«

Marie fiel auf, dass der Freund es jetzt vermied, sie direkt anzusprechen. Ebenso wie sie. Also waren sich beide nicht so sicher, ob sie sich siezen oder duzen sollten. Marie war das recht.

Zum Glück hörte sie Lore die Treppe herunterkommen. Sie schob den Jungen herein.

Tom sprang auf. »Und? Hast du das letzte Level auch noch geschafft?«

Seine Begeisterung war echt, das sah Marie ihm an.

Tom schien die Erwachsenen völlig vergessen zu haben. Für ihn gab es nur noch diesen Jungen; er schien mit ihm allein auf der Welt zu sein. Marie sah, dass Toms Augen strahlten.

Kevin zögerte, an den Tisch zu treten. Er war verlegen.

Ein schmaler Junge mit fein geschnittenem Gesicht, wirren, braunen Haaren und dunklen Augen. Etwas klein für sein Alter, aber robust und sportlich.

Er glich Johann. Aber er war nicht Johann. Man konnte sie eigentlich auch nicht miteinander verwechseln. Kevins Gesicht war babyhaft, seine Nase klein, seine Lippen waren dünn. Johann sah etwas älter aus, älter und intelligenter. Zumindest fand Marie das.

Seine Mutter schubste ihn in den Rücken. »Nun mach schon, du Stoffel, sag ›Guten Tag‹!« Lore klang dabei aber freundlich. Sie war stolz auf ihren Jungen.

Der Junge ging vorsichtig auf die Besucher zu. Er gab Marie die Hand. Sie war weich und kalt. Ganz anders als die von Johann: Dessen Hände hatten sich immer warm und fest angefühlt.

»Ich bin Marie.« Sie hatte einen Frosch im Hals.

Robert war noch befangener. Er schüttelte dem Jungen nur die Hand und bemühte sich zu lächeln, was ihm aber nicht gelang. Sicher erinnerte Kevin ihn an Johann.

Der Junge ließ Roberts Hand los und drückte sich an Tom.

Sofort wirkte er gelöster. Er schaute an Tom hoch. Tom schaute zu ihm herunter. Die beiden lächelten sich an. Sie mochten sich. Das sah man. Sie waren ein Herz und eine Seele.

Lore klatschte in die Hände. »Nun aber los! Tom hat sich solche Mühe gegeben.«

»Tom macht die beste Torte der Welt«, sagte Kevin mit einem Stimmchen, das zum Lachen reizte.

Gott sei Dank, dachte Marie, Gott sei Dank sagt er nicht »Vater« zu dem Freund. Das hätte alles sehr viel schwieriger gemacht.

Sie aßen Torte und sprachen über die Dinge, über die man beim Sonntagnachmittagskaffee spricht. Nach dem Kaffee wurde abgeräumt, dann brachte Tom Gläser, und sie tranken Wein. Lieblichen Mosel. Nicht gerade Maries Fall; sie mochte lieber trockenen Italiener. Aber zur Torte passte der Mosel einfach besser.

Sie prosteten sich zu, und alle wirkten zufrieden. Alle – außer Marie. Sie hatte das Gefühl, auf offener Bühne zu sitzen.

Lore gab sich Mühe, das Gespräch in Gang zu halten. Tom war vor allem mit Kevin beschäftigt. Er neckte ihn ständig. Kevin fiel auf jeden Scherz herein und tat dann so, als würde ihn das ärgern. Marie spürte aber, dass der Junge das Spiel genoss.

Wenn man Tom und Kevin unbefangen zusah, hätte man meinen können, man habe es mit einem in seinen Sohn vernarrten Vater und einem dem Vater blind ergebenen Sohn zu tun. Marie schockte diese Einsicht. Sie war nicht das, was sie erwartet hatte.

Konnte es sein, dass sie sich täuschte?

Als er sich streckte und das Hemd hochrutschte, fiel Maries Blick auf Toms Armgelenk. Er trug die Uhr.

Die Uhr des Freundes. Die alberne Himbeeruhr. Marie hatte sie nicht vergessen.

Das Fruchtbonbon. Eine Kinderuhr mit Tieren als Stundensymbole.

Dieser Mann, der so liebevoll mit dem Sohn seiner Lebensgefährtin umging, als wäre Kevin sein eigenes Kind, war der Freund. Und er hatte Johann auf dem Gewissen.

»Warum habt ihr beide keine Kinder?«, fragte Lore.

Mit der Frage war sie mitten in ein anderes Thema geplatzt. Alle schwiegen.

Lore schaute Tom an, sie legte die Fingerspitzen beider Hände erschrocken auf ihre Lippen und verschloss sie symbolisch. »Bin ich jetzt in ein Fettnäpfchen getreten?«

Tom schaute weg. Er wollte nicht, dass Marie sein Gesicht sah. Er tat so, als würde er einen Schluck Wein trinken.

»Wir hatten einen Jungen. Er ist vor einem Jahr entführt worden.«

Es klirrte. Marie und Kevin schossen vom Tisch weg.

Tom war das Glas aus der Hand gefallen.

Robert sprach erst wieder, als sie zu Hause waren. »Warum hast du mich gebeten, Johann nicht zu erwähnen, wenn du es ihnen dann selbst sagst?«

»Was?«

»Dass er entführt wurde.« Robert hob seine Stimme. »Dass wir überhaupt ein Kind hatten.«

Marie verstand, dass er verärgert war. Dennoch antwortete sie ihm nur beiläufig: »Es wäre ja doch irgendwie herausgekommen.«

Robert wollte aufbrausen, dann besann er sich aber anders: »Die beiden sind nett, oder?«

Marie zögerte. »Ja, irgendwie schon. Sie auf jeden Fall. Der Junge wirkt ein wenig verschüchtert.«

»Weil das alles neu für ihn ist. Aber das wird schon werden. Wart's ab!« Es war lange her, dass Robert sich für etwas so begeistert zeigte. »Dieser Tom macht das doch großartig, oder? Dafür, dass es nicht sein Sohn ist und dass Lore erst seit Kurzem mit dem Jungen bei ihm ist. Ich meine, er hat doch sicher keinerlei Erfahrung im Umgang mit Kindern.«

Marie bekam kein Wort mehr heraus. Wäre es nicht ihre Pflicht, Robert aufzuklären? Aber dann spürte sie wieder die Bitterkeit darüber, dass er ihr beim letzten Treffen mit dem Freund heimlich gefolgt war und so alles verdorben hatte. Nein, sie wollte Robert auf keinen Fall einweihen.

Er war an diesem Sonntagabend wie ausgewechselt. Er redete viel und schlug vor, zusammen den *Tatort* zu schauen, eine Reihe, die Marie früher gerne gesehen hatte. Er half ihr sogar bei den Vorbereitungen zum Abendessen. Marie genoss den Frieden –

wobei sie sich keine Sekunde darüber im Unklaren war, dass es sich nur um einen vorübergehenden Waffenstillstand handelte und dass sie sich auf keine Versöhnungsangebote, seien sie auch noch so ehrlich gemeint, einlassen durfte.

Als sie müde wurde, verabschiedete sie sich von Robert. Sie wollte zu Bett gehen.

»War das nicht ein schöner Tag heute?«, fragte er unvermittelt.

»Ja, das war es«, antwortete sie. Diese Lüge kostete ihre letzte Kraft.

»Findest du nicht auch, dass Kevin eine große Ähnlichkeit mit unserem Johann hat?«, fragte Robert schnell – als wollte er sie mit dieser Frage vom Zubettgehen abhalten.

Marie war den Tränen nahe. »Findest du?«

»Aber ja. Du nicht?«

»Nein. Überhaupt nicht.«

Als sie schon im Bett lag und kurz vor dem Einschlafen war, klopfte er an der Tür.

Marie antwortete nicht. Sie versteckte das Handy, das jetzt wieder nachts eingeschaltet neben ihr lag.

Robert klopfte zum zweiten Mal, diesmal lauter.

»Ich schlafe schon«, sagte Marie leise. Er musste es gar nicht hören, es war doch sowieso klar.

»Marie.« Robert rüttelte an der Türklinke. »Ich muss kurz mit dir reden.«

Marie schwieg.

Robert trat gegen die Tür. Sie zog sich die Decke über den Kopf.

Marie hielt den Atem an und horchte. Robert stand immer noch vor der Tür.

Sie rührte sich nicht. Irgendwann schlief sie ein.

Am nächsten Samstag wurde gegrillt. In ihrem Garten.

Robert hatte das vorgeschlagen. Lore war sofort Feuer und Flamme gewesen, und Kevins Augen hatten geleuchtet. Nur Tom hatte sich nicht dazu geäußert. Lore hatte dennoch freudig zugesagt – in der Annahme, für Tom mitzusprechen.

Marie war sich sicher, dass Marie und Kevin allein nach Bubach kommen würden. Der Freund hatte die für ihn überraschende Situation beim Sonntagnachmittagskaffee zwar kaltschnäuzig bewältigt. Aber so dreist, zu ihnen zu kommen, also in das Haus, in dem Johann, das Kind, das er auf dem Gewissen hatte, gelebt hatte, so dreist würde er nicht sein.

Robert gab sich Mühe. Er fuhr selbst in den Supermarkt und kaufte an der Fleischtheke die Stücke, die sich zum Grillen am besten eigneten. Zu Hause legte er das Fleisch in Zwiebeln, Knoblauch, Gewürzen und Öl ein. Er baute den großen Schwenkgrill, der seit zwei Sommern im Schuppen verstaut war, auf dem Rasen hinterm Haus auf. Er spaltete Holz in kleine, handliche Stücke. Er holte bei einem Freund eine halbe Tüte Holzkohle.

Marie musste sich nur um den Salat kümmern und darum, dass genug Brot da war. Robert hatte Limonade für Kevin aus dem Supermarkt mitgebracht. Wasser war sowieso da, und Wein hatten sie im Keller. Wenn auch keinen lieblichen Moselwein.

Alles war vorbereitet. Robert hatte den Campingtisch auf der Terrasse aufgestellt und Stühle herbeigeschafft. Das Holzfeuer prasselte schon. Robert schippte Kohlen in die Glut. Und Marie musste nur noch den gewaschenen Kopfsalat aus Roberts Beet in die Schüssel mit der Salatsoße tun.

Sie waren bereit.

Marie erwartete ein geruhsames Familientreffen. Sie würde sich mit Lore unterhalten – Toms Frau, die sie unerklärlicherweise sympathisch zu finden begann. Und Robert konnte Kevin seinen kleinen Bauernhof zeigen, das würde beiden sicher Spaß machen.

Es läutete an der Tür. Komisch – Marie hatte keinen Wagen vorfahren hören.

Robert bewachte hinterm Haus das Feuer. Marie hatte den kürzeren Weg, sie war in der Küche.

Draußen standen Lore und Kevin. Sie trug diesmal einen himmelblauen Hosenanzug, der sehr eng war, und eine riesige braune Umhängetasche aus Leder. Der Junge drängte herein. Er war gespannt darauf, den Bauernhof zu sehen, von dem Robert ihm erzählt hatte. Lore hielt ihn am Kragen der Jeansjacke fest. »Nur langsam, junger Mann. Wolltest du nicht zuerst Tante Marie begrüßen?«

Tante Marie. Marie war doch keine Tante. Erst recht nicht für Kevin.

Der Junge machte sich steif und streckte die Hand aus. »Guten Tag.«

Marie schüttelte seine Hand, ließ sie aber sofort wieder los. »Lauf einfach durch, Robert ist schon im Garten.«

Der Junge ließ sich das nicht zweimal sagen. »Schuhe ausziehen!«, rief Lore noch hinter ihrem Sohn her. Aber er war schon im Haus verschwunden.

Die beiden Frauen lachten. Marie freute sich, Lore zu sehen. Sie drückten sich lange die Hand. Einen Moment lang schien Lore Marie umarmen zu wollen. Dann ließ sie es aber, lächelte bloß etwas rätselhaft und trat ein. »Ein Riesenanwesen! Und das gehört alles euch?«

Marie schloss die Tür. »Ja, aber das Haus ist alt und macht viel Arbeit.«

Sie wollte Lore ins Wohnzimmer führen. Die aber blieb stehen. Sie machte ein erstauntes Gesicht. »Kannst du die Tür noch einen Moment auflassen? Tom parkt nur den Wagen um die Ecke.«

Marie stand einen Moment hilflos im Flur, die Hand auf der Türklinke. »Natürlich. Entschuldige.«

»Hast du was?«, fragte Lore.

Marie schüttelte den Kopf. »Ich vertrage den Wein nicht. Robert hat schon eine Flasche aufgemacht und mir zum Probieren gegeben«, log sie.

Es läutete. Marie ließ die Türklinke los.

»Das ist Tom.« Marie öffnete die Tür.

Tom hatte eine Kiste Bier dabei. Er hielt sie auf Hüfthöhe.

»Hallooo«, sagte er und grinste.

»Hallo«, sagte auch Marie. Sie konnte es nicht fassen.

»Robert ist schon im Garten«, erklärte Lore eifrig. »Und Kevin natürlich auch.«

»Dann gehe ich einfach durch, was?«

Bevor Marie etwas entgegnen konnte, war Tom mit seiner Kiste Bier an ihr vorbei. Sie hörte die Flaschen im Rhythmus seiner Schritte klirren. Dann das »Hallo« von Robert.

»Männer und Bier«, sagte Lore und verdrehte die Augen. Sie warf einen Blick in die Küche. »Kann ich dir was helfen?«

Marie schüttelte den Kopf. Diese Einladung zum Grillen war ein Wahnsinn gewesen. Sie hätte Robert unbedingt stoppen müssen. Nun war es zu spät.

Als sie mit Lore auf die Terrasse kam, standen Robert und Tom sich gegenüber. Sie stießen miteinander an. Jeder hatte eine offene Flasche Bier in der Rechten. Die Kiste stand auf dem Boden zwischen ihnen. Marie sah die Kronkorken langsam über die Terrasse rollen, bis sie gegen die Hauswand stießen und liegen blieben.

Die beiden strahlten.

Kevin überquerte die Wiese in Richtung Stall. Er hatte den Kopf etwas vorgebeugt, als schnuppere er die Landluft – wie ein junger Hund. Die Arme streckte er ungelenk nach hinten. Marie tat der Junge leid. Seine Einsamkeit rührte sie.

Johann hätte seine Neugierde nie so offen gezeigt. Er hatte sich immer Mühe gegeben, cool zu bleiben. Irgendwie wirkte dieser Kevin auf Marie naiver, hilfloser als ihr eigener Sohn. Aber Lores Junge befand sich ja auch auf fremdem Terrain.

»Schön habt ihr's hier«, trompetete Tom. Er schaute sich herausfordernd um.

Marie fragte sich, wie sie diesen Tag überstehen solle.

Lore hatte Marie ein kleines Geschenk mitgebracht. Ein Gesteck aus Trockenblumen, das sie jetzt aus ihrer Umhängetasche zog. Und das im Juli. Marie tat so, als gefiele es ihr. Sie gingen zusammen in die Küche. Hier konnte Marie aufatmen. Sie brauchte Abstand zu dem Freund. Er hatte sie überfallen. In ihrem eigenen Heim.

Lore richtete das Gesteck auf der Fensterbank her. Marie schwor sich, dass der Staubfänger sofort im Müll verschwinden würde, wenn der Besuch weg war.

Robert streckte den Kopf herein. »Du kannst das Fleisch bringen!«

Marie öffnete den Kühlschrank und nahm die Glasschüssel heraus, in der das Grillgut lag. »Würdest du mir das abnehmen? Dann kann ich mich um das Brot kümmern.«

»Gern.« Lore stellte sich ungeschickt an, als Marie ihr die Schüssel übergab. Sollte sie das Fleisch fallen lassen – das war jetzt auch egal. Hauptsache, dieser Besuch ging schnell zu Ende.

Marie nahm das Weißbrot aus dem Küchenschrank und legte es

in den Herd. Sie stellte den Backofen auf 100 Grad. Dann lehnte sie sich mit dem Rücken gegen den Kühlschrank und atmete durch.

Lore war sofort zurück. Sie glühte vor Begeisterung. »Robert sagt, er zeigt Kevin den Hundezwinger, sobald er das Fleisch aufgelegt hat. Es sind doch keine gefährlichen Kampfhunde?«

»Er hat zwei Dackel.«

Lores schaute ungläubig. »Dackel?« Dann lachte sie. »Und dafür braucht ihr einen Zwinger?«

»Frag Robert!« Marie musste aufpassen, dass sie nicht zu genervt klang. Lore konnte schließlich nichts dafür; sie war freundlich – und naiv.

»Soll ich schon mal den Tisch decken?«, fragte sie jetzt.

»Gute Idee.« Marie räumte Teller, Gläser und Besteck aus dem Küchenschrank und stellte alles auf den Tisch. Lore trug es dann auf die Terrasse.

Marie hörte die beiden Männer kehlig lachen. Jemand rülpste. Auch das noch. Wieder zischten Bierflaschen.

Lores Hosenanzug war zwar zu eng – aber ihre hübsche Figur kam darin gut zur Geltung. Marie fühlte sich fast schon schlampig in ihren Küchenklamotten. Sie überlegte, ob sie sich noch umziehen solle.

Lore nahm die große Salatschüssel. »Die auch?«

»Bitte«, sagte Marie und versuchte, dabei freundlich zu klingen.

Als sie in der Tür war, drehte Lore sich noch mal um. »Robert führt jetzt die Kampfdackel vor. Das lasse ich mir nicht entgehen.«

Als sie allein war, stützte Marie sich am Tisch ab. Sie schloss die Augen. Dann spürte sie, dass jemand im Raum war. Sie riss erschrocken die Augen auf.

Robert. Er stand in der Tür. »Alles in Ordnung?«

»Ja. Mir war nur gerade ein bisschen schwindlig. Ich glaube, ich muss einfach was essen.«

Robert musterte sie. Dann sagte er: »Das Fleisch braucht nicht lange. Ich gehe noch kurz mit ihnen zum Zwinger. Kevin ist ganz verrückt nach den Tieren. Wie …« Er machte eine kurze Pause, seufzte und fuhr dann lauter fort: »Kannst du das Fleisch umdrehen? So in zwei bis drei Minuten. Sonst verbrennt es.«

»Ja, geh nur!« Marie nickte ihm zu. Sie war Robert dankbar, dass er den Satz nicht zu Ende gesprochen hatte. Kevin war nicht wie Johann. Ganz bestimmt nicht.

Es roch verbrannt. Marie stellte den Herd ab und öffnete den Backofen. Ein Schwall heißer Luft schlug ihr ins Gesicht. Sie schloss die Augen und prustete.

Marie wartete, bis das Brot etwas abgekühlt war. Dann nahm sie es aus dem Herd, legte es auf den Tisch und schnitt es in Scheiben. Die Scheiben tat sie in den Brotkorb, den sie auf die Terrasse brachte.

Lore hatte den Tisch schon gedeckt, der Salat stand in der Sonne.

Marie nahm eine Gabel vom Tisch und beeilte sich, die dünnen Scheiben auf dem Grill zu drehen. Sie musste sich vorsehen, die Glut entwickelte eine beachtliche Hitze.

»Ich habe eine Hundehaarallergie.«

Marie richtete sich auf und drehte sich langsam um. Die Gabel hielt sie wie eine Waffe fest umklammert. Sie war davon ausgegangen, dass alle mit Robert zu den Hunden gegangen waren.

Der Freund hatte sich einen der Stühle an die Hauswand geschoben. Dort saß er im Schatten – deshalb hatte sie ihn nicht gleich gesehen, als sie aus dem Haus getreten war.

Marie war starr vor Schreck.

Sie konnte ihn auch jetzt nur in Umrissen ausmachen. Soweit

sie erkennen konnte: die Beine weit gespreizt, eine offene Flasche Bier in der Rechten.

»Deshalb bin ich hiergeblieben. Soll ich dir irgendwas helfen, Marie?« Er lachte auf. »Ans Fleisch habe ich mich nicht getraut. Ich dachte, das will Robert selber machen.«

»Es wäre beinahe verbrannt«, sagte Marie tonlos.

Er bewegte die gespreizten Beine langsam nach außen und dann wieder zurück. Er setzte die Flasche an den Mund. Marie hörte ihn schlucken.

Sie schaute zum Zwinger hinüber. Die anderen waren nicht zu sehen. Sicher zeigte ihnen Robert auch gleich den Stall und alles andere. Das würde dauern. Marie wünschte sich, dass er sich beeilte. Sie konnte mit dem Freund nicht länger allein sein.

»Hier lässt's sich leben«, sagte Tom und seufzte. Er trank seine Flasche leer und stellte sie neben sich auf den Boden. »Marie, bist du so nett und bringst mir noch eine Flasche Bier? Ich sitze gerade so gut, und die Kiste steht neben dir.«

Das Bier stand in der prallen Sonne. Marie bückte sich und zog eine Flasche heraus.

»Öffner ist hier«, sagte der Freund.

Sie ging zu ihm hin und reichte ihm sein Bier. Er öffnete die Flasche mit einer eleganten Bewegung aus dem Handgelenk. Der Kronkorken fiel auf den Terrassenboden und rollte zum Rasen. Doch das schien den Freund nicht zu stören.

»Du magst kein Bier, was?«, fragte er.

Marie schüttelte den Kopf.

Der Freund nickte mehrmals. »Lore auch nicht. Sie hat Angst wegen ihrer Figur.« Er lachte glucksend. »Ausgerechnet Lore. Die hat doch eine Figur wie ein Model. Findest du nicht auch?«

»Was hast du mit meinem Kind gemacht?«

Der Freund erstarrte. »Wovon redest du?«

»Ich erkenne dich wieder. Deine Stimme, deinen Körperbau. Ich bin mir sicher: Du bist es. Du hast dich *mein Freund* genannt. Aber meinen Jungen hast du mir nicht zurückgegeben.«

Marie war jetzt dicht bei ihm. Sie konnte sehen, dass sich seine Schultern zusammenzogen. Er winkelte die Beine an und verkroch sich in dem Campingstuhl, auf dem er eben noch breitbeinig gesessen hatte.

Marie hob die Gabel. Sie war bereit, damit zuzustechen.

»Na, ihr zwei? Das duftet ja schon köstlich.«

Lore. Sie war schon auf der Terrasse. Hinter ihr kam Kevin, die beiden Dackel tollten um ihn herum. Die Hunde waren außer sich vor Freude. Sicher hielten sie ihn für Johann.

»Robert kommt gleich. Er füttert bloß noch die Hühner«, sagte Lore. Sie bückte sich über den Grill und schnupperte. »Ich glaube, das Fleisch ist durch, oder?«

Marie ging zu ihr. Sie löste die angebratenen Stücke vom Rost. »Stimmt, wir können jetzt essen.«

Auch Robert erschien. Er klatschte in die Hände. »Essen fassen!«

Er sah glücklich aus.

Marie hatte Tom den Rücken zugedreht. Jetzt erst bemerkte sie, dass er auch an den Grill getreten war. »Lore …«

Ihr Kopf flog sofort herum. »Ja?«

»Ich möchte gehen.«

Lore wurde bleich. »Aber wir … Was ist denn?«

»Mir ist nicht gut.«

Kevin trat wütend auf. »Nein! Wir sind doch gerade erst gekommen.«

Tom biss sich auf die Unterlippe. »Ich sagte, wir gehen.«

Lore nahm ihn bei der Hand. »Ich hole dir ein Glas Wasser. Und ein Stück Brot. Sicher hast du das kalte Bier zu schnell runtergeschüttet …«

»Ich will gehen!« Tom war außer sich.

Kevin rannte ins Haus. Er weinte. Tom folgte ihm.

»Aber das Fleisch ist fertig. Lasst uns schnell essen!«, bettelte Robert.

Lore hauchte: »Entschuldigung. Es geht ihm nicht gut.«

Dann war auch sie weg.

7

»Wir müssen reden«, sagte der Freund. Er meldete sich noch in der Nacht über Johanns Handy. Draußen wurde es bereits hell.

»Was hast du mir anzubieten?«, fragte Marie.

Seit der überstürzten Flucht des Freundes hatte sie wieder Oberwasser. Sie genoss dieses Gefühl. Es würde diesmal länger andauern, dessen war sie sich sicher. Am Abend hatte sie einen Entschluss gefasst. »Ich gehe zur Polizei.«

Er wirkte keinen Moment überrascht. »Willst du deinen Sohn wiederhaben?«

Nein, diesmal würde Marie sich nicht an der Nase herumführen lassen. Johann war tot, das wusste sie. »Beweise mir, dass er noch am Leben ist!«

»Er ist in Sicherheit. Lass uns ein Geschäft machen: Ich lasse ihn laufen – und du lässt uns in Ruhe. Das ist doch fair, oder?«

»Für wie naiv hältst du mich? Du hast mich schon mal belogen. Du hast gesagt, du lässt ihn frei. Aber du hast ihn nicht freigelassen.«

Der Freund wurde wütend. »Wir treffen uns heute. Wenn du nicht kommst, wirst du deinen Sohn nie wiedersehen. Am alten Platz. Nachmittags. Um sechs Uhr. Wie immer.«

Warum hatte er es so eilig? »Ich glaube dir kein Wort. Gestern habe ich erlebt, was für ein Feigling du bist.«

Er schwieg lange.

Marie dachte schon, er hätte aufgelegt. Doch dann sprach er wieder, leise und fast gelassen: »Kannst du dich erinnern, was ich dir vor einem Jahr gesagt habe? Wenn mir etwas passiert, wird sich keiner mehr um deinen Jungen kümmern. Er wird elend sterben in seinem Gefängnis ...«

»Du lügst!«

»Was glaubst du, warum ich gestern so plötzlich losmusste? Mir ist die Zeit davongelaufen. Ich musste zu Johann. Er hatte seit zwei Tagen nichts mehr zu essen bekommen. Ich kam einfach nicht weg. Lore hat nur genervt: Hol das, mach das! Und dann Kevin, du glaubst ja nicht, wie anstrengend der kleine Kerl ist. Johann war schon ganz schwach, als ich ihm endlich was bringen konnte ...«

Marie kamen die Tränen. Sie konnte nichts dagegen tun.

»Möchtest du immer noch zur Polizei gehen? Wenn sie mich einlochen, schweige ich. Das kannst du mir glauben. Johann wird sterben, wenn ich im Knast lande, Marie. Was ist jetzt? Kommst du?«

Um halb neun Uhr hörte sie Musik. Robert hatte das Radio in der Küche angestellt. Er kochte Kaffee. Es war Sonntag.

Marie hatte viel geweint. Und sie hatte sich den Kopf zerbrochen: Belog der Freund sie schon wieder? Oder lebte Johann wirklich noch?

Was war, wenn der Freund ihn die ganze Zeit irgendwo versteckt gehalten hatte? All die Monate. In welchem Zustand befand sich Johann nach einer solchen Gefangenschaft? Der Freund hatte gesagt, er liebe Johann.

Ich liebe ihn. Fast so, wie du ihn liebst, Marie!

Wenn das stimmte, hatte er ihn nicht töten können. Aber er hatte ihn auch nicht freilassen können. Johann hätte ihn verraten.

Je länger sie darüber nachdachte, desto wahrscheinlicher erschien es ihr, dass Johann am Leben war. Dass der Freund Johann wirklich nicht umgebracht hatte.

Marie wusste nicht mehr, was sie tun sollte.

Sie stand auf, zog sich an, ging ins Badezimmer.

Robert hantierte in der Küche. Er hatte sich am Vortag noch eine Weile über den vorzeitigen Aufbruch ihrer Gäste aufgeregt. Dann hatten sie aber zusammen einen Teil des Grillfleisches gegessen, und Robert hatte sich beruhigt. Auf die Idee, dass es zwischen Marie und Tom ein Zerwürfnis gegeben haben könnte, während er Kevin und Lore den Hundezwinger gezeigt hatte, schien Robert gar nicht gekommen zu sein. Er war in den Stall gegangen, um seine tägliche Arbeit zu erledigen, und abends hatten sie zusammen ferngesehen. Die Samstagabendshow, das Familienprogramm. Marie hatte Roberts Gegenwart diesmal gut ertragen. Sie wusste, dass es ihr schlechter gehen würde, sobald sie allein war und zu grübeln begann.

Nun frühstückten sie zusammen. Robert hatte Teile des Brotes aufgebacken, das vom Grillen übrig geblieben war, und frische Radieschen aus dem Garten geholt. Er las Zeitung, Marie war noch zu verschlafen, um sich zu unterhalten.

Da läutete es an der Tür.

Robert und Marie sahen sich fragend an. Wer wollte am Sonntagmorgen um halb zehn zu ihnen? Um diese Zeit kam normalerweise kein Besuch. Die Nachbarn waren selbst beim Frühstück oder machten sich auf den Weg in die Kirche.

Marie rührte sich nicht.

Es klingelte wieder. Das hatte nichts Gutes zu bedeuten, das spürte sie.

Robert legte seine Zeitung zusammen und stand auf. Er ging hinaus.

Marie hörte Stimmen. Eine Frau. Robert lachte.

Vielleicht hatte Marie sich doch getäuscht. Vielleicht war sie nach dem Besuch des Freundes und seiner Familie so aufgekratzt, dass sie schon die kleinsten Unregelmäßigkeiten als Anzeichen eines neuen Unheils deutete.

Robert kam zurück. Gut aufgelegt. Er hielt die Tür auf. »Marie, Besuch.«

Lore trat ein. In einem etwas schäbigen Sommermantel, einer Art Trenchcoat. Lore sah aus, als würde sie unter dem dünnen Mantel nichts tragen. Ihre Beine waren nackt, kein Rocksaum war zu sehen. Sie trug einen großen runden Plastikbehälter vor sich her und stellte ihn auf den Tisch. »Guten Morgen, Marie«, sagte sie.

Ihre Stimme klang rau, fast heiser. Ihre Augen waren geschwollen und verheult.

Sie öffnete einen Ringverschluss und hob die Haube von dem Behälter. Darunter befand sich ein Erdbeerkuchen. Lore griff in die Seitentasche ihres Mantels und zog eine Spritzdose heraus. Sie hielt die Dose schräg über den Obstkuchen und drückte mit dem Daumen auf den Auslöser. Lore zeichnete eine etwas verunglückte Spirale aus Fertigsahne auf die Erdbeerglasur. Dann schaute sie sich mit schief gelegtem Kopf ihr Werk an und sagte:

»So. Das ist eine kleine Entschuldigung für das, was gestern passiert ist.«

Marie sah Robert an, der zuckte nur mit den Achseln.

Lore stand etwas verlegen da, wie eine Schülerin, die vor der Klasse ein Gedicht aufsagen soll, das sie nicht richtig auswendig gelernt hat.

Marie stand auf und schob ihr einen Stuhl hin. »Nimm doch Platz!«

Lore rührte sich nicht. Ihr Blick ruhte immer noch auf dem Erdbeerkuchen. Marie ging zum Schrank und holte einen Dessertteller, eine Tasse und eine Untertasse. Sie stellte alles vor Lore hin.

Lore ließ sich auf den Stuhl sinken, ohne ihren Blick von dem Erdbeerkuchen zu wenden.

Robert nahm auch wieder Platz. Er rieb sich die Hände. »Der sieht aber gut aus.«

Lore schaute auf. Sie wandte sich an Robert: »Der ist nur für euch. Ich bin heute Morgen schon um fünf Uhr aufgestanden und habe ihn gebacken. Er ist zwar nicht so gut wie die Torte von Tom, aber die Erdbeeren sind frisch gepflückt.«

Robert konnte es nicht erwarten, den Kuchen zu probieren. Marie aber war die Situation unangenehm. Lore schien in keiner guten Verfassung zu sein. Marie schenkte ihr den Rest Kaffee in die Tasse und setzte gleich neuen auf. »Willst du deinen Mantel nicht ausziehen, Lore?«, fragte sie, als sie Kaffeepulver in den Filter löffelte.

Lore reagierte nicht. Sie war schon wieder in den Anblick ihres Erdbeerkuchens versunken.

»Bring doch mal ein großes Messer!«, bat Robert Marie.

Marie tat wie gebeten. Zuerst wollte sie den Kuchen anschneiden, aber etwas hinderte sie daran. Sie reichte Robert das Messer.

Der schaute Lore fragend an. Als die sich nicht rührte, machte er einen Schnitt durch die Diagonale des Kuchens. Das erste Stück Erdbeerkuchen bekam Lore. Doch sie schob den Teller zurück. »Auf keinen Fall. Den habe ich nur für euch gebacken.«

Robert wollte den Teller nehmen, aber Marie sagte: »Natürlich isst du mit uns! Andernfalls nehmen wir den Kuchen nicht an.«

Lore schien für einen Moment aus dem Konzept gebracht. Doch dann sagte sie lachhaft ernst: »Einverstanden.« Sie nahm die Kuchengabel in die rechte Hand und wartete, bis Robert sich und Marie auch ein Stück Kuchen aufgetan hatte.

Lores Erdbeerkuchen war hervorragend. Ein weicher, sanfter Boden aus Biskuitteig. Die Früchte knackig und süß. Sie schmeckten wirklich, als wären sie eben erst gepflückt worden.

Sie sprachen nicht beim Essen. Irgendwann, als der Kaffee fertig war, stand Marie auf und schenkte jedem davon nach. Lore nahm sich Milch und Zucker. Sie rührte lange in ihrer Tasse.

»Ihr habt euch solche Mühe gegeben. Bitte verzeiht uns diesen überstürzten Aufbruch! Es ging Tom wirklich nicht gut. Er hat manchmal … wie soll ich sagen: schreckliche Kopfschmerzen.«

»Kopfschmerzen?«, fragte Robert ungläubig. »Hätte ich nicht gedacht. Er war noch so ausgelassen, als wir zusammen Bier getrunken haben. Ich dachte, er fühlt sich wohl bei uns.«

»Das hat er auch«, beeilte sich Lore zu versichern. »Ich kenne das bei ihm. Es kommt ganz plötzlich. Und dann sind die Schmerzen auch gleich so stark, dass er sie kaum noch aushält.«

»Geht er denn nicht zum Arzt?«, fragte Robert mit vollem Mund.

Lore schüttelte den Kopf. »Er sagt, kein Arzt kann ihm helfen. Es ist … psychisch.«

»Psychisch?«, fragte Marie.

»Ja. Genau. Psychisch.« Lore nahm eine Haltung ein, als müsste sie ihren Mann gegen den Vorwurf verteidigen, er simuliere.

»Na, dann beste Grüße und gute Besserung!« Robert wischte sich seine Lippen mit der Papierserviette ab und ging hinaus. Nach dem Frühstück hatte er immer im Stall zu tun.

»Nimm dir doch noch ein Stück!«, forderte Lore Marie auf.

»Danke. Dein Kuchen ist sehr lecker. Aber mehr als ein Stück kann ich nicht essen.«

»Du achtest auf deine Linie, stimmt's?« Lore klang so, als wollte sie Marie ein großes Geheimnis entlocken.

»Nein, das ist es nicht. Ich bin einfach satt.« Maries Ton war ernst geworden. Sie wollte sich nicht zu einem sonntagmorgendlichen Small Talk verleiten lassen. »Was ist los mit Tom?«

»Ich sagte ja schon, er hat manchmal diese schrecklichen Migräneanfälle.« Lore nahm die Tasse und hielt sie mit zwei Händen umschlossen.

»Hat er dich geschlagen?«

Lores Kopf flog hoch. »Nein. Um Gottes willen. So etwas würde Tom nie tun. Er ist sehr … bemüht. Und er kümmert sich wirklich liebevoll um Kevin.«

»Aber du hast geweint, stimmt's?«

Lore schaute weg. Sie zog die Nase hoch. Aber das nutzte nichts. Eine große Träne lief über ihre Wange. Marie stand auf und holte ein Papiertaschentuch aus dem Schrank. Lore zerknüllte es und tupfte sich mit der Spitze erst die Wange, dann beide Augenwinkel trocken.

»Ich bin so unglücklich«, sagte Lore mit schwacher Stimme.

Marie nahm Lores Hand. Jetzt weinte Lore erst recht. Marie wartete, bis sie sich etwas beruhigt hatte. Sie holte ihr ein zweites Taschentuch.

»Tut mir leid«, sagte Lore, als sie sich die Tränen erneut abgewischt hatte.

»Macht doch nichts. Hat es mit … Tom zu tun?«

Lore nickte. »Wir waren so verliebt ineinander. Alles hat gestimmt. Allein wie er sich um den Jungen gekümmert hat, als wäre es sein eigener Sohn.«

Das konnte Marie mittlerweile nicht mehr hören. »Ja, das hast du schon gesagt.«

Lore riss sich zusammen. Sie trank einen Schluck Kaffee und setzte sich aufrecht hin. »Auf keinen Fall möchte ich dir mit meinem Kram auf die Nerven gehen, Marie.«

»Tust du nicht.«

Lore nahm einen neuen Anlauf. »Seit wir hier zusammen wohnen, hat sich alles verändert. Tom ist so … anders geworden. Als wäre ich eine Last für ihn. Dem Jungen gegenüber ist er genauso wie vorher. Richtig toll. Die beiden mögen sich sehr. Aber mir gegenüber …« Sie schluckte. Lore unterdrückte die Tränen. Sie wollte ihre Erklärung zu Ende bringen und ernst genommen werden. »Er ist oft so … schroff zu mir. Und er zieht sich zurück. Es wird immer schlimmer. Manchmal denke ich, er will sein eigenes Leben führen, ich habe da nichts verloren. Irgendwie tut er das auch. Er verschwindet oft. Für Stunden. Ich weiß dann nicht, wo er ist. Das macht mich ganz wahnsinnig. Ich bin wahrlich keine Frau, die klammert, Marie, das kannst du mir glauben. Ich bin ja auch nicht gerade verwöhnt, was Männer angeht. Aber diese eigenartigen Anfälle … Ich meine jetzt nicht die Kopfschmerzen gestern, dafür kann Tom nichts, und er tut mir in solchen Momenten schrecklich leid … Nein, diese andere Sache. Wenn er plötzlich aufspringt und wegrennt. Vorher war alles noch so … harmonisch. Und dann ist es, als fiele ihm etwas ein. Etwas sehr

Unangenehmes. Dann muss er weg. Er verschwindet einfach. Ich habe dann in seinem Leben nichts mehr verloren. Stundenlang sitze ich zu Hause und warte. Ich mache mir auch Sorgen um ihn. Was ist, wenn diese Kopfschmerzanfälle schlimmer werden? Wenn er sich irgendwann selbst nicht mehr helfen kann?«

Sie machte eine Pause. Es kostete sie offenbar viel Kraft, Marie das alles zu erzählen.

»Hast du mit ihm darüber gesprochen?«, fragte Marie.

»Ja, schon mehrmals. Ich habe es versucht. Zuerst hat er gesagt, es ist nichts. Dann hat er es auf seinen Beruf geschoben. Tom ist Vertreter für Hochleistungsstaubsauger. Wahre Ungetüme, mit denen kann man alles wegsaugen. Den allergrößten Dreck. Die Dinger sind wahnsinnig teuer. Seine Kunden von der Industrie verlangen, dass er immer parat steht, wenn etwas nicht funktioniert. Auch am Wochenende und nachts. Das verstehe ich ja. Als Ausgleich dafür hat Tom sonst viel Zeit und kann sich alles selbst einteilen. Aber ich bin mir sicher – wenn Tom plötzlich wegrennt, dann fährt er nicht zu einem Kunden. Ein Kunde müsste ja wenigstens vorher anrufen. Das würde ich mitkriegen. Nein, das ist etwas anderes. Ich dachte schon, es geht um eine andere Frau. Dafür ist Tom aber nicht der Typ. Er ist ein bisschen … wie soll ich sagen: asexuell.« Lore schien es im selben Moment zu bereuen, dieses Geheimnis ausgeplaudert zu haben. Sie hob ihre Stimme. »Das ist aber nicht wichtig. Er gibt mir das, was ich brauche. Es ist nicht viel. Ich habe so viel Scheiße mit Männern erlebt, das glaubst du nicht. Da empfinde ich es als eine große Erleichterung, wenn ein Mann nicht ständig mit einem Ständer herumläuft.« Sie versuchte zu lachen, aber es gelang ihr nicht so recht.

Marie war auch nicht nach Lachen zumute. »Willst du meine Meinung hören?«

Lore schaute sie lange prüfend an. Dann antwortete sie: »Ja.«

»Gut. Verlass ihn!«

Lore schien sie nicht zu verstehen. Sie starrte Marie mit offenem Mund an.

»Das meine ich ernst: Verlass ihn!«

Marie wusste, dass sie das nicht sagen durfte. Aber Lore hatte sich ihr anvertraut, und sie hatte mit dem, was sie ihr gestanden hatte, Maries schlimmste Befürchtungen bestätigt. Sie konnte nicht anders: Sie musste Lore warnen. Schließlich ging es um mehr als Lores Liebeskummer. Es ging um das Leben ihres Kindes.

Auch wenn sie sich selbst damit schadete, sie wiederholte es: »Verlass ihn!«

Lore schüttelte heftig den Kopf. »Er ist gut zu Kevin, noch nie hat sich ein Mann so um den Jungen gekümmert.« Sie kämpfte. »Tom ist wie ein Vater zu ihm.«

Nun konnte Marie nicht mehr anders: Sie musste Lore reinen Wein einschenken. »Du musst Kevin vor Tom in Sicherheit bringen. Er wird deinem Jungen etwas antun. Glaub mir!«

Lore stand auf. »Du hast kein Recht, so etwas zu sagen. Du weißt gar nichts über Tom … gar nichts.« Sie war sehr erregt.

Am liebsten hätte Marie ihre Hand genommen, so wie eben, als sie sie beruhigt hatte. Doch Marie wusste, dass das jetzt keinen Sinn hatte: Lore würde sich so nicht mehr beruhigen lassen.

»Ich weiß viel über Tom. Ich kannte ihn schon, bevor ich dir vor dem Supermarkt ins Heck eures Wagens gefahren bin. Das war übrigens Absicht. Ich wollte Kontakt zu dir knüpfen.«

»Was sagst du da? Marie, was ist los mit dir?« Lore wich entsetzt zurück – als müsste sie sich vor Marie schützen.

»Tom hat meinen Sohn entführt. Er hat mir Johann gestohlen.

Er hat ihn irgendwo versteckt. Er hat sich an ihm aufgegeilt. Vielleicht hat er ihn auch längst getötet. Ich weiß es nicht, Lore. Auf jeden Fall habe ich keinen Jungen mehr. Und dir wird es auch bald so gehen, falls du dich nicht von Tom trennst und Kevin vor ihm in Sicherheit bringst.«

Lore starrte sie an. Dann wollte sie ihr etwas sagen, wollte ihr wahrscheinlich ins Gesicht schreien, wie abwegig das alles war. Aber sie ließ es. Sie rannte hinaus. Marie hörte, wie sie die Haustür hinter sich zuschlug. Dann heulte ein Motor auf. Reifen quietschten. Ein Wagen raste davon.

Marie wusste, dass sie einen Fehler gemacht hatte. Einen schweren Fehler.

Am Nachmittag nahm sie das Rad und fuhr los. Sie brauchte diesmal weniger Zeit. Sie kannte ja den Weg. Marie war schon um zehn vor sechs an dem Baumstamm im Engscheider Wald. An ihrem Treffpunkt.

Marie setzte sich und wartete. In ihr war eine große Leere. Eigentlich wusste sie, dass der Freund nicht kommen würde. Aber sie hatte dieses Programm zu erfüllen. Das tat sie, ohne darüber nachzudenken. Sie schaute auf die Uhr. Der Minutenzeiger bewegte sich unmerklich auf die Zwölf zu.

Um sechs Uhr schlugen die Glocken der Dörfer. Das Handy lag eingeschaltet neben Marie. Aber es tat sich nichts.

Sie wartete bis zehn nach sechs. Dann stand sie auf, um zu gehen. Aber sie überlegte es sich und setzte sich wieder hin. Sie wartete bis Viertel nach. Dann bis zwanzig nach. Um fünf vor halb sieben war klar, dass der Freund nicht mehr kommen würde.

Marie hatte verloren.

Sie hatte den höchsten Gang eingelegt. Das Treten schmerzte in den Oberschenkeln. Aber Marie schaltete nicht herunter.

Der Wagen stand vor der Tür. Robert war im Stall. Marie ließ ihr neues Fahrrad in der Einfahrt liegen. Sie rannte ins Haus und holte den Autoschlüssel.

Um halb acht erreichte sie die Straße im Norden der Stadt.

Sie parkte vor dem Einfamilienhaus, stieg aus und betrat das Grundstück. Der hellblaue Golf war weg.

Marie klingelte an der Haustür. Nichts.

Marie ging um das Haus herum. Sie betrat die Terrasse. Es war sehr still.

Sie legte die Hände gegen die Scheibe der Terrassentür und ihr Gesicht gegen die Hände. Sie strengte die Augen an. Drinnen war es dunkel. Marie brauchte eine Weile, bis sie sich an die Dunkelheit gewöhnt hatte. Dann sah sie es.

8

Fürbringers Handynummer befand sich noch immer in der obersten Schublade des Küchenschranks. Seit über einem Jahr lag das Kärtchen dort. Weder Robert noch Marie hatten es geschafft, es wegzuwerfen.

Marie hoffte, dass der Kommissar sein Handy nicht nur während des Dienstes nutzte. Es war Sonntagabend. Jeder andere hätte etwas Besseres zu tun gehabt. Aber Fürbringer schien auf einen Anruf gewartet zu haben. Er war sofort dran. Offensichtlich erleichtert, dass ein dienstlicher Anruf ihn aus der Hölle des Wochenendes erlöste.

»Bitte entschuldigen Sie, dass ich Sie ausgerechnet am Sonntag anrufe. Aber es eilt. Es geht um meinen Sohn. Um Johann. Sie wissen ja Bescheid.«

Fürbringer sagte, er sei in einer halben Stunde bei ihr.

Marie saß schon wieder am Küchenfenster. Robert schlich um sie herum. »Was ist passiert?«, fragte er irgendwann, als er es nicht mehr aushielt.

»Warte!«, sagte Marie. »Ich werde es gleich erzählen. Nur noch eine Minute.«

Ein Streifenwagen fuhr vor. Zwei Uniformierte stiegen aus. Sie schauten sich etwas unsicher um und rückten ihre Mützen zurecht. Wahrscheinlich hatte Fürbringer sie hierherbestellt, ohne sie näher zu instruieren.

Marie sah sie durch das Tor gehen und langsam die Einfahrt hochkommen. Sie wirkten so, als wollten sie jede sonntägliche Störung vermeiden. Noch bevor sie die Haustür erreichten, fuhr Fürbringer vor. Er parkte in der Einfahrt.

Die Uniformierten machten kehrt und gingen ihm entgegen. Marie sah, dass Fürbringer sie kurz ins Bild setzte. Sie schienen nicht sehr erfreut zu sein und trotteten zu ihrem Streifenwagen zurück, während Fürbringer an der Haustür läutete.

Robert öffnete ihm. Die beiden Männer begrüßten sich distanziert. Wie Freunde, die sich nach einem schmerzlichen Zerwürfnis zufällig wieder über den Weg laufen.

Marie rührte sich nicht. Sie wartete, bis Fürbringer sie begrüßt hatte. Ein wenig war es wie bei einem komplizierten gesellschaftlichen Ereignis.

Fürbringer schaute sie lange an. Fast milde war sein Blick. Marie wusste jedoch, dass das nur der Anfang war. »Auf diesen Anruf habe ich seit einem Jahr gewartet«, sagte er.

Marie schaute auf die beiden Uniformierten, die an ihrem

Streifenwagen lehnten und rauchten. »Ich weiß. Aber es ging nicht eher.«

Fürbringer nahm Platz. Die Jacke ließ er an. »Also!«, sagte er. Robert blieb stehen – wie ein Fremder im eigenen Haus.

»Ich bin beim Joggen dem Mann begegnet, der unser Kind entführt hat.«

»Aha. Und woher wissen Sie das?«

»Weil ich damals mehrmals mit ihm gesprochen habe. Er trug zwar eine Maske. Ich habe ihn trotzdem wiedererkannt.«

Fürbringer schaute Robert an. Roberts Mund öffnete sich, um etwas zu sagen. Doch dann schloss er sich wieder. Robert musste sich setzen. Er zitterte.

»Und? Wie ging es weiter?«

»Ich habe herausgefunden, wo er wohnt. Ich habe mit ihm und seiner neuen Frau Kontakt geknüpft. Gestern habe ich ihn zur Rede gestellt. Er hat die Nerven verloren. Heute wollte er sich mit mir treffen, um mir zu sagen, wo Johann ist.«

Robert schlug die Hände vors Gesicht.

»Sie hätten uns rufen müssen«, sagte Fürbringer so sachlich, als würde er damit eine juristische Pflicht erfüllen.

»Er sagte, Johann sei am Leben. Ich solle meinen Jungen wiederhaben.«

Fürbringer seufzte und schloss die Augen.

»Der Mann kam heute nicht zu dem verabredeten Treffpunkt. Ich bin dann zu seinem Haus gefahren.«

»Marie!«, zischte Robert. Er hätte sie gern angeschrien, aber das schaffte er in Fürbringers Beisein nicht.

»Ich habe das Grundstück betreten, ich bin auf die Terrasse gegangen und habe durch das Fenster in die Wohnung geschaut. Alles ist zerwühlt. Schubladen sind herausgerissen. Kleider liegen auf dem Boden. Sie sind geflüchtet. Einfach abgehauen. Die ganze Familie.«

Robert räusperte sich. »Lore, seine Frau, war heute Morgen hier. Sie hat einen Kuchen gebracht. Als Entschuldigung.«

Fürbringer schaute Marie an. Er wusste, dass sie dazu etwas zu sagen hatte.

Marie zögerte. Doch dann erklärte sie es Fürbringer. Sie wollte jetzt alles sagen. Die Zeit dazu war gekommen.

»Ich habe ihr gesagt, sie soll sich von dem Mann trennen. Sie hat einen Sohn. Er ist Johann wie aus dem Gesicht geschnitten. Ich habe Lore gewarnt. Er wird ihren Jungen töten. Genauso, wie er unser Kind getötet hat.«

Fürbringer stand auf und zog sein Handy aus der Tasche. Er ging hinaus. Marie und Robert, die sich nicht anschauten, hörten ihn telefonieren. Fürbringer gab Befehle. Knapp und eilig. Dann kam er zurück und fragte nach der Adresse des Freundes. Marie sagte sie ihm. Er gab sie durch und beendete dann das Gespräch.

»Kommen Sie!«, forderte er Marie auf. »Sie werden uns alles zeigen.«

Als sie vor dem Haus des Freundes hielten, standen schon zwei Streifenwagen und ein weißer Transporter in der Einfahrt. Bäsch war auch da. Er trug diesmal Shorts, einen Schlabberpulli und knallgelbe Flipflops. Er nickte Marie nur unwillig zu, Robert übersah er einfach. Offensichtlich hatte Fürbringers Anruf ihn aus einem Wochenendvergnügen gerissen.

Er erstattete seinem Chef noch in der Einfahrt Bericht: »Niemand da. Ansonsten sieht es so aus, als wären die Bewohner übereilt abgereist.«

Fürbringer ging um das Haus herum. Marie folgte ihm. Auf

der Terrasse zeigte sie dem Kommissar das Fenster, durch das sie in die Wohnung hatte sehen können. Auch Fürbringer legte die Hände auf die Scheibe. Er schaute lange hinein.

»Gut«, sagte er irgendwann. »Wir gehen jetzt rein.«

Marie folgte ihm zur Haustür. Fürbringer winkte einen der Beamten herbei und bat ihn, die Tür zu öffnen.

Bäsch drängte sich an Marie vorbei und redete leise auf Fürbringer ein: »Brauchen wir keinen Durchsuchungsbeschluss, Chef? Nur weil Frau Lieser einen Verdacht hat, können wir doch nicht einfach …«

Fürbringer unterbrach ihn harsch: »Gefahr im Verzug und Fluchtgefahr. Das reicht, Bäsch.«

Bäsch bekam einen roten Kopf und verschwand.

Ein Uniformierter holte Werkzeug und hebelte die Verkleidung des Türschlosses auf. Dann ging alles ganz schnell. Er hantierte mit zwei Schraubenziehern gleichzeitig.

Fürbringer schickte zwei Mann vor. Sie zogen ihre Waffen und sicherten sich gegenseitig. Im Abstand von wenigen Sekunden betraten sie den Flur.

Fürbringer wartete stumm. Irgendwann kam einer der Männer heraus und sagte: »Niemand da.«

Daraufhin folgten Fürbringer und Bäsch. Als Marie und Robert auch hineinwollten, schloss Bäsch ihnen die Tür vor der Nase.

»Arschloch«, zischte Robert.

Von drinnen war kein Ton zu hören. Irgendwann sah Marie durch das Milchglas einen Schatten im Flur. Die Tür wurde geöffnet. »Sie können jetzt reinkommen«, sagte Bäsch. »Aber nichts anfassen!«

Fürbringer stand mitten im Wohnzimmer. Überall lagen Papiere auf dem Boden. Alle Schranktüren waren offen. Auf dem

Tisch stand ein Koffer, in den eilig Kleider gepackt worden waren, den man dann aber doch zurückgelassen hatte.

Marie berichtete Fürbringer, wie es gewesen war, als sie zu Lore und dem Freund eingeladen gewesen waren. Er wollte alles wissen: Wer wo gesessen hatte, was es zu essen gab, wer was gesagt hatte.

Während Marie Fürbringers Fragen beantwortete, erschienen zwei Männer in weißen Overalls und mit Überziehern über den Schuhen. Sie begannen die gesamte Wohnung nach Spuren zu durchsuchen.

Fürbringer ging mit Marie nach oben. Robert sollte unten bleiben und sich nicht von der Stelle bewegen. »Wir wollen so wenig Spuren wie möglich zerstören«, erläuterte ihm Fürbringer. Er zeigte Marie die Zimmer. Es gab ein Elternschlafzimmer, ein Arbeitszimmer und ein Kinderzimmer. Fürbringer führte Marie in das Kinderzimmer. Sie schaute sich lange um. Das Zimmer war weniger verwüstet als die übrigen Räume des Hauses. Es sah so aus, als wäre das Kind, das das Zimmer bewohnte, für ein paar Tage verreist. Wäsche war aus dem Schrank aufs Bett geräumt worden; zwei Anoraks hingen an Bügeln über dem Schreibtischstuhl.

Fürbringer zeigte Marie ein gerahmtes Foto. Es zeigte Kevin mit dem Schulranzen vor einer Schule. Marie erklärte, dass das der Sohn von Lore sei. Fürbringer steckte das Foto ein. Er wirkte verärgert.

Was hatte er erwartet? Dass sie ein Foto von Johann finden würden.

»Meinen Sie nicht auch, dass Kevin meinem Sohn verblüffend ähnlich sieht?«

Fürbringer hob die Augenbrauen. »Ich kenne Ihren Sohn ja nur von Fotos, Frau Lieser. Aber Ihnen muss klar sein, dass ich in Teufels Küche komme, wenn die Ähnlichkeit zwischen diesem

Kevin und Ihrem Johann alles ist, was wir gegen den Bewohner dieses Hauses in der Hand haben.«

Marie reagierte trotzig: »Ich sagte doch schon: Ich habe den Mann wiedererkannt. Es gibt da gar keinen Zweifel. Er heißt Tom. Und dieser Tom hat meinen Sohn entführt. Er hat mit mir über Johanns Handy Kontakt aufgenommen. Wir haben uns mehrmals getroffen. Er hat mir versprochen, Johann freizulassen, wenn ich Sie dazu bringe abzuziehen. Das habe ich getan. Ich habe mich an alle Abmachungen gehalten. Er hat Johann aber nicht freigelassen. Er ist einfach verschwunden, ohne mir meinen Jungen zurückzugeben.«

Fürbringer überzeugte das nicht; das spürte Marie.

»Sie sehen doch, wie es hier ausschaut. Die sind abgehauen, nachdem ich der Frau reinen Wein eingeschenkt habe«, erklärte sie dem Kommissar.

»Das glauben Sie, Frau Lieser. Aber eine unaufgeräumte Wohnung, das ist noch kein Hinweis auf eine Kindesentführung. Und wenn die Herrschaften, die das hier hinterlassen haben, morgen oder übermorgen zurückkommen und sich herausstellt, dass dieser Tom nichts zu tun hat mit der Entführung Ihres Sohnes, wissen Sie, was dann mit mir passiert?«

Das wusste Marie. Aber sie wusste auch, dass dieser Tom der Freund war. Und dass Lores Sohn Kevin in großer Gefahr schwebte. »Er wird Kevin auch umbringen …«

Fürbringers Stimme wurde scharf. »Sie haben sich vor einem Jahr nicht gerade als kooperativ erwiesen, Frau Lieser. Aber von mir erwarten Sie, dass ich über jedes Stöckchen springe, das Sie mir hinhalten.«

Marie fand es eigenartig, dass Fürbringer seine Leute erst bei dem Freund einbrechen ließ und ihr dann nachher Vorwürfe machte, dass es zu wenig Beweise für ihre Behauptungen gebe. »Wissen Sie was, Herr Kommissar…«

»Chef!« Bäsch stand unten an der Treppe. »Können Sie mal kommen?«

»Moment«, rief Fürbringer und wandte sich wieder Marie zu: »Ich sage Ihnen eines…«

»Chef, es ist wichtig!«, drängte Bäsch.

Marie hätte nicht gedacht, dass Fürbringer so flott die Treppe hinunterlaufen konnte. Sie kam kaum hinterher.

Bäsch strahlte. »Im Keller.«

Doch dann blieb Fürbringer stehen und wandte sich zu Marie um. »Ich glaube, es ist besser, Sie warten zu Hause. Ich melde mich bei Ihnen.«

Marie tat in der Nacht kein Auge zu. Fürbringer ließ sie zappeln. Vielleicht war das die Rache dafür, dass Marie ihn und seine Kollegen so lange an der Nase herumgeführt hatte. Vielleicht ließ ihm die genaue Untersuchung von Toms Wohnung auch keine Zeit, sie anzurufen. Marie musste es hinnehmen.

Am Montagmorgen meldete sich Robert in der Schule krank. Marie hatte Kaffee gekocht. Sie konnten beide nichts essen. Sie saßen in der Küche und warteten. Es war ein wenig wie vor mehr als einem Jahr. In den bangen Stunden, als noch Hoffnung bestanden hatte, Johann lebend wiederzubekommen.

Kurz nach Mittag läutete das Telefon. Fürbringer. Er klang übernächtigt. »Wir sind jetzt so weit. Sie können kommen.«

Die Kellertreppe war eng. Es war kalt und roch nach etwas Verdorbenem. Die verstaubte Deckenlampe war schwach. Man konnte kaum etwas sehen.

Bäsch führte Marie und Robert an der Waschmaschine und den Mülltonnen vorbei zu einem Holzverschlag. Die Beamten hatten das einfache Schloss geknackt. Der Bügel lag zerborsten da. Ein Mann kniete auf dem Boden. Er hatte leere Kisten und allerlei Trödel zur Seite geschoben. Eimer, Kartons, mehrere Rollen Teppichreste, Holzbretter.

Der Boden war staubig. Aber an einer Stelle hatten die Beamten den Schmutz weggefegt. Silbriges Metall wurde sichtbar. Eine Luke. An dem Glanz sah man, dass sie erst nachträglich eingebaut worden war.

Fürbringers Leute hatten einen Schleifaufsatz und eine Bohrmaschine herbeischaffen müssen. Eine Verlängerungsschnur führte bis zum Waschmaschinenanschluss, in der Ecke lag eine Schutzmaske für Fräsarbeiten. Es roch immer noch nach Feuer und geschmolzenem Eisen. Eine schwere Stehlampe, die für Arbeiten im Dunkeln gebraucht wurde, erhellte den Kellerraum mit gleißendem Licht. Die metallene Luke stand weit offen.

Marie stockte der Atem: Lag da drinnen ihr totes Kind?

Sie trat langsam näher. Die Aufregung, die sie ergriffen hatte, seit Fürbringer sie angerufen und hierhergeholt hatte, legte sich mit jedem Schritt ein wenig. Marie war jetzt fast teilnahmslos. Das Programm hatte wieder die Führung übernommen. Marie tat das, was es anordnete.

»Haben Sie Johann gefunden?« Marie stellte diese Frage wie bei einer ungezwungenen Unterhaltung.

»Nein.« Fürbringer sammelte sich. Der Kommissar wollte in diesem entscheidenden Moment keinen falschen Ton anschlagen. »Wir haben diese Kammer gefunden. Sie ist schallisoliert. Es gibt eine Matratze. Eine Kühlbox für Getränke. Ein paar Comics.«

Comics hatte Robert Johann immer verboten. Er durfte keine

besitzen, weil Robert der Meinung war, dieser Schund verderbe seinen Charakter. Also hatte der Freund Johann welche besorgt. Wenn es Johann gewesen war, den er in diesem Verlies gefangen gehalten hatte.

»Und dann haben wir das hier gefunden.« Fürbringer hatte es die ganze Zeit hinter seinem Rücken versteckt gehalten. Wahrscheinlich hatte er Marie erst darauf vorbereiten wollen. Er trug transparente Handschuhe. Nun präsentierte er ihr seinen Fund – fast ein bisschen schamhaft, wie Marie fand.

Es war ein Stoffknäuel. Marie kannte es gut. Es gehörte Johann. Sie hatte es ihm über den Freund zukommen lassen.

Fürbringer hatte das »blöde Tier« gefunden.

Mit einem Schlag war alles anders. Die Zeit der Trauer schien beendet zu sein.

Fürbringers Maschinerie lief wieder auf Hochtouren.

Marie hatte den Eindruck, dass der alte Kommissar sich Vorwürfe machte. Nicht so sehr, weil er zu wenig getan hätte, um Johann zu finden. Eher, weil er irgendwann nicht mehr viel auf Roberts Verdacht gegeben hatte, Marie treffe den Entführer.

Allerdings veränderte sich das Verhalten der Polizisten Robert gegenüber kaum. Marie sah das als ein Zeichen ihrer Professionalität an: Zwar hatten sie sich getäuscht. Aber das hieß noch lange nicht, dass sie sich bei irgendjemandem entschuldigen mussten. Ebenso wie sie Marie keinen Vorwurf machten, sie hinters Licht geführt zu haben.

Sie waren über ihren Alleingang nicht begeistert; immerhin hatte Marie dazu beigetragen, dass sie den Entführer nicht gefasst hatten. Aber das konnte ja noch kommen – und dafür brauchten sie Marie. Also behandelten sie sie weiter freundlich.

Marie erzählte ihnen alles, was sie über den Freund wusste. Fürbringer stellte die Fragen. Bäsch, der noch nicht so abgeklärt war wie sein Chef, machte sich mit hochrotem Kopf Notizen. Dann fütterten sie ihre Maschinerie.

Von Zeit zu Zeit erschien Fürbringer allein und setzte Marie und Robert auf seine ruhige, unaufgeregte Art ins Bild.

Am Anfang wunderte sich Marie noch, wie schnell alles ging.

Fürbringers Ermittler setzten sich mit der Polizei in Chemnitz in Verbindung. Wenig später hatten sie alle Informationen über Lores Leben im Osten.

Das, was sie Marie erzählt hatte, stimmte wohl. Lore war bei den dortigen Behörden als alleinerziehend geführt worden. Sie hatte, da Kevins Erzeuger keinen Unterhalt für seinen Sohn zahlte, regelmäßig Zuwendungen vom Sozialamt erhalten, sich aber immer um eine Arbeit bemüht. Als das schwieriger wurde, war Lore bei ihren Eltern untergeschlüpft. Irgendwann hatte sie einen Mann aus dem Westen kennengelernt und war mit dem Kind zu ihm gezogen.

Lores Eltern hatten den neuen Lebensgefährten ihrer Tochter wohl nie gesehen. Angeblich hatte es sich nicht ergeben. Sie waren auch dagegen gewesen, dass ihre Tochter ihr Schicksal und das ihres Kindes in die Hände eines Fremden legte. Aber Lore hatte nach all den Misserfolgen bei der jahrelangen Suche nach einer Arbeit in Chemnitz keine Chancen mehr für sich und ihr Kind gesehen und alles auf eine Karte gesetzt.

Ihre Eltern hatten der Chemnitzer Polizei zu Protokoll gegeben, dass sie in der ersten Zeit nach Lores Umzug in den Westen noch regelmäßig von ihrer Tochter gehört hätten. Es ginge ihr und dem Jungen gut, und der Mann, mit dem sie zusammen war, sei für Kevin schon nach wenigen Wochen wie ein Vater gewesen. Doch dann seien immer seltener Nachrichten ihrer Tochter gekommen – und die wenigen, die Chemnitz erreichten, hätten lange nicht mehr so zuversichtlich geklungen. Irgendwann hatten die Eltern nichts mehr von Lore gehört; von einem Umzug ihrer Tochter wussten sie nichts.

Die Polizeibehörde in Chemnitz teilte ihrem Kollegen im Westen mit, sie hätte Lores Eltern eindringlich darauf hingewiesen, dass es um ein verschwundenes Kind gehe und dass sie sich unbedingt melden müssten, falls ihre Tochter ein Lebenszeichen von sich gebe. Allerdings hatte der zuständige Beamte im Osten nicht unbedingt den Eindruck, dass die Eltern der betreffenden Person sehr kooperativ wären. Sie gehörten wohl zu den Bürgern, die alle Institutionen des Staates, in dem sie nun leben mussten, als westliche Zwangsinstrumente ansahen.

»Von denen haben wir nicht viel zu erwarten«, erklärte Fürbringer. »Deshalb konzentrieren wir uns ganz auf die Person des Mannes.«

»Und?«, fragte Marie. »Was haben Sie über ihn herausgefunden?«

Fürbringer seufzte. »Ehrlich gesagt: nicht allzu viel. Er hat hier unter seinem richtigen Namen gelebt, war bei den Behörden auch gemeldet. Wir können seinen Werdegang also relativ gut verfolgen. Er hat als freier Vertreter gearbeitet. Im Auftrag von Spezialfirmen, die Industriestaubsauger herstellen. Teure Geräte, die in engem Kontakt zu den Kunden verkauft werden. Der Mann hatte nur lose Verbindung zu den wenigen Herstellern, deren Produkte er vertrat. Wenn er einen Abschluss tätigte, bekam er einen Scheck mit der Vermittlungssumme. Er gab bei seinen Auftraggebern an, kein Konto zu führen, weil er einen Offenbarungseid geleistet hätte. Den Firmen war das egal, solange er gut verkaufte.

Aber sie wissen nichts über ihn. Seine Kontaktleute in den Firmen haben seit einiger Zeit nichts mehr von ihm gehört. Eine Firma in München, mit der er schon lange zusammenarbeitet, sagt, das sei normal bei ihm.«

»Es muss doch irgendetwas über ihn geben. Amtlich, meine ich. War er verheiratet? Hatte er eigene Kinder? Wo ist er geboren? Was ist mit seiner Familie, seinen Eltern?« Marie verstand das alles nicht. Da hieß es doch immer, wir lebten in einem perfekten Überwachungsstaat. Aber der Freund schien sich der flächendeckenden Überwachung einfach entziehen zu können.

»So einer muss doch irgendwann auffallen.« Marie musste sich zügeln: Sie war die Falsche, um Kritik an der Sorgfalt der Polizei üben zu können. Schließlich hatte sie die Ermittler lange an der Nase herumgeführt. »Haben Sie denn gar nichts über ihn gefunden?«

Fürbringer runzelte die Stirn. Bäsch schaute weg. Schon wieder war er rot geworden. Was war los mit den beiden?

»Wie konnte er das Haus mieten? Woher kommt der blaue Golf? Ich verstehe das alles nicht«, bedrängte Marie die Polizisten.

Fürbringer nahm einen Anlauf. »Wir haben das natürlich alles abgeklopft. Den Mietvertrag hat er mit seinem Namen unterschrieben, die Miete wurde monatlich auf das Konto des Vermieters eingezahlt. Am Bankschalter.«

»Und der Vermieter hat keinen Verdacht geschöpft?«, fragte Robert – er klang weniger drängend als Marie.

»Warum denn? Viele Menschen machen das so. Solange sie zahlen, ist alles in Ordnung. Das Auto war gebraucht gekauft und bar bezahlt worden. Wenn man das will, kann man so etwas durchziehen. In allen Lebensbereichen.« Fürbringer rieb sich mit beiden Händen übers Gesicht. Er wirkte müde. »Aber Sie haben recht, Frau Lieser. Irgendwann muss er aufgefallen sein. Und das ist er auch.«

»Womit?«, fragte Marie. Sie fand es anstrengend, den beiden alles aus der Nase ziehen zu müssen.

»Er ist vor ein paar Jahren in eine Ermittlung hineingeraten. Es ging um den sexuellen Missbrauch eines Jungen.«

Sexueller Missbrauch. Marie spürte, wie sich in ihrem Innern etwas zusammenzog.

»Dieser Junge kam mit dem Leben davon. Irgendwie war der Täter gestört worden. Anhand der Verletzungen des Kindes konnte man sich allerdings ausrechnen, dass der Täter sein Opfer hatte töten wollen. Es war in einem anderen Teil des Landes. Im Nordwesten. Die Kollegen setzten damals Himmel und Hölle in Bewegung. Sie waren sich im Klaren darüber, dass der, der dem Jungen das angetan hatte, irgendwann wieder zuschlagen würde. Und dann würde er vielleicht nicht gestört werden. Deshalb wollten sie ihn unbedingt haben.«

»O Gott«, entfuhr es Robert. Er griff unterm Tisch nach Maries Hand.

Maries Atmung spielte wieder verrückt. Sie versuchte, sich zu konzentrieren und ruhiger zu werden.

Fürbringer und Bäsch sahen sich an. Sie wirkten auf Marie wie zwei Schuljungen, die ihre Hausarbeiten nicht gemacht hatten und deshalb die Antwort auf die Frage des Lehrers nicht geben konnten.

»Es ist so …« Fürbringer biss sich auf die Unterlippe. »Dieser Tom … Er wohnte schon eine ganze Weile in diesem Haus. Und wir hatten ihn im Visier.«

Marie verstand ihn nicht. »Sie hatten ihn im Visier? Was soll das heißen?«

Fürbringer schaute unter sich. »Frau Lieser, uns tut das sehr leid …«

Bäsch sagte: »Sie wissen ja, dass wir damals, also vor einem Jahr, alle Möglichkeiten in Betracht gezogen haben. Unter anderem haben wir auch die schon auffällig gewordenen Sexualstraftäter überprüft, die im weiten Umkreis gemeldet sind.«

»Soll das heißen …« Marie stockte – das konnte doch nicht sein.

»Natürlich haben wir ihn damals überprüft. Er passte in das Raster rein«, fuhr Bäsch trotzig fort. »Er war ja schon bei dem Missbrauchsfall im Nordwesten in Verdacht geraten. Aber der Verdacht hatte sich damals einfach nicht erhärtet. Fertig. So etwas kommt ständig vor. Wir verlieren die Herrschaften deshalb längst nicht aus den Augen.« Er machte sich offensichtlich weniger Vorwürfe als sein Chef.

»Sie haben ihn überprüft? Und? Warum haben Sie ihn nicht verhaftet?«

Bäsch seufzte. »Wir können doch nicht einfach jemanden verhaften, auch wenn er schon mal wegen einem ähnlichen Delikt in die Ermittlungen geraten ist. In der alten Missbrauchssache galt dieser Tom als entlastet.«

Marie sprang auf. »Sie haben den Mann gehabt, der meinen Sohn entführt hat – und Sie haben ihn wieder laufen lassen?«

Bäsch warf Fürbringer einen Hilfe suchenden Blick zu.

Fürbringer massierte sich den Nacken. »Wir haben ihn nicht gehabt, wie Sie das ausdrücken. Wir haben ihn nur überprüft.«

»Wie übrigens fünfzehn andere auch, die infrage kamen«, fiel Bäsch ihm ins Wort. »Und Sie haben keinen Grund, uns solche Vorwürfe zu machen. Sie haben damals gegen uns gearbeitet. Sie hatten Kontakt mit dem Mann und haben uns das verschwiegen.

Wenn Sie uns gegenüber ehrlich gewesen wären, hätten wir ihn geschnappt. Vielleicht hätten wir dann auch eine Chance gehabt, Ihren Sohn zu retten …«

»Frau Lieser, Sie müssen das verstehen.« Fürbringer brachte Bäsch zum Schweigen, indem er sich an Marie wandte. Der Ton seines Assistenten schien auch ihn zu nerven. »Wir haben diese Leute unter die Lupe genommen. Sehr genau. Aber wenn sich herausgestellt hat, dass sie nichts mit der Entführung Ihres Sohnes zu tun hatten, mussten wir sie in Ruhe lassen.«

»Aber er hatte was damit zu tun!«, fuhr Marie ihn an.

Die beiden schwiegen.

»Gibt es eine Erklärung?«, fragte Marie etwas ruhiger.

Fürbringer nickte Bäsch zu. Der Assistent antwortete gelassen: »Er hat uns für den Abend, an dem Ihr Sohn verschwunden ist, ein Alibi präsentiert.«

»Ein Alibi?«, fragte Marie ungläubig.

»Ja, er konnte nachweisen, dass er zur Tatzeit irgendwo anders war.«

»Wo war er denn?«

»Er war gar nicht in der Region.«

»Wo war er?!«

»In einem anderen Teil des Landes.«

»Lassen Sie mich raten! Irgendwo im Osten?«

Die beiden schwiegen.

»Also doch.« Marie musste sich zusammenreißen. »Und jetzt sagen Sie bitte nicht, dass seine jetzige Frau Lore ihm das damals bestätigt hat!«

Bäsch schaute sie müde an. »Damals war sie ja noch gar nicht seine Frau. Sie war einfach eine Zeugin, die er benannt hat und die bestätigen konnte, dass er sich zur fraglichen Zeit nicht hier, sondern bei ihr aufgehalten hat. Damit ist dieser Tom durch das Raster gefallen.«

»Haben Sie dieser Frau auch gesagt, worauf sie sich einlässt? Haben Sie ihr gesagt, dass dieser Tom, der angeblich bei ihr war, ein Kind entführt hat?«

»Nein«, antwortete Bäsch fest.

Marie schlug sich mit dem rechten Handballen an die Stirn. »Das kann doch alles nicht wahr sein.«

Fürbringer sprang seinem Assistenten zur Seite. »Wir können, wenn wir eine Angabe überprüfen, den Zeugen nicht sagen, worum es geht. Stellen Sie sich vor, ein Unschuldiger gerät so in Verbindung zu einem Kapitalverbrechen!«

Marie sprang auf. »Während sie denen im Osten gezeigt haben, wie rücksichtsvoll die westdeutschen Ermittlungsbehörden vorgehen, ist mein Sohn in diesem Dreckloch verreckt.«

Robert stand auf, er kam auf sie zu. Es sah aus, als wollte er sie in den Arm nehmen.

Marie rannte hinaus.

9

So sehr sie auch suchten: Sie fanden den Freund und seine neue Familie nicht.

Marie hatte das Gefühl, dass Fürbringer wusste, dass sie einen Fehler gemacht hatten, als sie Tom überprüft und laufen gelassen hatten – und dass dieser Fehler Johann vielleicht das Leben gekostet hatte. Deshalb versuchte er nun mit aller Kraft, den Freund doch noch aufzuspüren. Aber je länger die Sache dauerte, desto mutloser wirkte der alte Mann auf Marie.

Fürbringer schien einen aussichtslosen Kampf zu kämpfen. Marie hatte den Eindruck, dass es der letzte Kampf des Polizisten war. Und dass er daran zerbrechen würde. Er alterte von Tag zu Tag. Seine Gesichtsfarbe wurde immer grauer. Marie erschrak, wenn sie ihn aus dem Wagen steigen und gebeugt zu ihrem Haus kommen sah. Sollte es ihm nicht gelingen, Johanns Mörder zur Strecke zu bringen, würde er wahrscheinlich den Glauben an sich verlieren.

Marie hätte ihm gern geholfen, denn sie mochte diesen Fürbringer. Aber sie wusste nicht, wie sie ihm hätte helfen können.

Sie fragte sich allerdings, warum Fürbringer nicht wieder das Fernsehen einschaltete und in den Nachrichten bundesweit nach dem Freund suchen ließ.

Als sie ihn daraufhin ansprach, zuckte er nur mit den Achseln. »Natürlich hätte ich das längst getan. Aber wir haben nicht ein einziges Foto von diesem Tom. Die Leute, für die er Industriestaubsauger verkaufte, haben ihn nie gesehen. In der Nachbarschaft hat ihn kaum jemand wahrgenommen – geschweige denn, dass jemand näheren Umgang mit ihm gehabt hätte und es so dazu gekommen wäre, dass jemand ein Foto von ihm geschossen hätte. Ich weiß, das klingt verrückt, Frau Lieser, aber es ist, als hätten wir es mit einem Phantom zu tun.«

Ein Phantom? Das klang ja so, als hätte es den Freund nie wirklich gegeben.

Aber Marie hatte ihn doch mit eigenen Augen gesehen. Sie hatte mit ihm gesprochen. Sie hatte ihn sogar berührt, hatte ihm die Hand gegeben.

Auch Robert hatte ihn gesehen. Er hatte mit ihm angestoßen, sie hatten wie alte Kumpels zusammen auf der Terrasse gestanden und Bier getrunken. Aber jetzt tat er so, als könnte er sich kaum noch daran erinnern. Wahrscheinlich aus Scham darüber, dass er sich so gut mit dem Mörder seines Sohnes verstanden hatte. Überhaupt nahm Robert, seit der Freund verschwunden und das Verlies gefunden worden war, eine eigenartige Haltung an. Er zog sich nun ganz zurück. Er schien mit allem abgeschlossen zu haben. Wahrscheinlich trauerte er um Johann. Marie fand, dass ihm das zustand, und ließ ihn in Ruhe.

»Was ist mit der Frau?«, fragte Marie den Kommissar. »Ist das etwa auch ein Phantom? Hat sie all die Jahre in Chemnitz als Phantom gelebt? Was sagen ihre Eltern dazu, dass sie ein Phantom großgezogen haben?«

Fürbringer schien Maries Wut zu verstehen. »Frau Lieser, glauben Sie mir, wir haben alles versucht. Die Kollegen in Chemnitz haben die Familie dieser Lore sehr genau unter die Lupe genommen. Aber die Kollegen im Osten sind sich sicher: Die Familie weiß nichts. Sie haben kein Lebenszeichen von dieser Lore. Die Eltern haben nicht einmal von ihrem Enkelkind gehört.«

»Aber sie werden doch ein Foto von ihrer Tochter haben, oder? Das könnte man doch im Fernsehen zeigen und die Menschen aufrufen, nach dieser Frau zu suchen …«

»Die Fotos, die man uns geliefert hat, sind zu alt. Sie wissen ja, wie das ist, sobald ein Mensch in eine andere Umgebung kommt … Um es deutlich zu sagen: Menschen, die vom Osten in den Westen ziehen, verändern ihr Aussehen sehr schnell. Das ist keine spezifisch ostdeutsche Erscheinung. Das ist immer so, wenn jemand in eine andere Welt geht.«

In diesem Land konnten doch keine Menschen leben, ohne dass sie irgendwelche Spuren hinterließen. »Was hat denn die Untersuchung des Hauses ergeben?«

»Wir haben DNA-Spuren Ihres Sohnes gefunden. Vor allem

in dem Verlies. Das sind die einzigen, die wir zuordnen konnten. Natürlich gibt es auch andere Spuren. Sie müssen von diesem Tom, von der Frau aus dem Osten und von ihrem Sohn sein. Aber wir haben keine Vergleichsspuren. Von dieser Lore nicht und von ihrem Sohn Kevin auch nicht. In Chemnitz wurden keine aufgenommen. Warum auch?«

Marie dachte an Johann. Wie lange mochte er in der Gewalt des Freundes gewesen sein? Ob er schon tot war, als der Freund sich mit ihr getroffen hatte?

»Was glauben Sie? Ist mein Kind noch am Leben?«

Fürbringer ließ sich Zeit; er schaute ins Leere. »Das ist schwierig. Aber Sie haben das Recht auf eine Antwort, Frau Lieser. Nach allen Erfahrungswerten ist ihr Kind tot. Aber wir haben Johanns Leiche bis jetzt nicht gefunden.«

»Und Sie meinen, das ist ein gutes Zeichen?« Marie wusste selbst, dass ihre Frage naiv war.

»Nein, Frau Lieser, das ist es nicht. Wir dürfen uns da nichts vormachen.« Er sprach jetzt zu ihr wie ein alter Hausarzt. Marie fand, dass dieser Ton Fürbringer nicht zustand.

»Wie kommen Sie denn darauf, dass mein Kind tot ist? Sie sagen doch selbst, dass Sie nichts in der Hand haben. Gar nichts.« Sie war jetzt sehr erregt – obwohl Fürbringer ja nur versucht hatte, sie zur Vernunft zu bringen.

Der Kommissar blieb gelassen. Sicher hatte er solche Situationen schon öfter erlebt. »Wir haben die DNA-Spuren miteinander verglichen. Der kleine Kevin und Ihr Sohn, Frau Lieser, das sind zwei verschiedene Jungen. Sie sollten also nicht auf den Gedanken kommen, dass …«

Marie unterbrach ihn. »Darauf komme ich nicht. Halten Sie mich nicht für blöd!«

Fürbringer hatte recht, das spürte Marie. Aber Fürbringer wusste nicht alles.

Marie hatte ihm nicht erzählt, dass sie Lore den Tipp gegeben hatte, für Kevin über die Internetplattform *Schüler-VZ* neue Freunde zu suchen. Warum sie es verschwiegen hatte, wusste sie selbst nicht.

Sie wartete, bis Robert in der Schule war.

Dann ging sie in das Zimmer ihres Kindes, das seit einem Jahr unverändert geblieben war.

Sie startete Johanns PC.

Robert hatte einen eigenen Computer in seinem Arbeitszimmer. Der des Jungen war nicht mehr benutzt worden, seit er entführt worden war.

Marie kannte Johanns Passwort. Er hatte es ihr selbst verraten – kleine Jungen konnten nichts für sich behalten.

Sie wartete. Johanns Hintergrundbild erschien. Ludwig und Erhard. Seine beiden Dackel.

Jetzt erst wurde ihr klar, dass sie dieser PC tief in die Welt ihres verschwundenen Kindes führen würde. Sie hatte Angst davor. Doch es gab keinen anderen Weg.

Sie ging ins Internet und rief die Schüler-VZ-Seite auf.

Dann kam ihr die Idee, dass Johann, so praktisch wie er war, sicher irgendwo seinen Zugang zu dem Netzwerk gespeichert hatte, so dass sie es nur noch anklicken musste.

Als sie auf die Favoritenleiste ihres Sohnes ging, wunderte sie sich, wofür der Junge sich alles interessiert hatte.

Eine Dackel-Site. Gut, das war zu erwarten gewesen – bei seiner Liebe zu den Hunden.

YouTube natürlich. Und *Facebook*.

Diverse Spieleseiten.

Eine Pornoseite – das gab Marie allerdings einen Stich ins Herz. Aber heutzutage blieb das auch bei einem Elfjährigen, der sich im Netz auskannte, nicht aus. Dass ausgerechnet Robert, der angeblich immer ein Auge auf die Gefahren durch das Internet hatte, es nicht geschafft hatte, hier einen Riegel vorzuschieben, wunderte Marie.

Sie schloss für einen Moment die Augen und stellte sich vor, wie Johann, ihr kleiner Johann, das Kind, das sie in ihrem Bauch getragen, das sie geboren hatte als nackten Winzling mit großen, staunenden Augen und Streichholzfingerchen, dass dieser Johann an diesem Computer saß und sich Pornos anschaute. Sicher hatte er dabei den Ton abgestellt, damit seine Eltern nichts mitbekamen.

Eigenartig – aber Johann war ihr fremd geworden. Nicht weil er schon über ein Jahr weg war. Vielmehr weil sie verstand, dass der Johann, den sie geliebt hatte, nicht der ganze Johann war. Der Junge hatte ein Eigenleben. Er hatte Dinge getan, die sie nicht erfahren durfte. Er hatte Vorlieben gehabt, die er vor seiner Mutter verbarg. Diese Porno-Sites zum Beispiel.

Marie wusste, dass das bei jedem Kind so war. Möglicherweise war die Liebe – ob zu einem Kind oder zu einem Partner – immer eine Halluzination. Man setzte sich im Herzen ein Mosaik von Eigenschaften zusammen, die man lieben wollte. Dass die reale Person diesem Bild nicht entsprach oder nicht ganz entsprach, kümmerte den Liebenden wenig. Er liebte das Traumbild in seinem Kopf – oder in seinem Herzen. Denn vernünftig war diese seltsame Erscheinung nicht.

Marie kam ein Symbol bekannt vor. Genau. Das war es. *Schüler-VZ.*

Sie klickte es an.

Eine Eingabemaske erschien.

Sie musste sich konzentrieren. Johann war ein unkomplizierter Junge, Fantasie war nie seine Stärke gewesen. Er hatte sich sicher unter seinem Namen angemeldet. Marie gab ihn ein. »Johann.«

Nun das Passwort. Das hatte er seiner Mutter nicht verraten. Sie hatte auch keine Anstrengungen unternommen, es von ihm zu erfahren – sonst hätte sie es jetzt.

Marie überlegte.

Sie gab ihren Namen ein. Fehlanzeige.

Der Name des Vaters. Wieder nichts.

Bei einem dritten Fehlversuch wurde Marie womöglich rausgeschmissen. Vielleicht gab es das Konto Johanns schon gar nicht mehr. Und wenn – dann würden sie es sicher löschen, wenn sie mitbekamen, dass jemand sich unberechtigt einzuloggen versuchte.

Beim nächsten Versuch musste Marie also gleich richtig liegen. Sie dachte angestrengt nach. Jetzt war sie wie Fürbringer: Sie analysierte, sie kombinierte, sie ermittelte. Als wäre ihr entführtes und womöglich totes Kind ein fremder Mensch für sie. Ein Fall.

Ging es eigentlich noch um Johann? Oder ging es nicht längst um etwas anderes: um Rache, um Gerechtigkeit oder um Genugtuung? Womöglich ging es ihr auch darum, Kevin vor dem Freund zu retten. Das war doch ehrenwert – aber es hatte nichts mehr mit ihrem Kind, mit Johann, zu tun.

Sie sprang auf, lief durchs Zimmer, glaubte weinen zu müssen, schlug die Hände vors Gesicht. Aber dann blieben ihre Augen doch trocken.

Marie fühlte sich um etwas betrogen. Um den Schmerz.

Das hatte sie dem Freund zu verdanken. Der sollte bezahlen.

Der Gedanke daran erfüllte sie wieder mit Leben. Mit Hass.

Hass war schön. Ein starkes Gefühl. Ein beseelendes Gefühl. Als wäre etwas Fundamentales in ihren toten Körper gefahren und hätte ihn wiedererweckt.

Marie nahm erneut auf Johanns niedrigem Schreibtischstuhl Platz.

Sie versuchte, sich in ihren Jungen hineinzuversetzen.

Wie hatte er sich gefühlt, als er sich bei *Schüler-VZ* angemeldet hatte? Es war etwas Neues, etwas Fremdes für ihn gewesen. Er hatte das vertraute Heim, die Familie verlassen und war virtuell in die Welt hinausgegangen.

Hänschen klein ging allein in die weite Welt hinein.

Das hatte sie Johann immer vorgesungen, als er noch sehr klein gewesen war.

Stock und Hut steht ihm gut. Hänschen wohlgemut.

Johann hatte schon früh verstanden, dass es in dem Kinderlied um einen Jungen ging, der seinen Namen trug. Deshalb hatte er seine Mutter immer wieder um dieses Lied gebeten. Immer wieder. Marie hatte ihm den Wunsch gern erfüllt. Und Johann hatte ihr mit leuchtenden Augen zugehört – auch wenn sie nicht jeden Ton traf.

Die Geschichte vom kleinen Hänschen hatte ihn jahrelang in ihren Bann gezogen. Wie wahrscheinlich jedes Kind. Marie wusste warum: Es handelte sich um ein Urtrauma. Das eigentlich noch nicht flügge Kind lässt sich vom Reiz der weiten Welt, der Natur, der Ferne, des bunten Abenteuers verführen. Es setzt den zu großen Hut auf und nimmt den zu großen Stock und macht sich auf den Weg – weiter als bis an die nächste Kreuzung kommt es allerdings nicht. Da besinnt sich das Kind, denn es spürt die Bedrohung der Welt, und es ahnt, was die Mutter zu Hause durchmacht.

Aber Mutter weinet sehr.

Nun kamen Marie doch die Tränen.

Weil sie hat kein Hänschen mehr.

Aber Mutter weinet sehr. Weil sie hat kein Hänschen mehr.

Marie legte den Kopf auf die Unterarme. Sie schluchzte erbärmlich. Aber es tat ihr gut. Es ging ihr wie der Mutter des kleinen Hänschens. Die Tränen brachten ihr den verlorenen Sohn zurück.

Etwas war an ihren Waden. Etwas Weiches. Marie hob den Kopf.

Der Dackel Ludwig hob seine Schnauze und piepste. Die Tiere hatten einen sechsten Sinn für Stimmungen. Wahrscheinlich hatte der Dackel gespürt, dass mit Marie etwas nicht stimmte, und war in Johanns Zimmer gekommen. Sie hatte ihn nicht gehört.

Marie streichelte den dunkelgrauen Nacken. Sonst ekelte sie sich immer ein wenig vor den Dackeln. Sie hatten etwas Unterwürfiges und gleichzeitig Verschlagenes. Nun aber sah sie in den feuchten Augen des Tieres eine Art Mitleid. Am liebsten hätte sie Ludwig auf den Schoß genommen – so wie Johann das immer getan hatte. Sicher vermissten die Dackel ihn auch. Er hatte sich immer so liebevoll um sie gekümmert.

Ludwig.

Oder Erhard.

Marie hatte nur noch einen Versuch. Sie sah es als Zeichen des Himmels an, dass ausgerechnet der Dackel Ludwig in diesem Augenblick ihre Nähe gesucht hatte.

Aber Ludwig war ein männlicher Vorname. Als Passwort gab es ihn sicher häufig.

Das gleiche galt für Erhard.

Robert hatte diese Namen gewählt. Nach einem längst verstorbenen Politiker, der früher als Witzfigur galt, weil er mit seiner

Leibesfülle das Wirtschaftswunder verkörperte. Marie erinnerte sich noch gut, dass Robert seinem Sohn die Bedeutung der Namen für seine Dackel erklärt hatte.

Also gab Marie *LudwigErhard* in die Maske von *Schüler-VZ* ein. Mit zitternden Fingern.

Wenn sie sich täuschte, war sie raus.

Spielte es eine Rolle, ob sie die Namen in Groß- oder in Kleinbuchstaben schrieb? Oder nur groß am Anfang des Wortes?

Nun sah sie die ausgefüllte Maske vor sich.

Sie musste nur noch auf den Button »Einloggen« drücken. Dann entschied sich, ob sie richtig kombiniert hatte.

Marie zögerte noch. Der Dackel jammerte.

Marie umfasste die Maus und klickte auf »Einloggen«.

Es dauerte. Das Bild verschwand für eine Sekunde. Aus, dachte Marie. Das war's.

Doch dann kam die Meldung von *Schüler-VZ*.

Sie war drin.

10

Sobald sie von der Arbeit nach Hause kam, setzte sie sich an Johanns Computer. Robert verschwand sowieso meistens gleich im Stall. Der bemerkte gar nicht, dass seine Frau neuerdings jede freie Minute am PC ihres Sohnes verbrachte.

Bevor sie ihre *Schüler-VZ*-Sitzung begann, rief sie eine Seite mit Rezepten auf. Die blieb geöffnet, während sie auf *Schüler-VZ* war. So konnte sie mit einem Mausklick auf die unverfängliche Rezeptsite wechseln, sollte Robert einmal in Johanns Zimmer kommen.

Marie suchte nach Kevin. Da sie nicht wusste, auf welche Schule der Junge jetzt ging oder in welcher Region Deutschlands er wohnte, konnte sie keine Suchkriterien eingeben. Sie musste eben alle Kevins dieser Republik durchgehen und hoffen, dass er irgendwann dabei war. Zum Glück hatten die meisten User ihre Fotos eingestellt. Aber es war immer noch eine Suche nach der Nadel im Heuhaufen. Kevin war ein beliebter Vorname.

An manchen Tagen war Marie so verzweifelt, dass sie ans Aufgeben dachte.

Wer sagte ihr denn, dass Lore Kevin ihren Rat, sich über *Schüler-VZ* Freunde zu suchen, weitergegeben hatte? Auch wenn Lore ihrem Sohn diesen Weg gewiesen haben sollte – ob Kevin sich dann wirklich angemeldet hatte, war ungewiss. Marie konnte sich denken, dass es für einen Jungen seines Alters nicht einfach war, sich im Internet zu exponieren. Er wusste sicher, dass jeder seinen Eintrag sehen konnte und es so offenbar wurde, dass er keine Freunde hatte.

Würde Kevin das wagen?

Marie suchte weiter. Tag für Tag. Hunderte, Tausende von Kevins klickte sie an und prüfte ihre Fotos. Irgendwann hatte sie das Gefühl, dass alle Kevins gleich aussahen.

War das nicht ein Wahnsinn?

Aber vieles, was sie im letzten Jahr getan hatte, war ein Wahnsinn.

Seit Johann weg war, hatte Marie ihren Schwerpunkt verloren. Sie stocherte nur noch im Nebel. Das war ihr schon lange klar. Aber was sollte sie sonst tun? Wenn sie damit aufhörte, würde sie in eine dunkle Nacht fallen. Dann war es aus.

Sie schaute schon gar nicht mehr richtig hin.

Möglicherweise war der richtige Kevin schon längst über ihren

Bildschirm gehuscht, und sie hatte ihn nicht erkannt, weil ihr Blick durch die unzähligen bleichen Kindergesichter schon so verbraucht war, dass er die wesentlichen Unterschiede nicht mehr wahrnahm.

Der Dackel scharrte an der Tür. Marie hatte sie vorsichtshalber geschlossen.

Marie wollte aufstehen und Ludwig hereinlassen – da sah sie ihn.

Es war Kevin. Lores Kevin. Das Foto war in dem Haus aufgenommen worden, in dem der Freund Johann gefangen gehalten hatte. Marie erkannte die Schrankwand im Wohnzimmer wieder.

Kevin schaute unsicher in die Kamera. Er hatte die Hände hinter dem Rücken verschränkt. Das Ganze war ihm nicht geheuer, das sah Marie sofort.

Wer wohl die Aufnahme gemacht hatte? Sicher der Freund. Aber wie war Kevin an das Foto gekommen – Tom wusste sicher nichts von seiner Anmeldung bei *Schüler-VZ*. Das hätte er sofort verboten. So wie Marie Tom einschätzte, verfügte er über einen untrüglichen Sinn dafür, was ihm gefährlich werden konnte.

Aber der Junge auf dem Foto, das war Kevin. Da war Marie sich sicher.

Wenn das stimmte, was er schrieb, dann ging er jetzt in eine Münchner Schule. Was tat der Freund in München? Hatte Fürbringer nicht gesagt, einer der Auftraggeber für Toms Staubsaugergeschäfte sitze in München?

Wie sollte Marie sich bei Kevin einführen?

Natürlich musste das über Johanns Konto bei *Schüler-VZ* passieren. Aber sie durfte nicht zu viel verraten. Wenn Kevin Tom etwas davon erzählte, würde der sofort Lunte riechen.

Also änderte Marie Johanns Konto. Sie meldete einen Schulwechsel an. Johann war umgezogen und ging ab sofort auf eine andere Schule. Zufällig war das dieselbe Schule, auf die auch Kevin ging. Die Peter-Rosegger-Realschule.

Natürlich besuchte Johann eine andere Klasse als Kevin. Das war ja klar, sonst würde Kevin ihn ja längst kennen. Das musste genügen.

Sie schickte also eine Nachricht für Kevin ab.

Hallo, Kevin, ich bin auf derselben Schule wie Du. Nun habe ich Dich bei Schüler-VZ *entdeckt. Ich bin erst seit ein paar Wochen in München, und ich kenne noch niemanden. Meine Eltern sind hierhergezogen, weil mein Vater eine Arbeit gefunden hat. Sollen wir uns mal treffen? Gruß, Johann.*

Maries Herz pochte, als sie die Nachricht abschickte.

Sie war Johann. Und Johann suchte Kontakt zu Kevin.

An diesem Tag ließ sie den Computer bis spät in die Nacht eingeschaltet. Sie ging zu jeder vollen Stunde hoch in Johanns Zimmer und loggte sich ein. Dann überprüfte sie Johanns Konto bei *Schüler-VZ* nach Nachrichten.

Doch es kam nichts.

Hatte Kevin bemerkt, dass es kein Junge namens Johann war, der ihm da schrieb und sich mit ihm treffen wollte? Oder hatte der Freund Wind bekommen von Maries Versuch, den Kontakt zu seiner Umgebung neu zu knüpfen?

Um zwei Uhr in der Nacht schaltete Marie den Computer ab. Nun kam nichts mehr.

Kevin schlief längst.

Am Morgen fuhr Marie den Computer hoch, bevor sie zur Arbeit ging. Doch Kevin hatte nicht geantwortet.

Marie kam früher nach Hause – in der Firma hatte sie sich mit

Kopfschmerzen abgemeldet. Man sah es ihr nach und stellte ihr sogar frei, einen Tag zu Hause zu bleiben, falls die Schmerzen nicht nachließen.

Marie lief sofort nach oben und startete den PC.

Doch Kevin hatte sich nicht gemeldet. Es war vier Uhr nachmittags; er war seit mindestens drei Stunden aus der Schule daheim.

Marie ging hinunter in die Küche und kochte sich Kaffee. Sie hatte zu wenig geschlafen. Sie setzte sich müde an den Tisch und wartete, bis der Kaffee durchgelaufen war.

Sollte sie Fürbringer nicht besser davon unterrichten, dass Kevin auf die Peter-Rosegger-Realschule in München ging? Die Polizei würde ihn anhand der *Schüler-VZ*-Angaben sicher schnell ausfindig machen und sich so von dem Jungen zum Freund führen lassen.

Und dann?

Es gab immer noch keine Spur von Johann. Selbst wenn die Polizei den Freund fassen würde – hatte er nicht angekündigt zu schweigen? Möglicherweise würde Fürbringer dafür sorgen, dass wenigstens Kevin aus der Umgebung des Freundes verschwand. Aber selbst dessen konnte sich Marie nicht sicher sein. Der Junge würde bei seiner Mutter bleiben wollen. Wo sollte er sonst hin? Und Lore? Nun, die stand immer noch zu Tom, wie ihre gemeinsame Flucht nach München gezeigt hatte.

Bevor Robert nach Hause kam, ging Marie noch einmal nach oben und überprüfte Johanns Konto.

Eine Nachricht.

Marie saß sofort kerzengerade. War sie von Kevin? Oder handelte es sich womöglich bloß um eine Mitteilung der *Schüler-VZ*-Verwaltung – weil Johann sein Konto so lange nicht aufgerufen hatte oder sie bemerkt hatten, dass der Junge sich nicht selbst gemeldet hatte?

Nein. Es war Kevin.

Die Nachricht war von ihm unterschrieben. Von Lores Kevin.

Hallo, Johann. Cool, dass Du Dich bei mir gemeldet hast. Ich weiß nicht, wer Du bist und wie Du auf mich gekommen bist und so. Aber ich freue mich trotzdem, von Dir zu hören. Mir geht es wie Dir. Ich bin auch erst seit ein paar Wochen in München, und ich habe hier an der Schule noch keinen Freund oder so gefunden. Findest Du nicht auch, dass die Schüler hier komisch sind? Vor allem in meiner Klasse, der 7 c. Aber das sind sie ja überall, wo man als Fremder hinkommt. Für mich ist München schon die zweite neue Station. An meiner letzten Schule war es genauso. Ich habe keinen Schulfreund gefunden. Deshalb war ich auch gar nicht so traurig darüber, dass wir da wegmussten. Mein Vater hat gesagt, wir haben keine Zukunft. Deshalb sind wir nach München gegangen. Wir warten alle darauf, dass es besser wird. Aber bisher merke ich nichts. Erzähl doch mal was über Dich! Vor allem: In welcher Klasse bist Du? Welche Lehrer hast Du? Bekommst Du gute Noten? Vielleicht kennen wir uns ja schon. Bis bald, Kevin.

Marie las den Brief mehrmals. Sie fühlte sich dabei eigenartig beschwingt. Als junges Mädchen hatte sie die ersten Liebesbriefe bekommen. Da war sie genauso aufgeregt gewesen. Sie hatte jedes Wort aufgesogen. Wie ein trockener Schwamm.

Er war also in der 7 c, und er hatte immer noch keine Freunde gefunden.

Marie antwortete sofort. Sie musste den Kontakt halten, musste Kevin etwas bieten, damit er sie nicht abhängte. Damit er Johann nicht abhängte.

Lieber Kevin. Toll, dass Du gleich geantwortet hast. Wäre super, wenn wir uns öfter schreiben würden. Man kann sich ja auch gegenseitig helfen, nicht wahr? Also: Ich bin zwölf Jahre. Mein Foto siehst du ja. Bin ich Dir noch nicht aufgefallen? Das hängt vielleicht damit zusammen, dass wir einen ganz anderen Stundenplan haben als ihr von der 7 c.

Zudem bin ich seit zwei Wochen krank. Ich werde auch so schnell nicht in die Schule kommen können. Ich bin in der 7 a. Wir haben meistens noch nachmittags Schule. Und unser Klassenlehrer ist ebenfalls krank. Deshalb schicken sie uns ständig zu einem anderen Ersatzlehrer. Es ist ein ziemliches Durcheinander. Meine Mutter sagt, sie schaut sich das nicht mehr lange an. Hoffentlich schickt sie mich nicht auf eine andere Schule. Dann würde ich nämlich auch noch den einzigen Freund verlieren, den ich habe – nämlich Dich. Gruß, Johann.

Das war hoch gepokert. Aber Marie musste Kevin ein paar Informationen liefern. Auch wenn sie alle aus der Luft gegriffen waren – Lores Sohn würde eine Weile damit beschäftigt sein.

Die Antwort kam erst am nächsten Tag.

Hi, Johann. Ist das cool, dass wir uns so getroffen haben. Hoffentlich lässt Deine Mutter dich auf unserer Schule! Ich wusste gar nicht, dass euer Lehrer ständig krank ist. Mann, wenn das so ist, wäre ich lieber in der 7 a. Wär doch toll, oder? Was hast Du für Hobbys? Meine sind: Hunde, Pferde, Fußball und Computerspiele. Jetzt muss ich Schluss machen. Meine Mutter ruft: Wir gehen Schuhe kaufen. Gähn. Kevin.

Marie fiel es nicht schwer, den Brief so zu beantworten, wie Johann ihn beantwortet hätte. Sie tat das ganz unbefangen, sie wollte Kevin in Sicherheit wiegen. Das gelang ihr wahrscheinlich am besten, indem sie sich so gab, wie Johann war.

Marie spürte einen leichten Schauder, als sie die Antwort in den Computer tippte.

Sie war Johann wieder so nahe wie seit langer Zeit nicht mehr. Es erfüllte sie mit einer seltsamen Ruhe, in die Haut ihres Sohnes zu schlüpfen. Eine Ruhe, die sie früher manchmal gespürt hatte, wenn sie mit Johann zusammen war, und die sie seit langer Zeit vermisst hatte.

Was wäre, wenn sie diesen Briefwechsel mit Kevin eine Weile betreiben könnte, fragte sie sich. Das würde ihr sicher guttun. Es war kein Ersatz für ihr verlorenes Kind, aber es brachte ihr Johann für kurze Zeit zurück.

Lieber Kevin, Hunde sind auch meine Lieblinge. Ich habe sogar zwei Boxer. Sie sind gar nicht so unfreundlich, wie man denkt, wenn man sie sieht. Wir wohnen nämlich am Stadtrand und haben einen großen Garten, in dem die beiden toben können. Die Boxer heißen Toto und Harry. Mein Vater hat sie so benannt, nach zwei Polizisten aus einer Fernsehserie, die er gerne sieht. Pferde haben wir leider nicht, aber ich war schon mal beim Pferderennen. Fußball habe ich früher immer gespielt, mit den Jungs aus meiner Straße. Aber hier habe ich noch niemanden gefunden. Deshalb verbringe ich viel Zeit am Computer. Mein Vater sagt, ich darf keine Ballerspiele machen. Aber heimlich mache ich sie trotzdem. Ich weiß, wie ich sie mir runterladen kann, ohne dass er es merkt… Wenn Du willst, bringe ich es Dir bei. Jetzt ist es spät. Wir essen zu Abend. Schreibst Du morgen zurück? Johann.

Marie konnte sich denken, dass Kevin an diesem Tag nicht mehr antworten würde. Er brauchte Zeit. Deshalb schaltete sie den Computer aus, bevor sie nach unten ging. Es war sicherer. Sie wusste nicht, wie gerissen Robert wirklich war, wenn er hinter ihr herspionierte. Dass er ihr damals sogar bis in den Engscheider Wald nachgeschlichen war, zeigte Marie, dass ihr Mann nicht ganz so arglos war, wie er gern tat.

Marie ging früh schlafen. Umso zeitiger war sie auf und konnte sich, bevor sie zur Arbeit ging, schnell noch bei *Schüler-VZ* einloggen. Sie war ein wenig enttäuscht, dass Kevin nicht geantwortet hatte. Dabei war ihr doch klar, dass der Junge früh ins Bett musste und vor Schulbeginn sicher nicht an den Computer durfte.

Vielleicht ist ja eine Nachricht da, wenn ich nachmittags nach Hause komme, sagte sich Marie. Sie spürte, dass es ihr gar nicht mehr so sehr darum ging, etwas zum Schutz von Kevin vor dem Freund zu unternehmen. Eigentlich wollte sie so schnell wie möglich wieder in die Rolle Johanns schlüpfen. Sie wollte wieder schreiben können und sich ihrem Sohn nahe fühlen.

Marie beeilte sich an diesem Tag sehr, nach Hause zu kommen.

Robert war noch in der Schule. Sie ließ ihre Tasche im Flur einfach auf den Boden fallen und stürzte die Treppe hoch.

Warum dauerte es bloß immer so lange, bis der Computer hochgefahren war?

Marie wartete ungeduldig. Endlich. Sie wollte ins Netz. Das Kreissymbol erschien. Der PC war noch nicht so weit. Marie zog ihre Schuhe aus und warf sie durch die offene Tür in den Flur. Johann hatte sie immer verboten, mit Straßenschuhen den Teppichboden in seinem Zimmer zu betreten. Nun tat sie es selbst.

Der Computer war so weit. Marie klickte das Symbol des *Schüler-VZ* an.

Wieder dauerte es. Vielleicht hatte Robert recht: Er hatte schon oft eine schnellere Internetverbindung installieren wollen. Sie war immer dagegen gewesen, wegen der Kosten. Nun würde sie ihn darin bestärken – wenn sie als Johann im Internet unterwegs war, wollte sie schnell sein.

Die Eingabemaske erschien. Marie hatte schon Übung, es dauerte nur Sekunden, bis sie Benutzername und Passwort eingegeben hatte.

Der Computer lud. Wieder wurde Maries Geduld auf die Probe gestellt.

Er hatte geantwortet. Kevin hatte geantwortet.

Marie hüpfte vor Freude. Sie lief hinaus, ging ins Bad, pinkelte, wusch sich Hände und Gesicht. Alles, um den Genuss in die Länge zu ziehen. In wenigen Sekunden würde sie wieder Johann sein.

Sie ging zurück an den PC. Sie machte es sich bequem. Dann begann sie zu lesen.

Hallo, Johann. Ich war heute in der 7 a. Ich habe nach Dir gefragt. Sie sagen, es gibt keinen Johann in ihrer Klasse. Erst dachte ich, sie wollen mich hochnehmen. Doch dann kam der Klassenlehrer. Er ist nicht krank. Er war seit Jahren nicht mehr krank, sagt er. Ich habe ihm von Dir erzählt. Er sagt, ich soll Meldung bei der Schüler-VZ-*Verwaltung machen. Wahrscheinlich bist Du ein Erwachsener, der als Johann mit mir in Kontakt treten will. Und ich hatte mich so gefreut, endlich einen Freund gefunden zu haben. Dann stellt sich heraus, alles ist ein Betrug. Der Lehrer sagt, ich soll mit meinem Vater darüber sprechen. Das werde ich auch tun – oder erklär mir, was Du da treibst! Mach schnell! Ich werde nicht tagelang warten. Kevin.*

Marie sank in sich zusammen. Das hätte sie sich eigentlich denken können. Alles war viel zu improvisiert. Klar, dass Kevin schnell dahinterkam. Der Junge war ja nicht auf den Kopf gefallen. Wenn sie wenigstens nicht behauptet hätte, an derselben Schule zu sein. Das war ein schwerer Fehler gewesen.

Marie blieb nur ein Ausweg. Sie musste mit Kevin Klartext reden. Auch wenn sie ihn damit überforderte und er womöglich ausstieg.

Lieber Kevin. Es stimmt. Ich bin nicht Johann. Aber ich kenne Johann sehr gut. Johann ist mein Sohn. Er ist vor einem Jahr verschwunden. Johann wurde entführt. Seither bin ich sehr traurig. Ich will meinen Jungen wiederhaben. Wir beide, Du und ich, wir kennen uns. Ich bin Marie, du weißt schon, die Frau, die auf dem Supermarktparkplatz ins Heck Eures Wagens gefahren ist. Du warst mit Deiner Mutter und Tom bei uns zu Besuch. Wir haben gegrillt, du hast mit unseren beiden Dackeln Ludwig und Erhard gespielt. Ich glaube, es hat Dir gut gefallen bei uns. Dann aber wollte Tom plötzlich aufbrechen – und Du warst sauer. Ich habe Dich gut verstanden.

Kevin, ich weiß nicht, was sie Dir erzählt haben, warum ihr so übereilt hier weggehen musstet. Es ist auf jeden Fall nicht die Wahrheit.

Kevin, bitte glaube mir, was ich jetzt schreibe: Du bist in Gefahr. Tom ist nicht der, für den Du ihn hältst. Er war es, der Johann entführt hat. Möglicherweise hat er ihn auch getötet. Er ist krank. Er wird auch Dir etwas antun. Deshalb musst Du heimlich mit Deiner Mutter reden. Tom darf nichts davon mitbekommen. Deine Mutter macht sich große Sorgen, aber sie hält zu Tom. Deinetwegen. Das ist ein Fehler. Sage ihr, dass ich mich gemeldet habe! Sage ihr auch, dass ich mir Sorgen um euch mache! Vor allem um Dich. Aber achte darauf, dass Tom von alldem nichts mitbekommt! Wenn er erfährt, dass wir beide Kontakt haben, wird er Dich und Deine Mutter zwingen, wieder mit ihm zu fliehen. Was glaubst Du, warum er das macht? Er hat Angst vor der Polizei.

Kevin, Du bist in Gefahr. Tom wird Dich töten – so wie er meinen Johann getötet hat.

Sag das Deiner Mutter! Es ist eure letzte Chance.

11

Marie fühlte sich erschöpft.

Sie ging ins Schlafzimmer und legte sich aufs Bett.

Sie überlegte, wie ihre Nachricht auf Kevin wirken würde. Doch sie verlor immer wieder den Faden. Sie stellte sich Kevin vor, wie er die Mail las. In seinem Zimmer in München. Dann verschwamm das Bild – und aus Kevin wurde Johann. Er saß in seinem Zimmer in Bubach und kauerte vor dem PC-Monitor.

Marie hob den rechten Arm, als wollte sie nach ihrem Jungen greifen. Doch sie ließ den Arm vor lauter Müdigkeit wieder sinken und schlief ein.

Ein Geräusch weckte sie. Sie konnte die Augen nicht öffnen. Sie musste weiterschlafen.

Dann hörte sie Robert durch den Flur gehen. Er öffnete die Küchentür. Sicher suchte er nach ihr. Sie wollte nach ihm rufen, aber es gelang ihr nur ein unverständliches Glucksen.

Robert streifte durchs Haus. Er schaute in Johanns Zimmer, betrat es aber nicht. Dann kam er bis zur ihrer Schlafzimmertür. Er horchte an der Tür.

Marie hielt den Atem an.

Robert ging wieder. Auf der Kellertreppe zog er seine Stiefel an. Mit schweren Schritten verließ er das Haus. Er wollte sicher in den Stall, um die Tiere zu versorgen. Das würde mindestens eine Stunde dauern.

Marie konnte endlich weiterschlafen.

Aber dann war ihr Geist plötzlich hellwach. Sie stand auf und ging in Johanns Zimmer. Der Computer lief noch. Sie setzte sich auf Johanns Stuhl und bewegte die Maus. Es dauerte, dann flackerte der Monitor. Der Bildschirmschoner verschwand.

Marie ging auf die *Schüler-VZ*-Seite und loggte sich ein.

Der Computer rief neue Mails ab. Maries Herz begann zu rasen. Ob Kevin geantwortet hatte?

Keine Nachricht von Kevin.

Marie lehnte sich zurück und schloss die Augen. Wäre es nicht klüger gewesen, Fürbringer mitzuteilen, dass sie Kevin gefunden hatte? Dass sie wusste, auf welche Schule er ging.

Fürbringer hätte sicher alle Hebel in Bewegung gesetzt. Er hätte das Haus, in dem der Freund mit Lore und Kevin jetzt wohnte, von einem Sondereinsatzkommando stürmen lassen. Sie hätten den Freund nachts aus dem Bett geholt und ihn ins Gefängnis gesteckt.

Aber was wäre dann mit Johann passiert? Wenn er doch noch irgendwo in einem Gefängnis saß und der Freund ihn versorgte? Bisher hatten sie die Leiche nicht gefunden. Das hieß doch, dass er möglicherweise noch am Leben war. Dass es noch eine winzige Chance für Marie gab, ihr Kind lebend wiederzubekommen.

Auch wenn sie in den letzten zwölf Monaten schon so oft bereit gewesen war, sich der Gewissheit zu stellen, dass Johann tot war – jetzt gab es wieder eine kleine Hoffnung. Und solange diese Hoffnung bestand, sei sie auch noch so verschwindend, konnte Marie nicht so tun, als wäre Johann tot. Solange musste sie mit dem Freund verhandeln. Solange musste sie kämpfen.

Das verstand keiner. Weder Fürbringer noch Robert. Das musste sie ganz allein tun.

Maries Finger berührten die Tastatur. Vielleicht sollte sie noch eine Nachricht hinterherschicken. Etwas, was versöhnlicher klang. Nicht so bedrohlich. Sie durfte Lore nicht verschrecken. Wenn Marie ihr Angst machte, knickte sie ein. Dann vertraute Lore sich dem Freund an. Und dann war alles verloren.

Die Haustürklingel.

Marie erschrak. Aber sie blieb sitzen. Sie war nicht gemeint. Unangemeldet kamen sowieso nur Leute aus der Nachbarschaft. Die wollten zu Robert. Zu ihr wollte schon lange keiner mehr. Sie galt als verschroben.

Schon wieder läutete es an der Haustür.

Robert musste es doch hören. Selbst im Stall hörte man diese Klingel.

Marie klickte wieder auf »Aktualisieren«. Nichts. Kevin meldete sich nicht.

Jemand sprach laut. Die Stimme kam ihr bekannt vor. Dann war Robert zu hören. Er klang eigenartig. Fast erschrocken.

Wieder die Klingel. Das galt ihr. Wahrscheinlich wollte Robert, dass sie herunterkam.

Marie konnte sich nicht vom Computer losreißen. Erneut klickte sie auf den Button, der neue Mails abrief. Doch es kam nichts. Kevin schwieg.

Jetzt war es ein Dauerklingeln. Marie sprang auf und lief hinunter.

Sie war auf der Treppe, als Robert von außen die Haustür aufschloss. Er trug immer noch die schmutzigen Stallstiefel. Dennoch stapfte er herein.

»Wo bleibst du denn?«, fuhr er sie an.

Hinter ihm drängte ein Mann herein, dann ein zweiter.

Fürbringer und Bäsch.

Fürbringer versperrte Bäsch den Weg, der jüngere der beiden Polizisten schaute über die Schulter seines Kollegen. Er ging auf die Zehenspitzen. Bäsch war neugierig. Auf Marie.

Die Polizisten starrten sie an.

Marie kam sich nackt vor. »Was ist los?«, fragte sie.

»Es ist so weit«, sagte Robert. Er trat den rechten Stiefel mit der linken Stiefelspitze aus und zog sich den linken Stiefel gebückt vom Fuß. Dann schlüpfte er in seine Straßenschuhe.

»Es wäre gut, wenn Sie auch mitkämen«, wandte Fürbringer sich an Marie.

»Wohin?«, fragte sie, immer noch auf der Treppe stehend. Sie schaute auf die drei hinunter, was ihr die Sache etwas einfacher machte.

»Es geht um Johann«, sagte Bäsch hinter Fürbringers Rücken. »Um Ihren Sohn.«

Fürbringer räusperte sich. Dann sagte er laut: »Wir haben Ihren Sohn gefunden.«

Bäsch nickte verkniffen. »Zumindest glauben wir das.«

Das Waldstück lag etwa fünfzehn Kilometer von dem Haus entfernt, in dem der Freund Johann gefangen gehalten hatte. Östlich der Stadt. Es nieselte. Der Himmel war milchig-grau. Die Natur sah aus, als wäre sie kurz davor abzusterben. Die Spitzen der bräunlichen Fichten, die aus dem jungen Laubwald herausragten, bogen sich wie unter Schmerzen – aber es war kein Lüftchen zu spüren.

An der Straße standen drei grün-weiße Mannschaftswagen. Der Waldrand war durch ein Plastikband abgesperrt. Alle fünfzig bis sechzig Meter war ein Polizist postiert.

Fürbringer parkte am Straßenrand. Er stieg aus und gab Robert ein Zeichen: Er sollte seinen Wagen hinter ihm abstellen. Um das Waldstück herum lagen tiefbraune Äcker, deren Schollen schwer zu atmen schienen. Marie sah, dass die Straße mit Lehmfetzen übersät war, die aus den großen Reifenprofilen der Traktoren gefallen waren. Dem Regen fehlte die Kraft, sie wegzuspülen.

Vorbeifahrende Fahrzeuge blieben stehen. Bäsch zog eine Binde mit der Aufschrift »Polizei« über seinen Oberarm und winkte die Fahrzeuge weiter. Als sich jemand beschwerte, dass die Kripo die Straße versperrte, wies er den Autofahrer so nachdrücklich zurecht, dass der mit quietschenden Reifen davonraste.

Fürbringer ging mit Marie und Robert an dem Absperrband entlang. Er grüßte einen der Polizisten, die die Absperrung bewachten, und hob das Band für Marie und Robert an. Sie bückten sich und folgten Fürbringer. Bäsch grätschte über das Band.

Fürbringer führte sie über einen schmalen Trampelpfad in den Wald.

Marie und Robert wussten, was sie erwartete. Pilzsucher hatten im Unterholz ein Bündel gefunden, das wie eine verweste Leiche aussah. Sie hatten die Polizei gerufen. Die hatte gewisse Anhaltspunkte entdeckt, die auf Johann hinwiesen.

»Es geht uns um die Kleider«, erklärte Fürbringer. »Bevor wir eine Obduktion vornehmen und Anhaltspunkte für eine Identifizierung finden, können uns die Kleider schon etwas sagen.«

Er hielt den gebeugten Arm als Schutz vor Zweigen hoch. Marie blieb dicht hinter ihm. Robert folgte in ein paar Metern Abstand. Fürbringer hatte ihnen gesagt, dass er es gut verstünde, wenn sie die Leiche nicht sehen wollten. Die Verwesung sei schon sehr weit fortgeschritten. Er könnte es einrichten, dass die Kleider nach der Arbeit der Spurensicherung zu ihnen gebracht würden.

Aber Marie wollte mit. Sie wollte sehen, wo ihr Kind all die Monate gelegen hatte. Wie der Freund die Leiche Johanns abgelegt hatte. Sie traute es sich zu.

Robert hatte gar nichts gesagt. Er war ihr einfach gefolgt.

Fürbringer blieb stehen. Unter einem Baum hatten sie Scheinwerfer aufgestellt. Weißes Flutlicht erleuchtete einen Kreis von etwa zwanzig Metern.

»Wollen Sie es sich nicht doch noch überlegen?«, fragte Fürbringer leise. »Wir machen Fotos, die wir Ihnen zeigen können.«

Marie drängte ihn zum Weitergehen.

Fürbringer führte sie bis zu dem Baum. Es genügte, dass er den Männern in den weißen Overalls einen Wink gab. Sie hörten mit ihrer Arbeit auf und zogen sich zurück. Fürbringer nickte Marie zu. Sie spürte die Wärme der starken Scheinwerfer.

Robert trat von hinten an sie heran und nahm ihre Hand.

Marie zog sie weg. Sie konnte das jetzt nicht: Hand in Hand mit Robert an Johanns Leiche treten. Sie war seit Monaten allein, sie wollte ihr Kind auch jetzt allein wiedersehen.

Fürbringer machte Platz. Marie trat näher.

Man musste bei jedem Schritt aufpassen, dass man sich nicht im Unterholz verhedderte und hinschlug.

Sie hatten das Gestrüpp so weit entfernt, dass es aussah, als wäre das Bündel wie ein Meteorit eingeschlagen. Aus unermesslicher Höhe.

Der Körper war zusammengekauert. Ihm ist kalt gewesen, dachte Marie.

Fürbringer stand neben Marie. Er erriet ihre Gedanken. »Es ist nicht hier geschehen. Hier wurde nur die Leiche abgelegt. Das glauben wir schon zu wissen.« Er sprach leise, fast flüsterte er. Wie in der Kirche, während eines Gottesdienstes.

Marie bückte sich, um besser sehen zu können. Auf die Kleider achtete sie gar nicht. Sie wollte das Gesicht ihres Kindes sehen. Doch es gab nichts zu sehen. Nur Haare. Ganze Büschel von Haaren. Marie hatte irgendwo gehört, dass Haare und Nägel nach dem Tod noch so lange weiterwuchsen, wie sie Nährstoffe aus dem Körper bekamen.

Marie suchte die Hände. Sie waren gegen den Bauch gepresst. Man sah nur die Linke. Es waren dünne Knochen, wie von einem Embryo. Die Knöchel waren so winzig, dass man fürchten musste, sie könnten bei der geringsten Belastung brechen.

Mehr gab es nicht zu sehen.

Er hatte Johann irgendwo getötet. In dem Verlies, das sie gefunden hatten. Oder im Auto. Für einen erwachsenen Mann war es so leicht, einen Elfjährigen zu töten. Das wusste Marie mittlerweile gut. Sie hatte alle Möglichkeiten in Gedanken tausendmal durchgespielt.

Sie hätte das, was von Johann übrig war, gern angefasst. Aber sie fürchtete, sobald sie seine sterblichen Überreste berührte, würden diese zerfallen. Zu Staub, wie es in der Bibel hieß.

Marie begnügte sich damit, mit ihren Fingerspitzen den wetterfesten Stoff des Anoraks zu berühren.

Sie spürte nichts. Johann war längst irgendwo anders. Das, was hier lag, war nur seine Spur. Eine Spur, die bald verwischt sein würde.

Wenn sie zu Johann wollte, musste sie ihn anderswo suchen. Vielleicht war er im Himmel.

Es gab nur noch eine Verbindung zu Johann auf Erden: der Freund. Der Mann, der ihn getötet und hier abgelegt hatte. Unter dem Gestrüpp, das so dicht war, dass es weit über ein Jahr gedauert hatte, bis man ihn gefunden hatte.

Marie erhob sich. Sie schaute Fürbringer in die Augen. »Das sind die Kleider meines Sohnes«, sagte sie fest. Dann wandte sie sich zu Robert um, der immer noch etwa zwei Meter hinter ihr stand. »Oder?«

Marie tat das nur, weil sie ihn nicht abseits stehen lassen wollte. Er sah sich ebenso wie sie seinem toten Kind gegenüber.

Sein Gesicht war weiß. Weiß wie der Tod. Das Blut war aus seinem Kopf gewichen. Robert nickte.

»Danke«, sagte Fürbringer. Er klang nicht erleichtert. Er klang so, als würde jetzt alles noch schwerer für ihn werden. Dann leise: »Mein Beileid.«

Bäsch trat heran. Er wollte etwas sagen, aber Marie ließ ihn einfach stehen.

Nun war endlich alles klar. Marie konnte trauern.

12

Marie legte sich ins Bett und weinte. Sie weinte nicht mehr aus Verzweiflung. Sie weinte nicht mehr, weil sie das Warten nicht länger ertrug. Sie weinte aus vollem Herzen. Sie weinte um ihr Kind, das tot war. Und sie weinte um sich. Sie war jetzt eine Mutter, die ihr einziges Kind verloren hatte. Sie tat sich leid. Marie fand, dass ihr das zustand.

Sie hatte nur noch vor etwas wirklich Angst: dass sie im Traum die verweste Leiche sehen würde. Aber das geschah nicht. Nicht in dieser Nacht und in keiner der folgenden Nächte.

Als Marie genug geweint hatte, startete sie den Computer in Johanns Zimmer.

Sie ging auf *Schüler-VZ.*

Nichts.

Kevin meldete sich nicht mehr. Und seine Mutter auch nicht.

Fürbringer und Bäsch erschienen zwei Tage nachdem sie mit Marie und Robert an dem Fundort der Leiche gewesen waren. Sie wirkten übernächtigt. Fürbringer erklärte, eine DNA-Analyse der Leiche habe ergeben, dass es sich zweifellos um Johann handle.

»Das habe ich doch gesagt«, erklärte Marie trotzig.

Fürbringer blieb ruhig. »Sie verstehen sicher, dass wir darüber hinaus Sicherheit brauchten. Die haben wir nun. Bald werden wir auch den Zeitpunkt des Todes wissen. Aber nicht auf den Tag genau.«

Das hieß: Sie würden niemals sicher sagen können, ob Johann noch am Leben gewesen war, als der Freund mit Marie Kontakt geknüpft hatte.

»Was wollen Sie nun tun?«, fragte Robert. Alle schauten ihn erstaunt an. Er hatte sich seit dem Leichenfund nicht mehr geäußert. Auch gegenüber Marie nicht.

»Wir suchen nach diesem Tom. Leider kommen wir nicht weiter. Auch die Spur nach Chemnitz hat uns nicht weitergeführt. Diese Lore bleibt verschwunden. Ihr Sohn Kevin auch. Wir können uns das nicht erklären.«

»Was geschieht mit ihm, wenn Sie ihn finden?«, fragte Marie.

Die beiden Polizisten schauten sie erstaunt an. »Er wird angeklagt und verurteilt. Was sonst?« Fürbringer wirkte jetzt fast ein wenig verärgert – so als müsste er alles mehrmals erklären.

»Wozu wird man ihn verurteilen?«, fragte Marie. Sie klang emotionslos – fast so, als interessierte sie die Antwort nur aus sachlichen Erwägungen.

Fürbringer war das unangenehm. Er zog die Luft durch die Nase und sah Bäsch an. Der Assistent antwortete für ihn: »Wenn wir ihm nachweisen können, dass er Ihr Kind ermordet hat, geht er lebenslänglich ins Gefängnis.«

»Können Sie ihm das nachweisen?«

Fürbringers Antwort kam diesmal überraschend schnell. »Ja.

Wir haben das Verlies gefunden. Dann Ihre Aussage. Die DNA-Spuren. Selbst wenn er vor Gericht leugnet, wird ihm das nicht helfen.«

»Und diese Frau aus dem Osten? Wenn sie ihn wieder entlastet?«

Diesmal antwortete Bäsch. Er tat das ernst und entschlossen. Marie schien es, als wäre er plötzlich erwacht. »Das wird ihm nichts mehr nützen. Diesmal ist es keine Routineüberprüfung. Wir haben die Leiche. Wir haben Spuren. Wir haben sogar das Verlies in seiner alten Wohnung. Diese Lore wird genauso verurteilt werden wie der Haupttäter. Als Mitwisserin oder sogar wegen Beihilfe. In so einem schwerwiegenden Fall bedeutet das ein paar Jahre Gefängnis.«

»Und wenn dieser Kerl ihren Sohn auch tötet?«, fragte Marie weiter.

Bäsch wollte etwas sagen. Doch Fürbringer trat vor und fixierte Marie. »Frau Lieser, wenn sie uns diesmal etwas verschweigen, und es kommt noch ein Kind um, dann …«

Marie hielt seinem Blick stand. »Ja? Und dann?«

Fürbringer knickte ein. Er senkte den Blick und murmelte etwas Unverständliches.

»Ich weiß, wo sich der Entführer aufhält«, sagte sie.

Die drei Männer schwiegen. Marie hatte den Eindruck, dass Robert sie nicht verstanden hatte. Die Polizisten mussten sich erst sammeln. Sie hatte sie überrumpelt.

»Ich habe über *Schüler-VZ* mit dem Jungen Kontakt aufgenommen. Ich habe mit Kevin unter Johanns Mailadresse kommuniziert. Aber vor ein paar Tagen hat er rausbekommen, dass es nicht Johann ist, mit dem er Mails austauscht.«

Robert musste sich setzen. Er vergrub sein Gesicht in den Händen.

»Mal der Reihe nach!«, sagte Bäsch.

Fürbringer fragte besorgt: »Haben Sie denen mitgeteilt, dass wir die Leiche Ihres Sohnes gefunden haben?«

Marie schüttelte den Kopf. »Das Letzte, was ich geschrieben habe, war eine Warnung an Lore. Ich habe den Jungen gebeten, mit seiner Mutter zu sprechen. Sie muss etwas tun. Damit Kevin nichts passiert. Das war vor zwei Tagen. Es kam bisher keine Antwort.«

Fürbringer wurde laut. »Frau Lieser, das war sehr unvernünftig von Ihnen! Sie hätten uns informieren müssen und ...«

»Ja, ich weiß. Wir haben alle Fehler gemacht. Nur habe ich den höchsten Preis dafür bezahlt.« Marie sah nicht ein, dass sie sich von Fürbringer zurechtweisen lassen sollte. Schließlich war ihr Kind tot. Fürbringer tat nur seine Arbeit. Nach Schema F, wie die Panne bei der Überprüfung von Tom gezeigt hatte. Für ihn und seinen Assistenten stand nichts auf dem Spiel. Der Einzige, der ihr wirklich Vorwürfe machen durfte, war Robert. Aber der saß immer noch stumm da und verdeckte sein Gesicht.

Marie nahm einen Anlauf. Dann stand ihr Entschluss fest. Sie wollte die Karten auf den Tisch legen. »Sie wohnen in München. Der Junge geht auf die Peter-Rosegger-Realschule. In die 7. Klasse. Ich nehme an, das genügt, um herauszufinden, wo sich der Mörder meines Sohnes aufhält.«

Bäsch verließ den Raum. Marie hörte, dass er im Flur telefonierte.

Fürbringer legte Robert die Hand auf die Schulter. Als der aber nicht einmal aufschaute, nickte der alte Kommissar Marie nur zu und ging.

Bäsch streckte noch mal den Kopf zur Tür herein und vergewisserte sich. »Die Peter-Rosegger-Realschule? In die 7. Klasse?«

»Ja«, antwortete Marie geduldig. Bäsch verschwand wieder.

Marie hörte, wie die beiden Polizisten aufgeregt redend zu ihrem Wagen liefen. Dann rasten sie davon.

Marie fand, dass sie Robert trösten sollte. Sie setzte sich neben ihn.

Nach einer Weile schaute er auf. Es schien ihr, als überraschte es ihn, dass die beiden Polizisten nicht mehr da waren.

»Ich dachte die ganze Zeit, vielleicht ist Johann noch am Leben«, begann sie.

»Ja, ich weiß«, sagte Robert. Er stand auf und ließ sie allein.

Es dauerte nicht einmal drei Stunden, bis Fürbringer und Bäsch zurückkehrten.

Es war für ihre Kollegen kein Kunststück gewesen, die Adresse des Siebtklässlers zu ermitteln, der erst kürzlich in die Münchner Peter-Rosegger-Realschule gekommen war und Kevin hieß. Ein SEK der bayrischen Polizei hatte anschließend die Wohnung, die der Freund mit Lore und dem Jungen bewohnte, gestürmt.

»Und?«, fragte Marie.

Fürbringer schwieg. Marie wusste, was das hieß: Der Freund war ausgeflogen.

»Sie haben nur ein paar Möbel zurückgelassen. Wir konnten feststellen, dass die Familie schon vor zwei bis drei Tagen die Wohnung verlassen hat.«

Vor zwei bis drei Tagen. Also kurz nachdem Marie sich Kevin zu erkennen gegeben und ihm eingeschärft hatte, seine Mutter vor dem Freund zu warnen.

Es war das eingetreten, was Marie befürchtet hatte: Kevin hatte sich Lore anvertraut. Und Lore war mit dem, was sie von Kevin wusste, zu dem Freund gegangen. Der hatte – wie letztes Mal –

sofort alle Zelte abgebrochen und war mit Kind und Kegel weitergezogen.

Er war ihnen wieder entwischt.

»Wir hätten eine Chance gehabt, wenn er nicht gewarnt worden wäre«, sagte Bäsch.

Allen war klar, was er meinte: Wenn Marie sich Kevin nicht offenbart und die Polizei rechtzeitig informiert hätte, säße der Freund jetzt hinter Schloss und Riegel.

Er hatte recht. Aber Marie konnte sich dennoch nicht verkneifen, Fürbringer und Bäsch darauf hinzuweisen, dass sie nur durch ihre Suche über *Schüler-VZ* überhaupt wussten, dass der Freund sich in München verborgen gehalten hatte.

»Darauf wären wir auch gekommen, wenn Sie uns von der *Schüler-VZ*-Sache erzählt hätten«, entgegnete Bäsch trotzig.

Fürbringer schwieg. Marie hatte den Eindruck, dass das sein Abschiedsbesuch war. Die Leiche des entführten Kindes war gefunden, der Täter war zwar wieder entwischt, doch sie würden weiter nach ihm suchen. Aber Marie und Robert hatten damit nichts mehr zu tun.

Bäsch schien erleichtert darüber zu sein, in Zukunft seine Arbeit tun zu können, ohne Rücksicht auf Marie nehmen zu müssen. Fürbringer aber fiel der Abschied schwer. Er drückte Marie lange die Hand. Seine Augen waren glasig – entweder war er einfach schon zu alt und zu schwach für diese Arbeit, oder aber es ging ihm so nahe, dass ihm die Tränen in die Augen schossen.

Zu Robert sagten sie gar nichts. Sie drückten ihm die Hand und nickten ihm zu. Es war offensichtlich, dass er ihnen leidtat. Nicht nur, weil er sein einziges Kind verloren hatte. Auch, weil er mit einer Frau wie Marie geschlagen war.

Marie brachte die beiden hinaus. Robert rührte sich nicht.

Fürbringer blieb in der Tür stehen. Es schien so, als wollte er noch etwas sagen.

Marie wusste, dass Fürbringer nicht beabsichtigte, sie zu trösten. Es gab nichts, was sie trösten konnte. Erst recht nichts von Fürbringer.

»Ich weiß nicht, ob wir ihn noch kriegen«, begann er. »Nur – wenn wir ihn kriegen, dann werden seine Anwälte groß und breit auswalzen, dass er sich mit Ihnen in Verbindung gesetzt hat, weil Sie ihm leidtaten. Dass er das Risiko eingegangen ist. Und das wird die Richter milde stimmen. Dann werden sie ihn in die Psychiatrie schicken. Und wissen Sie, was die dann mit dem machen?«

Marie wusste es nicht.

»Sie werden ihn zu therapieren versuchen. Aber solche Leute sind nicht zu therapieren. Entweder sie wollen es selbst nicht, oder sie wollen es und schaffen es nicht. Dieser Kerl ist gerissen. Er wird das Spiel der Psychiater und Gutachter mitspielen. Und irgendwann wird sich jemand finden, ein Psychiater, der sich alles über die Traumata seiner Kindheit angehört hat. Dieser Psychiater wird glauben, er versteht, woher das Böse kommt. Das Böse kommt vom Bösen. Deshalb ist das Böse auch nicht schuld daran, dass es böse ist. Niemand kann etwas dafür. Es ist einfach da – das Böse. Der Psychiater wird ein kluges Gutachten schreiben und alles auf etwas anderes zurückführen. Dann ist es so weit: Sie werden ihn in den offenen Vollzug entlassen. Wenn er sich anständig aufführt, ist er dann so gut wie frei. Und dann ist das nächste Kind fällig.«

Marie konnte nicht schlucken. Ihr Hals war trocken wie Sand. »Warum … warum sagen Sie mir das?«

»Damit Sie wissen, wie es läuft. Vielleicht auch ein bisschen, damit Sie wissen, dass Sie nichts verhindert hätten, wenn Sie sich anders verhalten hätten. Bäsch hat mit einem recht: Sie hätten uns informieren müssen. Aber so schrecklich es klingt: Ihren Sohn hätten wir dann auch nicht mehr retten können.« Er schüttelte den Kopf. »Ach was, ich weiß es selbst nicht.«

Bäsch hupte. Marie hasste ihn dafür. Und sie fand, dass Fürbringer seinem Assistenten ein respektvolleres Benehmen beibringen sollte.

Fürbringer ging langsam zu seinem Wagen. Er stieg ein. Sie fuhren davon.

13

Marie löschte das Konto von Johann bei *Schüler-VZ*. Sie begann Sachen, die nicht mehr benötigt wurden, aus dem Zimmer ihres toten Jungen zu räumen. Sie wollte keinen Altar in ihrem Haus. Irgendwann, wenn sie die Kraft dazu aufbrachte, würde sie Johanns Zimmer ganz auflösen und sich ein Arbeitszimmer einrichten. Robert hatte schließlich auch ein Büro im Haus – warum sollte sie das nicht ebenso für sich beanspruchen?

Kinder würden sie nicht mehr bekommen.

Nicht weil Marie zu alt dafür gewesen wäre. Nein, sie wollte sich nicht noch einmal in diese Gefahr begeben. Ein Kind gebären, es großziehen, es lieben und es dann eines Abends verlieren. Weil wieder ein Freund durch die Gegend fuhr und ein Opfer suchte.

Marie würde in ihrem Leben nichts mehr riskieren.

Nie mehr würde sie sich diese Blöße geben. Nie mehr würde sie so lieben, dass ihr der Verlust das Herz brach. So etwas erträgt ein Mensch nur ein Mal, sagte sie sich, ein zweites Mal würde ich nicht überleben.

Mit Robert sprach sie nicht darüber. Aber das erübrigte sich auch. Sie waren zu weit voneinander entfernt, als dass sie sich hätten vorstellen können, wieder ein Kind haben zu wollen.

Zudem sprachen sie nur noch das Nötigste. Sie waren sich nicht gram. Sie hassten einander nicht. Marie glaubte sogar, dass Robert ihr vieles verziehen hatte, was sie nach der Entführung von Johann getan hatte. Es war über ihre Kräfte gegangen – die Entführung, die lange Suche, das Warten und dann die späte Gewissheit, dass Johann tot war, dass er seit Monaten in einem verwilderten Waldstück unter dem Geäst morscher Bäume lag und verweste, während sie jede Nacht weinten und seine Rückkehr herbeisehnten.

Sie hatten einfach alle Hände voll damit zu tun, wieder auf die Beine zu kommen. Jeder für sich allein. Sie machten Fortschritte. Aber sie hatten keinen Blick für etwas anderes. Es legte sich ein Schleier über das Haus. Es wurde zu einem Totenhaus – auch wenn weder sie noch Robert ihre Trauer zelebrierten. Aber der Tod eines Kindes ist ein so einschneidendes Ereignis, dass es keinen Platz mehr gibt für etwas anderes.

So lebten sie weiter. Sie waren nicht glücklich und würden es nie wieder werden. Marie fand, dass man auch damit fertig wurde, wenn man sich dessen erst einmal bewusst war. Es war sogar einfacher geworden. Sie quälte sich nicht mehr. Sie machte sich keine Vorwürfe mehr. Sie hatte nicht einmal etwas Substanzielles gegen Robert vorzubringen.

Es war wie in einem Garten, in dem nichts mehr wuchs.

Irgendwann sagte Robert: »Jetzt bleibt ihm nichts mehr anderes übrig.«

Marie wusste, dass er von Tom sprach, aber sie verstand nicht gleich, was er meinte.

»Er wird den Jungen loswerden müssen. Da er ihn nicht aussetzen kann, ohne dass Kevin ihn verrät, wird er ihn töten.«

Marie konnte es nicht fassen. Wieso konnte Robert so gelassen darüber reden, dass der Freund bald das zweite Kind umbringen würde – nach Johann?

Robert seufzte nur und verließ das Zimmer. Wie immer.

14

An diesem Tag hatte Marie länger gearbeitet. Sie engagierte sich jetzt stärker im Verpackungsmittelbetrieb. Sie hatte sich sogar für eine Fortbildung im Steuerrecht angemeldet. Ihr Chef hatte das befürwortet, und nun machte sie regelmäßig Überstunden, um ihre zweiwöchige Abwesenheit vorzubereiten.

Es war anstrengend. Aber Marie genoss es, viel zu tun zu haben. Sie wollte sich von der trüben Stimmung zu Hause ablenken. Vielleicht würde sie ja, wenn sie sich ins Zeug legte, eine bessere Arbeit bekommen und mehr verdienen. Dann würde sie sich von Robert trennen.

Marie wusste, dass es eigentlich nicht richtig war, diese Entscheidung von ihrer finanziellen Lage abhängig zu machen. Aber es war für sie wie ein Gottesurteil: Sollte ihr der berufliche Aufstieg gelingen, dann bedeutete das grünes Licht für die Trennung.

Sie hatte auf dem Heimweg noch schnell eingekauft und stand nun in der Küche, um Bratkartoffeln mit Leber zu machen. Robert aß dieses Essen gern, und ihr machte es nichts aus. Sie aß fast alles – gleich gern oder ungern.

Als sie die Zwiebeln schälte, schossen ihr Tränen in die Augen. Sie riss ein Stück Küchenrolle ab und versuchte sich die Augen trocken zu tupfen. Irgendwie war Zwiebelsaft an das Zellstofftuch gekommen, und es wurde noch schlimmer. So konnte sie auch nicht erkennen, welches Auto da vor ihrer Einfahrt hielt.

Aber sie sah, dass jemand auf der Beifahrerseite ausstieg und zur Einfahrt ging.

Als es klingelte, wusch Marie sich unter dem Wasserhahn der Spüle die Augen aus.

Robert schien nichts gehört zu haben.

Marie trocknete sich das Gesicht mit dem Geschirrtuch ab und ging hinaus.

Es war eine Frau. Dünn. Eingefallen.

Marie brauchte eine Weile, bis sie sie erkannte.

Es war Lore – die Frau von Tom. Kevins Mutter.

»Darf ich reinkommen?«, fragte Lore scheu. Ihre Miene war starr.

Marie fühlte sich überrumpelt. Verdattert trat sie zur Seite.

Lore stand verlegen im Flur. Marie ging an ihr vorbei und öffnete die Küchentür. Lore folgte ihr. Marie bot ihr Platz an. Lore setzte sich an den Küchentisch. Sie behielt ihren dünnen, hellgrauen Trenchcoat an. Sie wirkte übernächtigt.

Marie ging zur Spüle und wusch sich die Hände. Sie wusste nicht recht, warum. Vielleicht weil sie fürchtete, sie könnte sich noch mal Reste des Zwiebelsafts in die Augen reiben.

Sie schaute auf die Straße. Der Wagen, mit dem Lore gekommen war, war weg.

Hatte der Freund sie hergefahren? Wieso war er verschwunden? Würde er sie nachher wieder abholen? Marie überlegte, wie sie es anstellen konnte, an ein Telefon zu gelangen und die Polizei zu alarmieren, ohne dass Lore das mitbekam. Wenn es schnell ging, waren sie in fünf bis zehn Minuten hier. Aber sie musste ihnen sagen, dass sie nicht vor dem Haus parken durften, damit der Freund nicht gewarnt wurde.

»Kevin ist weg«, sagte Lore.

Marie schwieg.

»Er ist seit einer Woche verschwunden«, fuhr Lore fort. Sie zupfte am Saum ihres Mantels.

»Warst du bei der Polizei?«, fragte Marie.

Lore schüttelte den Kopf und schaute auf ihren Mantelsaum.

»Und warum nicht?«

Lore kamen die Tränen. Doch das ließ Marie ihr nicht durchgehen. Sie stemmte die Arme in die Hüften und trat vor sie hin. »Was willst du hier? Was fällt dir ein hierherzukommen?!«

Lore schaute auf. Ihre Augen waren grau und ohne Kraft. »Jetzt geht es mir wie dir. Mein Kind ist auch verschwunden.«

Marie wollte auf keinen Fall weinen. Nicht in Gegenwart dieser Frau. »Was ist mit … Tom?«

Lore zog ein zerknülltes Taschentuch aus der Manteltasche und schnäuzte die Nase. Sie verzog den Mund. »Er ist auch weg. Er hat Kevin mitgenommen.«

Marie konnte es nicht fassen: nicht nur, dass diese Frau ihr Kind derart in Gefahr gebracht hatte. Jetzt saß sie auch noch in ihrer Küche, heulte Rotz und Wasser und erwartete von ihr, dass sie ihr half.

»Ich kann nicht zur Polizei gehen. Die würden sofort eine Hetzjagd auf Tom veranstalten. Wenn sie ihn in die Enge treiben, weiß er nicht mehr, was er tut.« Sie heulte wieder los.

»Der hat Kevin längst umgebracht!«, fuhr Marie sie an.

Lore hörte schlagartig auf zu weinen. Sie dachte nach. Dann

sagte sie – fast überrascht: »Er liebt den Jungen. Da kann er doch nicht …«

»Er hat Johann auch geliebt. Das hat er mir sogar gesagt. Er hat ihn getötet und in einem Wald im Unterholz abgelegt. Wie Müll. Das macht dein Tom mit den Kindern, die er liebt.«

»Das glaube ich nicht, das war nicht Tom. Der könnte so etwas gar nicht«, sagte Lore tonlos. Doch nur eine Sekunde später flehte sie: »Marie, bitte, hilf mir!«

Marie nahm sich einen Stuhl und setzte sich zu ihr. »Wie stellst du dir das vor? Was soll ich denn tun, damit du dein Kind wiederbekommst? Überhaupt: Warum sollte ich dir helfen? Hast du Tom nicht gedeckt? Hast du ihm damals nicht ein Alibi verschafft, als sie ihn überprüft haben?«

»Weil er mir gesagt hat, ein Konkurrent will ihm was anhängen. Es ging um unsaubere Geschäfte, in die er hineingezogen worden war.« Lore schaute Marie mit großen Augen an. »Ich weiß nicht mehr weiter. Verstehst du das nicht? Ich habe sonst niemanden – nur dich. Du bist meine einzige Freundin, Marie. Und dir ist es doch genauso ergangen wie mir. Wir beide, wir sitzen im selben Boot.«

Marie stand auf. Sie ging zur Küchentür und schloss ab. Den Schlüssel steckte sie in die Tasche ihrer Schürze. Dann ging sie zum Schrank und nahm das Telefon. Sie suchte in der Schublade den Zettel mit Fürbringers Handynummer. Er lag oben.

»Was tust du da?« Lore sprang auf.

»Wie bist du hergekommen?«

»Ich habe den Zug genommen«, antwortete Lore hastig. »Vom Bahnhof aus mit dem Taxi.«

»Hat er dir Geld gelassen?«

Sie schüttelte den Kopf. »Ich habe nur den Rest der Haushaltskasse. Jetzt noch 45 Euro. Und meine EC-Karte.« Lore trat heran. Sie legte ihre Hand auf Maries Arm. »Tu das nicht!«

Marie wählte Fürbringers Handynummer.

Lore wollte hinaus. Jetzt erst bemerkte sie, dass die Tür abgeschlossen war. Sie rüttelte an der Klinke.

Marie tastete nach dem Schlüssel in ihrer Tasche. Sie beachtete Lore nicht mehr. Sie wartete darauf, dass Fürbringer sich meldete.

»Hallo.«

Das war nicht Fürbringers Stimme. Aber sie hatte doch seine Handynummer gewählt.

»Wer ist da?«, fragte sie vorsichtig.

»Und wer will das wissen?«

»Marie Lieser. Ich bin die Mutter von …«

»Ich weiß«, sagte die Stimme. »Wir kennen uns doch. Hier ist Hauptkommissar Bäsch.«

Bäsch? Hauptkommissar?

»Ich wollte eigentlich mit Herrn Fürbringer sprechen.«

»Der ist nicht da«, antwortete Bäsch knapp.

»Aber ich habe doch seine Handynummer gewählt.«

»So, haben Sie? Was wollen Sie denn?«

»Das ist die Privatnummer von Fürbringer, oder?«

Lore hatte sich wieder an den Tisch gesetzt. Sie stützte den Kopf auf die Unterarme. Sie machte einen erbärmlichen Eindruck.

»Das ist ein Diensthandy, Frau Lieser. Ich habe wenig Zeit. Wollen Sie mir nicht endlich erklären, was los ist?« Bäsch klang, als würde er jeden Moment auflegen.

»Können Sie mir sagen, wie ich Hauptkommissar Fürbringer erreiche?«

»Gar nicht. Fürbringer ist nicht mehr hier. Er ist jetzt im Ruhestand. Ich bin sein Nachfolger. Also müssen Sie mit mir vorliebnehmen.«

Fürbringer war weg, und Bäsch war jetzt der Chef. Aber Marie musste mit Fürbringer sprechen. An diesen Bäsch konnte sie Lore nicht ausliefern. Der würde Kevin nicht retten können.

»Haben Sie Fürbringers Privatnummer?«, fragte sie.

Bäsch wurde noch lauter. »Wir geben Privatnummern von Kollegen prinzipiell niemals heraus. Es würde Ihnen auch nichts nützen. Soweit ich weiß, ist Kollege Fürbringer krank und bettlägrig. Und für Sie bin jetzt ich zuständig. Gibt es etwas, was Sie mir sagen wollten?«

»Ich wollte mich bloß erkundigen. Ob es was Neues gibt«, log Marie.

»Nein, nichts.« Dann etwas verhaltener: »Tut mir leid!«

Marie wollte dieses Gespräch schnell beenden. Sie verabschiedete sich und legte auf. Bäsch schien erleichtert zu sein.

Marie setzte sich wieder zu Lore an den Tisch.

»Danke«, sagte Lore.

»Es war nur der falsche Mann am Telefon. Ansonsten hat sich nichts geändert. Ich kann dir nicht helfen.«

Lore griff nach ihrer Hand. Marie zog sie weg. Sie wollte mit dieser Frau nichts zu tun haben. Sie wollte mit ihrem Schmerz nichts zu tun haben. Marie hatte Angst, dass alles wieder von Neuem begann, wenn sie sich auf Lore einließ. Dann würde auch sie wieder zu leiden beginnen.

»Immerhin hast du mich nicht verraten«, sagte Lore leise. Es klang etwas kokett. Sie suchte schon wieder nach dem vollgeheulten Taschentuch in ihrer Manteltasche. Als sie es endlich gefunden hatte und umständlich begann, es aufzufalten, war Marie kurz versucht, ihr ein frisches zu holen. Aber sie ließ es.

Marie stand auf. Sie hatte genug. Diese Lore war labil. Sie hatte sich an Tom gehängt und alles für ihn getan – sogar für ihn gelogen. Nun war Tom weg – und Lore hängte sich an Marie. Das würde Marie nicht mitmachen. Sie wollte Lore ein Zeichen geben, dass es für sie Zeit war zu gehen. Doch Lore blieb einfach sitzen und schnäuzte in das nasse Taschentuch.

»Robert wird gleich reinkommen. Er ist im Stall und füttert die Tiere. Kannst du dir vorstellen, was passiert, wenn er dich hier sieht?«

Lore schien einen Moment über diese Frage nachzudenken. Dann seufzte sie und erhob sich. Das Taschentuch legte sie auf Maries Küchentisch. Marie hätte sie in diesem Moment ohrfeigen können.

Doch Lore fiel ihr um den Hals und weinte.

Marie wollte sich losmachen. Lore krallte sich an ihr fest.

Marie dachte daran, wie oft sie so geweint hatte in der Zeit, als es noch Hoffnung gab, dass Johann am Leben sein könnte. Da kamen ihr auch die Tränen, und sie wehrte sich nicht mehr gegen die Umarmung durch Lore.

»Was ist denn hier los?«

Die beiden Frauen ließen voneinander ab. Robert war durch den Wintergarten hereingekommen. Sie hatten ihn nicht kommen hören.

Robert hatte die Nummer schon gewählt.

Marie nahm ihm das Telefon aus der Hand. »Bitte, hör mir einen Moment zu!«

Robert zitterte vor Wut. Aber er ließ ihr das Telefon.

»Ich habe schon angerufen«, erklärte Marie. »Fürbringer ist nicht mehr im Dienst. Bäsch ist jetzt der Chef.«

»Na und?«

»Sie hat womöglich ihr Kind verloren – so wie wir Johann verloren haben. Durch Tom.«

»Sie hat ihr Kind diesem Kerl vor die Füße gelegt, Marie!« Robert war außer sich. Und Marie verstand ihn sogar. Sie schaute zu Lore hinüber. Die saß immer noch am Tisch, verheult und am Ende ihrer Kräfte.

Marie fasste Roberts Hemdsärmel. »Wir sollten draußen weiterreden«, sagte sie leise. Widerwillig gab er nach. Er folgte ihr nach draußen. Marie schloss die Hintertür. Sie wollte nicht, dass Lore mitbekam, was sie Robert zu sagen hatte.

»Lass uns versuchen, Fürbringer zu erreichen!«, bat sie ihn.

Robert schaute über die kahlen Wiesen. »Was macht das für einen Unterschied?«

»Fürbringer kennt den Fall besser. Er wird keine Fehler machen. Bäsch ist ein Heißsporn. Ihm geht es nur darum, Lore als seine Beute vorführen zu können.«

Robert streckte den Arm in Richtung Küche aus. »Hast du etwa Mitleid mit dieser Kuh?«

Nein, das hatte Marie nicht. Es war etwas anderes. Sie wollte diesmal nichts falsch machen, nachdem sie schon so viele Fehler gemacht hatte. »Robert, ich will, dass dieser Tom endlich gefunden und bestraft wird.«

»Sie werden ihn finden. Und er wird genauso bestraft wie diese Lore, die ihn gedeckt hat.«

Marie ballte die Fäuste. Sie wusste, dass Robert recht hatte. Aber es gab etwas, was sie daran hinderte, Bäsch zu rufen. Nur – wie konnte sie dieses starke Gefühl Robert verständlich machen?

»Du hast doch auch Vertrauen zu Fürbringer gehabt, oder?«, fragte sie.

Ein Motor heulte auf. Ganz in ihrer Nähe. Jemand drückte ungeschickt das Gaspedal durch.

Robert drehte sich um und schaute um die Hausecke.

Der Schlüssel. Marie tastete nach dem Schlüssel der Küchentür. Er steckte noch in der Außentasche ihrer Schürze.

Robert rannte los. Um das Haus herum.

Marie folgte ihm. Das Küchenfenster stand weit offen. Ein Blumentopf war zerbrochen, die schwarze Blumenerde war über den Rasen verstreut.

Lore saß am Steuer des Autos, von dem Robert glaubte, es sei das seine. Sie raste rückwärts aus der Einfahrt.

»Das Tor!« Robert riss die Arme hoch.

Plötzlich waren die Dackel da. Ludwig und Erhard wieselten um Roberts Beine. Er kam ins Stolpern.

In diesem Moment gab es einen Knall. Ein Stück Holz flog hoch und schlug krachend auf dem Asphalt der Straße auf. Lore hatte mit dem Wagen das Gartentor durchbrochen.

Robert trat nach den Dackeln. Sie beschwerten sich winselnd und rannten zu Marie, bei der sie Beistand suchten. Marie stieg über sie, ohne sie zu berühren.

Lore fuhr die Mülltonne um. Dann stand sie. Sie schien Probleme mit dem Vorwärtsgang zu haben.

Robert sprang über den Jägerzaun. Marie hätte ihm das nicht zugetraut.

Wieder heulte der Motor auf.

Auch Marie rannte los. Sie rannte zur Einfahrt. Das Gartentor lag zerbrochen auf dem Gehweg. Die Reifen hatten eine Fahrspur in die dünnen Holzverstrebungen gefräst. Marie stieg über das Tor.

Robert riss die Beifahrertür auf. Marie hörte, dass er Lore anschrie. Sie sah durch die Windschutzscheibe, wie Robert nach Lores Schulter griff. Es fehlten nur noch wenige Zentimeter.

In diesem Moment knarrte das Getriebe. Gleichzeitig gab Lore Gas. Der Wagen machte einen Sprung nach vorn, Robert wurde herausgeschleudert. Er fiel rückwärts auf den Bürgersteig.

Marie lief auf die Fahrbahn und stellte sich dem Wagen in den Weg.

Sie sah Lores Gesicht hinter der Scheibe. Lore war bleich und biss sich auf die Unterlippe.

Marie wusste, dass Lore sie nicht umfahren würde. Sie hoffte es zumindest.

Dann stand der Wagen. Nur einen halben Meter vor Marie.

Sie ging um die Kühlerhaube herum.

Robert rappelte sich auf. Er schien nicht verletzt zu sein, wirkte aber noch benommen.

Marie beugte sich in den Wagen. »Steig aus! Sofort!«, fuhr sie Lore an.

Lore umklammerte mit beiden Händen das Lenkrad, sie schaute stur geradeaus.

»Hörst du nicht? Aussteigen!«

Lore rührte sich nicht. Doch Marie bemerkte eine leichte Bewegung von Lores rechtem Knie. Sie wollte Gas geben.

Marie stieg ein und griff nach dem Zündschlüssel.

Da trat Lore das Gaspedal durch und ließ die Kupplung kommen. Das Auto fuhr so scharf an, dass Marie in den Sitz gepresst wurde. Sie verlor die Herrschaft über ihren Körper, die Luft blieb ihr weg. Die Tür schlug zu.

Der Wagen raste quer über die Straße. Kurz vor der großen Kastanie riss Lore das Steuer herum. Sie kamen ins Schleudern. Marie wurde hin- und hergeworfen.

Lore fing das schlingernde Auto erst am Ende der Straße wieder. »Schnall dich an!«, sagte sie zu Marie.

Marie tat es.

»Wo willst du hin?«, fragte sie.

»Das weißt du doch«, sagte Lore. »Ich suche mein Kind.«

Lore hielt an der Kreuzung und wartete, bis sie sich in den fließenden Verkehr der Bubacher Hauptstraße einordnen konnte.

Das war die Chance für Marie. Sie hätte den Gurt lösen und einfach aussteigen können. Lore hätte sie nicht halten können. Und Gas geben konnte sie auch nicht. Dann wäre sie in die Autos gerast, die auf der Hauptstraße fuhren.

Doch Marie blieb sitzen.

Lore bot ihr eine letzte Chance, den Mann zu finden, der Johann getötet hatte.

Nun dachte sie wieder daran, was Bäsch damals zu ihr gesagt hatte.

Wenn Sie uns gegenüber ehrlich gewesen wären, hätten wir ihn geschnappt. Vielleicht hätten wir dann auch eine Chance gehabt, Ihren Sohn zu retten.

Diese beiden Sätze spukten ihr seit Monaten im Kopf herum.

»Dann erzähl mal«, sagte Marie, als sie Bubach schon eine Weile hinter sich gelassen hatten.

Lore drehte den Kopf. »Was denn?«

»Alles. Von Anfang an.«

15

Marie hatte nichts dabei, nicht mal eine Jacke. Zum Glück trug Lore unter dem Mantel eine Weste. Sie lachte, als sie sie auszog und Marie reichte.

Lore roch nach Schweiß. Sie trug nur ein T-Shirt. Ihre Arme waren weiß und dünn. Marie konnte nirgendwo einen blauen Fleck oder etwas Ähnliches feststellen. Sie hatte damit gerechnet, dass der Freund Lore geschlagen hatte. Vielleicht hatte sie es auch gehofft. Es hätte alles einfacher gemacht.

Lore vertraute Marie. Sie stieg aus und ließ den Schlüssel stecken. Als sie nach dem Tanken zum Bezahlen in die Tankstelle ging, schaute sie sich nicht einmal nach Marie um.

Marie nahm sich den Euro, der für den Einkaufswagen in der Ablage klemmte, und zog den Schlüssel aus dem Zündschloss. Sie suchte nach einer Telefonzelle. Es gab keine.

Marie betrat die Tankstelle.

Lore stand an der Kasse. Sie drehte ihr den Rücken zu.

An der Wand neben den Toiletten hing ein Fernsprecher. Marie durchquerte den Laden. Sie hatte Glück: Man konnte noch mit Münzen telefonieren. Sie steckte den Euro in den Schlitz, nahm den Hörer ab und wählte. Dabei warf sie einen Blick zur Kasse. Lore hatte Probleme mit dem Lesegerät für ihre EC-Karte.

Es läutete. Einmal. Zweimal. Dreimal.

Dann meldete sich eine Stimme, sie klang benommen. Marie sagte ihren Namen.

»Wo bist du?«

»Wir tanken gerade. Hast du die Polizei angerufen?«

Robert zögerte. Dann sagte er: »Noch nicht.« Marie wusste, dass er log.

»Sie tut mir nichts«, erklärte Marie.

Robert lachte bitter. »Hast du dich jetzt mit ihr zusammengetan?«

»Vielleicht weiß sie etwas darüber, wie das mit Johann war.«

Robert wurde wütend. »Was soll gewesen sein? Er hat ihn umgebracht. Oder zweifelst du immer noch daran?«

»Nein.«

»Also was willst du? Komm nach Hause!«

Marie schwieg.

»Was ist mit dem Wagen?«, fragte Robert lauernd.

»Der ist in Ordnung. Ich bringe ihn dir heil zurück. Versprochen!«

Marie wusste nicht, warum sie bei Robert um Verständnis warb. Er hatte sie doch schon einmal an die Polizei verraten. Und nun belog er sie auch noch.

»Marie, komm nach Hause!«, sagte er streng. Er flehte nicht, er bat nicht. Er befahl es ihr.

Marie legte auf.

Als sie sich umdrehte, stand Lore hinter ihr.

Die Autopapiere hatte Robert immer im Handschuhfach liegen. Er war sonst pedantisch, aber davon ließ er sich nicht abbringen.

Wenn die Polizei sie wirklich anhielt – was Marie nicht glaubte, denn sie sperrten doch keine Autobahn wegen eines Wagendiebstahls –, dann konnte sie den Beamten versichern, dass sie mit Lore eine Reise machte, freiwillig und mit dem Wissen ihres Mannes, den sie soeben angerufen hatte. Dagegen konnte keiner was sagen.

Irgendwann fing Lore an zu reden.

Sie weinte, wenn sie über ihren Sohn sprach. Wenn sie über

den Freund sprach, bemühte sie sich, sachlich zu klingen, was ihr allerdings nicht gelang.

Marie verstand schnell, dass Lore Tom geliebt hatte, dass sie ihn vielleicht immer noch liebte. Er hatte sie aus der Enge herausgeholt, in der sie bei ihren Eltern mit Kevin lebte. Er hatte ihnen ein neues Zuhause gegeben. Er hatte sich Lore gegenüber mustergültig verhalten – sah man mal von seinen häufigen Migräneanfällen ab. Aber auch dann hatte er sich zurückgezogen, anstatt Lore oder gar den Jungen darunter leiden zu lassen, dass es ihm schlecht ging.

»Tom ist ein Mensch, wie ich ihn noch nicht getroffen habe«, sagte Lore und bemühte sich, ihrer Stimme eine Sachlichkeit zu verleihen, die es Marie erleichterte, ihr zu glauben. »Er hat sich für uns aufgerieben. Für mich und für Kevin. Kevin war nie nur ein Anhängsel von mir. Er war ihm ebenso wichtig wie ich. Er liebt ihn.« Lore schien zu bemerken, dass das bei Marie anders ankam, als sie es beabsichtigt hatte. Sie machte eine Pause.

»Er hat viel gearbeitet. Dieser Vertreterjob war kein Zuckerschlecken. Er musste sich ganz schön abrackern. Firmen sind andere Kunden als Privatleute. Sie zahlen zwar mehr, verlangen aber auch mehr. Deshalb zögern sie auch nicht, dich am Wochenende oder nachts in Anspruch zu nehmen.«

Marie fiel ein, dass Lore ihr das schon einmal erzählt hatte. Da hatte es anders geklungen: wie eine nicht ganz glaubhafte Erklärung dafür, dass Tom oft für Tage verschwand. »Dieser Mann hat mein Kind getötet. Sie haben Johanns Leiche gefunden.«

Doch Lore blieb unbeirrt. »Du täuschst dich, Marie. Tom kann keinem Kind etwas zuleide tun. Er ist immer freundlich und interessiert sich für die Sorgen der anderen. Auch wenn es ihm schlecht geht. Und es ging ihm oft schlecht. Diese Migräne – er nannte es Migräne, es ist nie festgestellt worden, was es eigentlich ist – macht ihm das Leben zur Hölle. Aber er reißt sich zusammen, soweit ihm das möglich ist. Es gab niemals auch nur ein böses Wort – vor allem nicht Kevin gegenüber.«

Marie hätte dazu gerne etwas angemerkt, aber sie schwieg. Sie wollte, dass Lore weitererzählte.

»Ich traue Tom nichts Böses zu. Jedem anderen. Aber nicht Tom. Du müsstest erleben, wie er auf Kevin eingeht.« Lore strahlte schon wieder. Wenn sie über Tom sprach, schien sie völlig zu vergessen, dass er mit ihrem Sohn verschwunden war. »Ich meine, dir muss ich nicht erzählen, wie nervig Jungen in dem Alter sein können.«

»Nein, das musst du nicht«, sagte Marie tonlos.

Nun schwieg Lore. Nach einer Weile seufzte sie. Dann fuhr sie fort: »Er fühlt sich sehr zu Kindern hingezogen.« Sie betonte jedes Wort. Wie bei einem Diktat in der Grundschule. »Das ist ja erst einmal nichts Schlechtes. Die meisten Männer betrachten Kinder nur als notwendiges Übel. Aber Tom – der ist vernarrt in Kinder. Er sagt immer: Sie sind die besseren Menschen. Sie sind das Gute in uns. Kinder sind Menschen, wie sie geschaffen wurden. Noch ohne all die späteren Verletzungen. Sie sind offen, neugierig, hilfsbedürftig, gutmütig. Ich habe das früher nie so gesehen. Um ehrlich zu sein: Ich liebe meinen Kevin. Aber andere Kinder haben mich wenig interessiert. Ich glaube, das ist bei den meisten Müttern so.«

Das redest du dir ein, wie so vieles, dachte Marie.

»Tom aber hat alle Kinder in sein Herz geschlossen. Er meinte einmal, er erträgt die meisten Erwachsenen nur, wenn er sich immer wieder sagt: Sie waren auch mal Kinder. Anfangs habe ich das nicht verstanden – aber als ich ihn dann näher kennenlernte …« Lore stockte, sie schien nach Worten zu suchen. »Tom ist ja selbst wie ein Kind … Manchmal, meine ich. Weißt du, ich glaube, er hatte eine furchtbare Kindheit. Er redet nicht darüber. Aber er hält es nicht aus, dass es einem Kind schlecht geht. Er vergöttert Kinder. Er will sie schützen. Vor den Erwachsenen. Er möchte, dass die Kinder so bleiben, wie sie sind. So arglos. So freundlich. Und … liebenswert.«

»Liebenswert?«, fragte Marie bitter. Doch bevor sie fortfahren konnte, sah sie im Rückspiegel ein Polizeifahrzeug, das sich sehr schnell und mit eingeschaltetem Blaulicht näherte. Sie biss sich auf die Unterlippe. Lore schien es gar nicht zu bemerken, Marie aber konnte ihren Blick nicht vom Rückspiegel lassen. Sie atmete erst auf, als der Streifenwagen an ihnen vorbeiraste, ohne seine Geschwindigkeit zu drosseln.

»Als Kevin mir deine Mail zeigte, habe ich zuerst kein Wort geglaubt«, fuhr Lore leiser fort.

Marie wollte fragen, warum ihr nicht schon ein Verdacht gekommen war, als sie plötzlich nach München hatten umziehen müssen. Aber Lore kam ihr zuvor: »Als wir zum ersten Mal – quasi über Nacht – das Haus räumen mussten, war ich mir todsicher, dass ihm Unrecht geschah. Ich habe bis dahin nicht eine Sekunde an Tom gezweifelt. So viel habe ich verstanden: Er war da in eine Sache hineingeraten, die gefährlich für uns werden konnte. Es gab Leute, die ihm Böses wollten. Ist das nicht immer so, wenn einer so treuherzig ist wie Tom?«

»Nein, das ist nicht immer so«, widersprach Marie.

Lore überhörte es. »Es gab Zahlungsrückstände. Es gab einen Pfändungsbeschluss. Tom sagte, wenn man selbständig ist und dann auch noch in dieser Branche, dann kann es schon mal zu Hungerstrecken kommen. Aber er sagte auch: Es wird wieder besser. In München habe ich mehr Ansprechpartner. Ich brauche einfach Luft. Wir müssen hier unsere Zelte abbrechen, bevor sie mich einschnüren und ich nur noch für die Gläubiger arbeiten muss. Kennst du das: »Stand by your man?« Ich habe das immer ernst genommen.«

Marie kannte den alten Song. »Stand by your man.« Die apathisch wirkende junge Frau mit der stählernen Hochfrisur, die vor der Bühnenkulisse einer Südstaatenterrasse dieses Lied sang, äußerlich völlig unberührt, aber mit einer unglaublich klaren und geradezu gläsernen Stimme. »Stand by your man.« Das war kein Gesäusel. Das war ein Appell.

Aber galt das auch für die Frau eines Kindermörders?

»Als ich deine Mail las – da blieb mir erst die Luft weg. Doch dann dachte ich: Und wenn was dran ist? Wenn Tom wirklich was mit dem Verschwinden von diesem Johann zu tun hat? Wir kannten uns doch erst ein paar Monate. Wann kennt man einen Menschen so gut, dass man seine Hand für ihn ins Feuer legen könnte? Ich habe die ganze Nacht kein Auge zugetan. Ich lag wach im Bett und zermarterte mir den Kopf, während Tom neben mir ruhig schlief.«

Lore machte eine Pause. Sie kämpfte mit den Tränen.

»Am nächsten Morgen habe ich mich entschieden, zu Tom zu halten. Er hatte mir bis dahin nicht den geringsten Grund gegeben, an ihm zu zweifeln. Niemals. Er hatte mich und Kevin aufgenommen. Er sorgte für meinen Jungen. Er liebte Kevin sogar, das spürte ich deutlich. Ich meine, er liebte ihn so, wie ein Vater sein Kind liebt. Das gab den Ausschlag. Im Übrigen gab es keinen einzigen Beweis für Toms Schuld. Das waren doch nur haltlose Anschuldigungen. Ehrlich, Marie, würdest du dich von deinem Mann lossagen, wenn Fremde ihn an den Pranger stellen, ohne etwas gegen ihn in der Hand zu haben?«

Marie fragte sich, ob Lore sich nicht entschieden hatte, zu ihm zu halten, weil sie sonst mit ihrem Kind wieder allein dagestanden hätte.

»Ich musste natürlich mit Kevin reden. Der Junge war völlig durcheinander. Er hängt doch auch an Tom. Ich habe versucht, ihn zu beruhigen. Das ist mir auch gelungen. Ich habe Kevin erklärt, dass du sehr verzweifelt bist, weil du dein Kind verloren hast, und dass du deshalb … verrückt geworden bist.« Sie lachte unsicher. »Was hätte ich dem Jungen auch sonst sagen sollen?«

Marie schluckte. »Ja, was hättest du ihm auch sagen sollen?«

Lore schaute nachdenklich aus dem Fenster. »Tom meinte auch, dass du den Verlust deines Kindes nicht verkraftest und deshalb alle Welt verdächtigst. Ich habe ihn gebeten, zur Polizei zu gehen. Aber er erklärte mir, dass das nicht ginge, weil alles gegen ihn spräche und sie ihn sicher in Untersuchungshaft nehmen würden. Tom sagte, wir müssten uns verstecken, bis die Sache sich geklärt hätte. Alle seien gegen uns. Er hat mich und Kevin in einem Motel an der Autobahn abgesetzt. Wir konnten tagelang das Zimmer nicht verlassen. Tom fuhr allein durch die Gegend und suchte nach einer neuen Unterkunft. Er hat dann eine Einliegerwohnung gefunden, in Hessen, am Rand eines Dorfes bei Gießen. Der Eigentümer arbeitete ein halbes Jahr in Dubai. Tom sagte, es ist nur für kurze Zeit.« Dann schwieg Lore.

Marie war müde geworden. Sie bog von der Autobahn ab. Der Parkplatz war vollgeparkt. Lkw-Fahrer aus Bulgarien, Litauen und der Ukraine saßen auf den Bordsteinen, aßen Melonen und spielten Karten. Marie hatte Mühe, eine Lücke zu finden. Als der Wagen endlich eingeparkt war – zwischen zwei riesigen Tanklastzügen, was Marie gar nicht gefiel – gingen die beiden Frauen zusammen zu dem Toilettenhäuschen.

Marie war zuerst fertig, Lore kämmte sich noch umständlich die Haare.

Marie wartete auf sie, dann kehrten sie zum Wagen zurück.

Ein Polizeifahrzeug hielt so hinter Maries Auto, dass die Ausfahrt aus dem Parkplatz versperrt war. Marie ging weiter, als wäre nichts geschehen. Lore aber blieb stehen. Marie spürte, dass sie den Atem anhielt.

»Komm schon!«, sagte Marie leise. »Sie tun uns nichts.«

»Wenn sie mich mitnehmen, suchst du dann allein weiter nach Kevin?«

»Nicht stehen bleiben! Sonst werden sie auf jeden Fall misstrauisch.«

Lore folgte Marie.

Einer der Polizisten war ausgestiegen. Der andere saß am Steuer und hatte die Scheibe heruntergelassen. Er beobachtete die beiden Frauen genau.

»Wer von Ihnen ist die Fahrerin dieses Wagens?«, fragte der Polizist, der ausgestiegen war.

»Das bin ich«, antwortete Marie schnell. »Mein Mann ist der Halter und ich …«

»Steigen Sie ein!«, befahl der Polizist.

Marie blieb trotzig stehen. Lore berührte sie an der Schulter. Sie versteckte sich hinter Marie. Wie ein kleines Mädchen. Eine absurde Situation.

»Warum soll ich einsteigen?«

Der Polizist war angespannt, das spürte Marie sofort. »Weil ich es Ihnen sage!« Er nickte hinüber zu seinem Kollegen am Steuer des Streifenwagens. Der verzog das Gesicht, als hätte er etwas Schlechtes gegessen.

»Was wollen Sie von uns?«, fragte Marie. Es klang blechern.

Der Polizist kam mit gesenktem Kinn auf sie zu. »Sie wissen nicht, warum ich hier stehe und auf Sie warte?«

Lore atmete ihr ins Genick. »Nein, das weiß ich nicht.«

Marie spürte ihren Herzschlag. Wie ein Rhythmusgerät hämmerte er ihr Respekt ein. Sie hatte Angst vor diesem Polizisten. Aber sie wusste auch, dass er sie und Lore nicht einfach mitnehmen konnte. Egal, was Bäsch angeordnet hatte, nachdem Robert ihn informiert hatte.

Der Polizist wippte auf den Zehenspitzen. Maries Renitenz schien seine Geduld zu überfordern. »Dann erteile ich Ihnen jetzt einen Crashkurs in Sachen Verkehrsrecht.«

»Verkehrsrecht?«

Der Polizist kam ihr so nahe, dass sie seinen Mundgeruch wahrnahm. Er packte ihren Ärmel und zog sie weg. Marie fand das unverschämt. Aber sie hatte das Gefühl, dass es nicht die Einleitung einer Festnahme war, sondern bloß eine hilflose Geste. Am Anfang der Parkbucht blieb er stehen und zeigte mit ausgestrecktem Arm auf ein schwarz-weißes Schild. »Wissen Sie, was dieses Schild bedeutet?«

Es zeigte einen Lkw.

»Lkw-Parkplatz?«

»Genau. Und Sie? Fahren Sie einen Lkw?«

»Nein. Aber da nirgendwo Platz war …«

Der Polizist wurde rot, seine Stimme knirschte. »Junge Frau, Sie sehn doch, was hier los ist! Die schweren Laster stehen sich gegenseitig im Weg. Und Sie besetzen mit Ihrem Pkw auch noch einen der für die Brummis vorgesehenen Plätze. Wenn sich ein Rückstau auf die Autobahn bildet, dann …«

»Entschuldigen Sie, bitte!« Marie hätte ihn umarmen können.

Er schaute sie ungläubig an. »Dann fahren Sie endlich hier weg!«

»Mache ich sofort.« Marie lachte beschwingt. »Es war einfach so: Ich habe das Schild …«

»… nicht gesehen. Ich weiß. Aber das macht es auch nicht besser. Fahren Sie ganz schnell hier weg, bevor ich anfange, darüber nachzudenken, was mit Ihnen eigentlich los ist!«

»Mach ich«, sagte Marie. Sie lief zu ihrem Wagen. Sie konnte weiterfahren. Keine Probleme.

Lore war weg.

Marie stieg ein und startete den Wagen. Der Polizist kehrte zu seinem Kollegen zurück und bat ihn, die Straße für Marie frei zu machen.

Marie blieb nichts anderes übrig. Sie legte den Rückwärtsgang ein und fuhr langsam aus der Lkw-Parklücke. Hinter ihr wartete schon ein Brummi. Der Deckel seines vertikalen Auspuffrohrs klapperte nervös.

Marie ließ die Scheibe herunter. »Meine Freundin. Sie ist …«

Der Uniformierte brüllte sie an: »Die ist einfach pinkeln. Nun aber hoppla!«

Marie legte den ersten Gang ein und fuhr los.

Allein. Ohne Lore.

Sie suchte im Rückspiegel nach ihr.

Der Truck tuckerte langsam heran. Der Polizist wirkte dagegen ganz klein, wie vor einem Ozeanriesen.

Maries Augen suchten die Buchten ab, sie schauten unter die Bäume, wo im Dunkeln Bänke und Tische für Picknicks standen. Sie schaute sogar in die parkenden Autos. Aber Lore war nirgendwo zu sehen.

Marie überlegte. Ohne Lore konnte sie auch aufgeben und wieder nach Hause fahren. Aber Marie wollte nicht nach Hause. Sie wollte nicht zu Robert. Sie wollte nie wieder zu Robert – obwohl er ihr so leidgetan hatte wie selten zuvor, als er vor dem Haus auf der Erde gelegen hatte.

Marie wusste jetzt wieder, was sie wollte. Seit Johann verschwunden war, seit über einem Jahr, wusste sie endlich wieder, was sie wollte. Was gut für sie war.

Sie wollte den Freund finden. Sie wollte den Mann finden, der ihren Sohn in einem Kellerloch gefangen gehalten, ihn getötet und dann im Wald abgelegt hatte. Sie wollte das nicht mehr anderen überlassen, sie wollte ihn selbst finden. Das war sie Johann schuldig.

Marie hatte den Kontakt zum Freund verloren. Aber zum Glück war Lore aufgetaucht. Lore fungierte nun als ihr Medium. Sie würde ihr helfen, wieder Kontakt zu finden. Lore würde Marie den Weg zu dem Freund zeigen.

Kurz vor dem Ende der Ausfahrt stand eine Gestalt. Eine junge Frau. Im Trenchcoat. Bleich und schmal wie ein Nähfaden.

Marie trat auf die Bremse. Sie stieß die Beifahrertür auf.

Lore stieg ein.

Sie waren wieder zusammen.

16

Marie sah die Tachonadel zittern. Seit einer halben Stunde hielt sie sich bei 140 Stundenkilometer.

Sie fuhren in Richtung Gießen. Ziel war das Dorf in der Nähe der Stadt. Zumindest vorläufig. Bis sich eine frischere Spur fand. Bei Gießen hatte Lore den Freund zum letzten Mal gesehen. Also würden sie dort die Suche nach ihm beginnen.

Marie fuhr und wartete darauf, dass Lore endlich redete.

»Es war in diesem hessischen Dorf. Eines Nachts wurde ich wach. Ich dachte erst, Tom ist auf der Toilette. Oder er kann wegen der Migräne nicht schlafen und sitzt in der Küche. Doch dann hörte ich ein Geräusch. Kevin schlief nebenan. In der Kammer. Ich glaubte, mit Kevin sei was. Dass er einen Albtraum hatte oder so. Ich stand auf und ging ins Kinderzimmer. Auf leisen Sohlen. Ich wollte ihn nicht wecken. Solche Träume sind manchmal schnell wieder vorbei. Im Zimmer war es dunkel. Ich sah nichts. Ich tastete das Bett ab. Kevin schlief tief. Er war es nicht, der das Geräusch verursacht hatte. Ich spürte, dass da noch was war – in Kevins Bett. Der Körper eines Mannes. Es war Tom. Was tust du?, fragte ich ihn leise. Tom sagte, ich sollte verschwinden. Er sei gleich wieder in unserem Bett. Doch ich ließ mich nicht wegschicken. Schließlich ging es um meinen Sohn. Tom behauptete, Kevin habe nicht schlafen können.«

An dieser Stelle fragte Marie, ob Tom schon öfter zu Kevin ins Bett gekrochen sei, wenn der Junge nicht habe schlafen können.

»Nein, noch nie«, antwortete Lore schnell. »Deshalb wunderte ich mich auch. Im Übrigen hätte ich es hören müssen, wenn Kevin unruhig geworden wäre. Du weißt ja, Mütter haben für so etwas einen sechsten Sinn.«

Ja, das wusste Marie. »Weiter!«

Lore gab sich einen Ruck. Es war nicht einfach für sie. »Ich habe das Licht angeknipst und Tom gesagt, ich würde mich um meinen Jungen selbst kümmern. Er solle wieder in sein Bett gehen. Ich hatte noch nie so mit Tom geredet. So ruppig, meine ich. Um das zu unterstreichen, lüftete ich die Bettdecke. Da sah ich es.« Lore verstummte.

»Was?!«

»Er trug keine Hose. Tom hatte seine Schlafanzughose ausgezogen. Sie lag neben dem Bett. Und die Hose von Kevin hatte er bereits bis auf die Knie runtergezogen.«

Marie wagte nicht zu atmen.

Bitte, lass sie jetzt was tun, flehte sie. Lass nicht zu, dass sie selbst das hinnimmt – im Interesse des häuslichen Friedens.

»Ich habe ihm gesagt, er soll sofort verschwinden. Erst dachte ich, er schlägt mich. Er schaute mich mit Augen an, die ich noch nie gesehen hatte. Kalt und bitter. Aber dann stand er auf und nahm seine Hose und ging hinaus. Ich legte mich zu Kevin. Der Junge schlief immer noch tief. Auch als ich ihm vorsichtig die Hose wieder hochzog, wachte er nicht auf.« Sie lachte kehlig. »Mein Junge hat einen guten Schlaf.«

»Warum bist du nicht zur Polizei gegangen?«

»Tom hatte Kevin ja noch nichts getan«, antwortete Lore leise.

»Nichts getan?!«, schrie Marie sie an. »Was hat denn noch gefehlt?«

Lore erschrak. »Es war doch mitten in der Nacht. Vielleicht hätte ich es am nächsten Morgen getan, wenn … Irgendwann bin ich auch wieder eingeschlafen. Neben Kevin.«

Marie war verärgert, dass Lore nicht ernsthaft auf ihre Frage einging. Aber sie ließ sie weiterreden.

»Gegen Morgen wachte Kevin plötzlich auf und hustete. Ich deckte ihn zu. Kevin sagte, er müsse pinkeln. Ich wollte mit ihm gehen. Aber er sagte: Bleib liegen, Mama!«

»Du hast ihn allein gehen lassen?«

»Jungen in seinem Alter gehen immer allein aufs Klo«, antwortete Lore und fuhr mit gedämpfter Stimme fort: »Ich wartete. Ich hielt den Atem an und wartete auf Kevin. Doch er kam nicht wieder. Ich wartete auf die Klospülung. Sie wurde nicht betätigt. Irgendwann stand ich auf und ging ins Bad. Nichts. Ich ging in die Küche. Dort brannte Licht. Doch Kevin war auch nicht in der Küche. Ich lief in das Schlafzimmer von Tom und mir. Unser Bett war leer. Ich schaute in die Schränke. Stell dir das mal vor: in die Schränke!«

Lore lachte, als ginge es um eine absurde Wendung.

»Dann drehte sich der Schlüssel in der Tür. Ich war eingeschlossen. Ich hörte Tom. Er lachte und sagte etwas zu Kevin. Auch Kevin lachte. Aber nicht so, wie Tom lachte. Ich schrie: Lass mich raus! Kevin sagte etwas. Er klang besorgt. Tom schrie. Dann war es still im Haus. Ich öffnete das Fenster. Ich überlegte, ob ich aus dem Fenster steigen sollte. Dann heulte ein Motor auf. Toms Wagen schoss aus dem Hof. Als er den Vorwärtsgang einlegte, stand der Wagen für eine Sekunde. Ich sah Kevins Gesicht hinter der Scheibe. Nur ganz kurz. Er weinte.«

»Und? Was hast du getan? Hast du den Jungen vermisst gemeldet?«, bedrängte Marie sie nun.

Lores Stimme war kaum hörbar. »Ich dachte, er kommt zurück. Deshalb habe ich gewartet. Tagelang habe ich nur dagesessen und gewartet. Immer wieder habe ich Toms Handynummer angerufen. Aber da lief nur die Mailbox. Ich habe nichts gegessen und nicht geschlafen. Aber er kam nicht.« Sie weinte.

Marie beschloss, sie in Ruhe zu lassen. Erst mal.

Es war kalt im Auto, und sie hatten keine Decken dabei. Lore trug ihren Trenchcoat, Marie die Weste. Die ganze Nacht über rollten Trucks an ihnen vorbei. Ständig waren Stimmen zu hören. Lore schnaufte im Schlaf wie bei einer harten körperlichen Arbeit.

Marie war zuerst wach. Sie zog den Schlüssel aus dem Zündschloss und ging in den Rasthof, um sich aufzuwärmen und zu waschen.

Als sie zum Wagen zurückkam, saß Lore aufrecht auf dem Beifahrersitz. »Guten Morgen«, sagte sie, als Marie einstieg. Sie sah ausgeschlafen aus.

»Willst du dich nicht mal melden?«

»Wo denn?« Lore klappte die Sonnenblende herunter, streckte sich und schaute in den Spiegel. Dann drückte sie mit beiden Zeigefingern einen Pickel auf ihrem Kinn aus.

»Bei deinen Eltern.«

»Bei denen? Warum denn?«

»Du könntest Ihnen sagen, dass es dir gut geht.«

Lore klappte die Sonnenblende wieder hoch. »Mir geht's aber nicht gut.«

»Vielleicht ist Tom bei ihnen untergekrochen – mit Kevin.«

Lore lachte heiser auf. »Bei meinen Eltern? Das würde der nie tun.«

Lore ging sich waschen. Marie überlegte, ob sie warten oder vorher allein einen Kaffee trinken solle. Schließlich stieg sie aus, schloss den Wagen ab und ging in den Rasthof.

Obwohl es erst kurz nach acht Uhr war, roch es schon nach Kantinenessen. Überall saßen Männer, die Bier tranken. Auch eine Frau trank Bier.

Marie suchte sich einen Platz an einem Tisch in der Ecke. Sie bestellte ein Kännchen Kaffee und vertiefte sich dann in die Karte. Das Kännchen kam. Die Bedienung sah übernächtigt aus und wollte sofort kassieren. Marie zahlte. Sie trank langsam den heißen Kaffee. Sie schaute hinaus. Von ihrem Platz aus konnte sie den Wagen sehen. Lore war noch nicht zurück. Wo blieb sie so lange?

Marie streifte durch den Rasthof. Je später es wurde, desto mehr Leute strömten herein. Jetzt waren es viele Familien. Die Kinder waren verschlafen und quengelten.

Marie trat hinaus. Sie suchte den Rastplatz ab.

Lore war nirgendwo zu sehen. Marie schaute in die Wasch- und Toilettenräume der Frauen.

Sie ging zurück zum Gastraum. Doch auch dort war Lore nicht.

Dann sah sie sie. Sie saß zusammengesunken auf einer Treppe in der hintersten Ecke des Rasthofes. Marie nahm an, dass sie jetzt erst zu verstehen begann, was mit ihrem Sohn geschehen war. Sie setzte sich neben Lore auf die Treppenstufe. »Was hast du?«

Lore putzte sich die Nase. Sie konnte kaum sprechen. »Ich habe bei meinen Eltern angerufen.«

»Und? Ist Tom da aufgekreuzt?«

Lore schüttelte den Kopf. »Natürlich nicht. Meine Mutter hat mich beschimpft.«

»Beschimpft?« Weil sie sich so lange nicht gemeldet hat, vermutete Marie.

»Sie hat mir Vorwürfe gemacht. Weil ich Tom im Stich gelassen habe. Weil ich ihm einfach den Jungen überlassen habe und mit einem anderen Mann abgehauen bin. Stell dir das vor: Wegen einem anderen Mann hätte ich mein Kind im Stich gelassen. So etwas glauben die von mir.« Sie begann zu heulen. »Wie kommen die bloß auf so was?«

»Das weißt du nicht?«, fragte Marie. Sie hätte schreien können vor Freude. »Ich kann es dir sagen.«

17

Marie musste nur einen kurzen Blick auf die Karte werfen. Dann raste sie bis zur nächsten Abfahrt, verließ die Autobahn, bekam einen Wutanfall, weil sie die Auffahrt nicht gleich fand, musste durch ein gottverlassenes Dorf mit grauen Häusern, deren Fensterläden alle geschlossen waren, entdeckte dann doch ein blaues Hinweisschild und war heilfroh, nach dem nächsten Autobahnkreuz endlich in Richtung Osten zu fahren.

Sie sprachen stundenlang kein Wort. Lore suchte einen Dudelsender im Autoradio, den man leise stellen konnte und der dennoch alle halbe Stunde Verkehrsmeldungen brachte.

Es gab einen Lkw-Unfall. Am Hermsdorfer Kreuz. Marie wollte ihn erst umfahren. Da ihn der MDR aber schon eine Stunde vorher meldete und der Stau auch in dieser Zeit nicht länger wurde, riskierte sie es und blieb auf der Autobahn.

Marie musste scharf bremsen, als hinter einer lang gezogenen Kurve plötzlich Wagen auftauchten, deren Warnblinkanlagen eingeschaltet waren. Lore stützte sich am Armaturenbrett ab. Marie kam mit quietschenden Reifen zum Stehen. Sie sah, dass die Insassen des Pkw vor ihr sich erschrocken umdrehten.

»Willst du uns umbringen?!«, fuhr Lore sie an und strich sich nervös die Haare aus dem Gesicht. Hinter ihnen kreischten die Bremsen der nächsten Fahrzeuge, die vom Stau überrascht wurden.

Offensichtlich ging nichts mehr. Einzelne Fahrer stiegen aus. Jemand telefonierte mit seinem Handy und berichtete dann, dass mehrere Pkw in die verunglückten Lkw gerast waren und der Stau immer länger wurde.

»Verdammt! Hätten wir nur eine andere Strecke genommen«, ärgerte sich Marie.

Es war nicht mehr weit bis Chemnitz – bis zu Tom und dem Jungen. Und dann hielt sie ausgerechnet ein Stau auf, den sie hätte umfahren können.

Marie war todmüde und wurde immer nervöser. Ihre Atmung

spielte verrückt. Sie schloss die Augen und versuchte sich zu beruhigen.

Nach über zwei Stunden sprangen die Fahrer in ihre Autos. Der Stau kam in Bewegung.

Doch dann standen sie wieder. Marie stieg aus, um besser sehen zu können. Die Stille auf der Autobahn sagte ihr, dass es noch sehr lange dauern würde.

Es wurden noch drei Stunden. Dann konnte Marie wieder Gas geben. Ihre Anspannung legte sich. Sie warf einen verstohlenen Blick auf ihre Beifahrerin.

Lore hatte sich ausgestreckt, die wie zum Beten gefalteten Hände zwischen den Knien. Ihr Kopf lehnte an der Nackenstütze, sie schaute zum Fenster hinaus, wirkte abwesend.

»Erzähl mir was von deinen Eltern!«

Obwohl sie Lores Gesicht nicht anblickte, wusste Marie, dass sie die Augen geschlossen hatte.

Marie schaltete in den höchsten Gang. Sie beugte sich zu Lore hinüber und schlug ihr mit der flachen Hand auf den Oberschenkel. »Hörst du nicht?«

Lore erschrak. Sie zog sich zusammen wie ein Insekt.

»Du sollst mir was von deinen Eltern erzählen!«

Lore ließ die Luft aus ihren Lungen. »Warum das denn?« Sie war genervt.

»Damit ich weiß, was mich erwartet. In Chemnitz.«

Lore seufzte. Dann begann sie: »Meine Eltern sind eigentlich ganz normale Leute. Keine Prolls oder so. Falls du das glaubst.«

»Glaube ich gar nicht«, beteuerte Marie.

Lore atmete tief ein. »Mein Vater war Lehrer. Meine Mutter freie Mitarbeiterin in einem Schulbuchverlag. Sie hatten ihr Auskommen. Uns – also mir und meinem Bruder – ging es gut. Doch mein Vater wurde krank und musste in der Schule aufhören. Sie leben von ihrer Rente. Aber sie haben mich dennoch aufgenommen, als ich mit Kevin nicht weiterwusste. Er ist ihr einziger Enkel. Sie hängen an ihm. Vor allem mein Vater. Er ist verbittert, seit er nicht mehr unterrichten kann. Der Junge war das Einzige, was ihn aufgemuntert hat. Sie haben auch nicht darauf gedrängt, dass ich ausziehe. Ich wollte weg. Auch wegen Kevin.«

»Warum hast du dich nicht mehr bei deinen Eltern gemeldet?«

»Das habe ich. Ich habe regelmäßig angerufen.«

»Auch von München aus?«

»Natürlich. Mein Vater wäre sonst eingegangen wie eine Primel.«

»Sie haben der Polizei erzählt, dass sie seit Monaten nichts von dir und dem Jungen gehört hätten.«

Lores Kopf fuhr herum. »Haben sie das? Ja?«

»Ja!«, antwortete Marie unwillig. Manchmal reizte Lore sie mit ihrer spröden Art.

»Ich glaube, das hat damit zu tun, dass sie Angst haben, mir oder dem Jungen zu schaden. Sie sind nicht blöd, beide nicht, wirklich.« Lore hob ihre Stimme, sie wurde jetzt fast kämpferisch. »Sie sind sogar klug.« Sie machte eine kleine Pause und fügte dann leise hinzu: »Sicher klüger als ich.«

»Und Tom? Sie sagen, sie kennen ihn nicht.«

Lore zog die Augenbrauen hoch. »Nicht gut. Sie haben ihn nur ein- oder zweimal gesehen. Tom hat sich um sie bemüht. Aber sie haben ihn auflaufen lassen. Es war eben der Mann aus dem Westen, der ihnen ihren Enkel weggenommen hat.«

Womit sie gar nicht mal so falschlagen, dachte Marie.

Es regnete, und es dämmerte bereits, als sie die Autobahn verließen, um auf der B 95 in die Stadt zu gelangen.

Lore saß plötzlich kerzengerade, ihr Kopf klebte fast an der Windschutzscheibe.

»Rechts ist unser Klinikum, links der Küchwaldpark«, erklärte sie aufgeräumt. »Da gibt es eine Parkeisenbahn und das Kosmonautenzentrum Siegmund Jähn. Der Weltraumfahrer. Schon mal gehört?«

Chemnitz sah aus wie eine westdeutsche Kleinstadt.

»Wir müssen auf die Annaberger Straße. Meine Eltern wohnen in der Nähe der Technischen Universität.« Lore lotste Marie durch die Innenstadt. So kamen sie schnell in die südlichen Randbezirke. Hier war es grün und licht. Keine schlechte Gegend.

Lores Eltern wohnten zur Miete in einer stillen Seitenstraße. Außer ihnen gab es noch zwei Parteien in dem etwas vernachlässigten Haus. Obwohl es dunkel war, sah Marie, dass Unkraut den Vorgarten dominierte. Die Steinwege waren rissig. Der Verputz blätterte ab.

Lore läutete. Eine Gegensprechanlage gab es nicht. Ein Summen ertönte. Die Haustür sprang von selbst auf.

»Warte«, sagte Marie. Ihr Herz pochte schon wieder. »Was tun wir, wenn er da ist?«

»Tom?«

»Ja.«

»Der ist nicht da«, zischte Lore. »Meine Eltern haben nichts von ihm gehört.«

Doch Marie war sich sicher, dass Tom in Chemnitz war. Wer sonst sollte den Eltern das Märchen von dem Mann erzählt haben, wegen dem Lore ihr Kind zurückgelassen hätte? Tom hatte hier mit Kevin Unterschlupf gesucht – bei Lores Eltern. Weil er sicher sein konnte, dass sie für ihren Enkel alles tun würden. Dass sie auch ihn decken würden, wenn es Kevin nützte.

Lore war schon auf der Treppe. Marie folgte ihr.

Der Flur war eng und stickig. Es roch nach regennassen Kleidern, die nicht gelüftet worden waren. Auf den Stufen der Holztreppe standen ausgetretene Schuhe.

Die Eltern wohnten im ersten Stock.

Aus der Wohnung war kein Geräusch zu hören.

Lore klopfte vorsichtig. Sie wandte sich zu Marie um und zog die Augenbrauen hoch.

Als niemand öffnete, klopfte Lore wieder. Diesmal heftiger.

Es dauerte. Dann wurde die Tür einen Spalt geöffnet. Drinnen war es stockdunkel. Ein schmales Frauengesicht erschien. »Du?«

»Ja, ich«, sagte Lore.

Die Frau öffnete die Tür. Sie war groß und sehr dünn. Sie trug weite Hosen mit Bügelfalten und einen hellgrauen Pullover. Ihre Haare waren kraus und kurz. Sie war früher sicher schön gewesen, jetzt aber wirkte ihr Gesicht eingefallen und müde.

Sie schloss Lore in die Arme.

Doch dann ließ sie ihre Tochter los und wandte sich Marie zu. Marie reichte ihr die Hand. Die Frau fixierte sie mit zusammengekniffenen Augen. »Und Sie? Eine Freundin?«

Lore wurde unsicher. »Das ist Marie. Eine Freundin aus München …«

In der Wohnung roch es verbrannt. Der Geruch kam nicht aus der Küche. Er war überall. Es schien Marie, dass er aus den Wänden kam. Sie konnte kaum atmen. Es war ein beißender, gefährlicher Geruch nach Rauch.

Die Frauen betraten ein Zimmer mit zwei großen Fenstern. Es war gemütlich eingerichtet. Ein Tisch am Fenster. Zimmerpflanzen. Alte Stühle aus geschwungenem Holz. Eine Stehlampe. Überall an den Wänden schmale Regale mit Büchern. Die meisten davon vom Lesen zerfleddert.

Am Tisch saß ein dürrer, alter Mann mit kurz geschorenen, weißgrauen Haaren. Sein Vollbart sah aus wie Schnee. Nur um den Mund herum hatte er eine bräunliche Färbung. Marie sah auch gleich, warum. Der alte Mann rauchte eine Zigarette, seine Fingernägel waren lang und gelbbraun. Ebenso die Fingerkuppen.

Als er Lore sah, stand er auf, legte die brennende Zigarette so auf die Tischkante, dass die Glut nicht das Holz berührte, und umarmte seine Tochter. Er schien überrascht, sie zu sehen.

Die Frau stand mitten im Zimmer und rieb sich die knochigen Hände. »Wir dachten, es wäre … Walter hat Holz verbrannt. Im Ofen.«

Lore standen die Tränen in den Augen, doch sie lachte. »Na und? Dazu sind Öfen doch da.«

Die Frau schaute ihren Mann an. »Ja, schon, aber es war Holz aus Bakenberg. Er hat die Bäume erst kürzlich gefällt.«

»Sie fallen auf die Hütte. Deshalb mussten sie schleunigst weg«, maulte der Mann.

Marie verstand, was sein Problem war. Das Holz der frisch gefällten Bäume war noch feucht. Es musste Monate ruhen, bis man es im Ofen verbrennen konnte.

»Der Vermieter hat uns eine Abmahnung geschickt«, jammerte die Frau. »Schon beim letzten Mal.«

»Der Vermieter ist ein Idiot«, fuhr der Mann sie an. Dann drückte er seine Tochter fest an sich.

Lore machte sich los. »Was war los? Hat es gebrannt?«

Der Mann winkte ab. »I wo. Die haben doch alle keine Ahnung.«

»Sie sagen, das Harz des frischen Holzes sammelt sich im Schornstein. Es entzündet sich«, erklärte die Mutter leise.

Es hatte also einen Schornsteinbrand gegeben.

»Wir dachten, es ist die Polizei. Sie drohen immer, sie holen die Polizei, wenn wir noch mal Holz aus der Datsche ...«

Der alte Mann fiel ihr polternd ins Wort. »Wir waren gestern an der Ostsee. Da habe ich den Kofferraum mit dem klein geschnittenen Bruchholz vollgeladen. Was glaubst du, was die Eierkohlen heutzutage kosten?«

»Hat jemand die Feuerwehr alarmiert?«, fragte Lore ernst.

»Ist doch nichts passiert. Es ist von selbst wieder ausgegangen. Wahrscheinlich hat es gar nicht richtig gebrannt. Deine Mutter macht sich immer gleich in die Hose.«

»Ich koche jetzt erst mal einen Tee«, sagte die Frau und verschwand mit krummem Rücken in der Küche.

Marie hätte lieber etwas gegessen. Außer dem Kaffee am Morgen hatte sie den ganzen Tag nichts zu sich genommen.

Jetzt erst wandte der Alte sich Marie zu. »Ich bin Lores Vater«, sagte er knapp. Er wartete darauf, dass Marie sich vorstellte. Lore tat nichts, um sie einzuführen.

»Ich bin Marie Lieser. Lore und ich, wir ...«

»Wir sind Arbeitskolleginnen«, fiel Lore ihr ins Wort.

»Soso«, sagte der Alte. »Ihr kennt euch von der Arbeit. Von welcher Arbeit?«

Lore setzte sich an den Tisch. Der Alte schob Marie wortlos einen Stuhl hin. Auch sie nahm Platz.

»Bei der Stadt«, antwortete Lore. »Ich habe was in der Stadtverwaltung gefunden.«

»Hast du«, sagte der Alte. Marie spürte sofort: Er glaubte seiner Tochter kein Wort.

Die Frau brachte vier Teetassen. »Der Tee kommt auch gleich«, sagte sie.

»Deine Tochter arbeitet jetzt bei der Stadtverwaltung«, erklärte der Alte und grinste.

Die Frau zeigte keine Reaktion. »Hast du da deinen neuen Liebhaber kennengelernt?«

Lore schluckte. »Tom hat euch Scheiße erzählt.«

»Tom hat uns gar nichts erzählt«, entgegnete der Alte barsch.

»Ist es … ihretwegen?«, fragte die Frau und nickte in Maries Richtung. »Hast du es jetzt mit Frauen?«

Lore stampfte auf. »Nein. Hör auf damit!«

Die Frau ging hinaus. Der Alte schaute aus dem Fenster und schüttelte den Kopf.

»Tom wird von der Polizei gesucht«, sagte Marie laut.

Der Kopf des Alten flog herum. »Tom kümmert sich wenigstens um den Kleinen«, wandte er sich an seine Tochter. »Und was du da der Polizei erzählt hast …«

»Tom wird gesucht, er hat Kevin entführt«, erklärte Lore.

»Auf uns hat er nicht den Eindruck eines Entführers gemacht. Kevin mag ihn, er lässt den Jungen nicht im Stich – wie du. Eine Mutter, die so etwas macht, kannste vergessen.«

Die Frau kam mit einer Steingutkanne. Sie schenkte jedem etwas Tee aus, indem sie ihn durch ein kleines Sieb laufen ließ. Marie sah sofort, dass der Tee viel zu stark war. Sie würde Magenschmerzen davon bekommen.

Die Frau schniefte. Sie hatte in der Küche geweint. »Einfach sein Kind zurückzulassen. Eine Schande!«

Lore sprang auf. Sie war hochrot. »Ich habe Kevin nicht bei Tom zurückgelassen. Er ist mit dem Jungen weg. Er hat ihn entführt. Ich habe Angst, dass er ihm etwas antut.«

Es wurde sehr still in dem Zimmer. Man hörte die braunen Blasen auf dem Tee platzen.

Der Alte räusperte sich. »Wir haben uns in Tom getäuscht. Er kümmert sich um Kevin. Er ist wie ein Vater für ihn. Während du …«

»Tom ist krank. Er liegt nachts mit heruntergelassener Hose in Kevins Bett.« Lore kamen die Tränen. »Ich weiß nicht einmal, ob der Junge noch lebt.«

»Es geht ihm gut«, sagte die Frau und ging hinaus in die Küche. Marie hörte sie schluchzen.

Lore nahm wieder Platz. »Wo ist Tom?«, fragte sie ruhiger.

Der Alte schaute wieder hinaus.

Marie überlegte, ob sie sich einmischen solle. Aber sie hatte das Gefühl, dass es besser war, Lore machen zu lassen. Die Alten würden irgendwann weich werden.

Die Frau erschien. Sie war verheult, aber sie versuchte zu lächeln. »Möchtet ihr etwas essen?«

Lore nickte. Die Frau sah Marie an. Marie sagte: »Ich habe einen Riesenhunger.«

Es gab Würste aus der Dose und Kartoffelsalat unklarer Herkunft. Marie aß mit Heißhunger. Von Tom wurde nicht mehr gesprochen.

Nach dem Essen musste der Alte rauchen. Er schwadronierte dabei über Politik. Der Tabak stank fürchterlich. Alle waren müde.

Lores Mutter brachte Bettzeug für Marie. Sie sollte auf der Couch schlafen. Lore zog sich mit ihren Eltern zurück.

Marie schlief sofort ein, sobald das Licht gelöscht war.

Als sie aufwachte, war heller Tag.

Marie ging in die Küche. Die beiden Alten saßen an einem kleinen Tisch und tranken Tee.

»Das Bad ist rechts«, sagte die Frau. »Ich habe Ihnen ein Handtuch hingelegt.«

Marie wusch sich und putzte sich mit dem Zeigefinger die Zähne.

»Wollen Sie auch einen Tee?«, fragte die Frau, als Marie in die Küche zurückkam.

Marie schüttelte den Kopf. Ihr war schlecht. »Wo ist Lore?«

Die beiden Alten schauten sich an. Sie tranken weiter ihren Tee.

»Wo ist sie?«

Keine Antwort.

Marie ging in das Wohnzimmer zurück. Sie trat ans Fenster. Ihr Wagen war weg.

Sie hatte den Autoschlüssel am Abend unter die Couch geschoben. Unbemerkt – wie sie geglaubt hatte. Der Schlüssel war nicht mehr da.

18

Der Alte hatte seinen Toyota eine »Reisschüssel« genannt.

Marie war etwas irritiert, als sie sich hinters Steuer des Kleinwagens setzte.

Sie kam sich vor wie beim Autoskooter. Das Schlimmste aber war der Geruch: Alles stank nach kaltem Zigarettenrauch. Sogar das Lenkrad. Marie hatte Probleme, es anzufassen.

Immerhin war die »Reisschüssel« vollgetankt.

Die beiden Alten standen am Straßenrand. Sie winkten nicht. Lores Mutter versank fast in ihrem viel zu großen Mantel.

Marie hatte offen mit ihnen gesprochen.

Dass Lore dabei war, sich der Komplizenschaft schuldig zu machen. Dass es um ein ermordetes Kind ging, ihren Sohn Johann. Dass Kevin in Lebensgefahr schwebte. Und dass Lore sich schon einmal von Tom hatte dazu überreden lassen, ihm bei seiner Flucht vor der Polizei zu helfen.

Marie hatte auch nicht unerwähnt gelassen, dass sie sich ebenso schuldig machten, wenn sie weiter Tom deckten. Und dass sie möglicherweise dem Mann halfen, der ihren geliebten Enkelsohn missbrauchte und vielleicht schon umgebracht hatte.

Der alte Mann hatte in immer kürzeren Abständen an seiner Zigarette gezogen. Während Marie auf ihn und seine Frau einsprach, hatte er sich drei Zigaretten hintereinander angezündet – immer an der noch glimmenden die nächste. Er war dabei noch bleicher geworden. Sein Mund war zu einem schwarzen Spundloch in dem schlohweißen Bart mit den Nikotinrändern geworden.

Die Frau hatte gehustet. Sie war dabei immer mehr in sich zusammengesunken.

Marie hatte sie leidgetan. Aber sie konnte jetzt keine Rücksicht mehr nehmen. Sie fand auch, dass sie am Vorabend zu lange geschwiegen und den Dingen ihren Lauf gelassen hatte.

Nun war es höchste Zeit, dass sie die Initiative ergriff.

In der Nacht hatten die Alten ihrer verzweifelten Tochter anvertraut, dass sie Tom und ihren Enkel in dem Ferienhaus auf Rügen untergebracht hatten. Sie hatten Lores Sorgen wegen Kevin zerstreuen wollen. Aber ihre Tochter hatte sich einfach Maries Autoschlüssel genommen und war in aller Frühe allein losgefahren.

In weniger als einer Stunde war Marie wieder am Hermsdorfer Kreuz. Auf dem Berliner Ring kam sie in einen Stau. Er kostete sie fast eine Stunde. Dann aber war sie schnell am Kreuz Uckermark und fuhr auf der neuen Ostsee-Autobahn in Richtung Stralsund.

Zum Glück gab es an der Rügenbrücke keinen Stau. Doch auf der Insel selbst ging es nur noch stockend weiter. Aus Angst vor einem neuen Stau verzichtete Marie auf die Wittower Fähre und fuhr über Jasmund.

Der Alte hatte ihr eingebläut, dass sie nicht in Richtung Kap Arkona fahren durfte. Sie musste hinter Altenkirchen auf der Hauptstraße bleiben. Kurz vor Dranske entdeckte sie ein winziges Hinweisschild. »Bakenberg.« So hieß die Siedlung.

Marie bog rechts ab und fuhr lange über schmale Wege durch endlose graugrüne Felder.

Am Horizont tauchte ein dunkler Waldsaum auf. Dahinter musste die Steilküste sein. Und dort war auch Tom. Im Ferienhaus von Lores Eltern.

Sie passierte den Eingang eines Feriendorfes, dessen Häuser in einem disneyhaft anmutenden Oldenburger Stil erbaut waren. Danach verzweigte sich die Straße. Ein schmaler Weg ging Richtung Nordosten, das winzige Schild war für Wanderer bestimmt: Kap Arkona.

Marie hielt sich weiter in Richtung Küste. Über den dunklen Kiefern sah sie schon den grauen Dunst der See aufsteigen. Ihr Herz schlug schneller.

Jetzt spürte sie es ganz deutlich: Sie näherte sich dem Freund.

Sie war ihm quer durch das Land gefolgt. Eigentlich war es nicht schwer für Marie gewesen, ihn aufzuspüren. Sie hatte nur ihrem Instinkt folgen müssen. Dem Instinkt einer Mutter, die dem Mörder ihres Kindes auf der Spur war. Dieses Gefühl hatte ihr – über Umwege zwar – den Weg gewiesen. Sie hatte schon damals, als er sich mit ihr im Engscheider Wald getroffen hatte, seine Witterung aufgenommen. Und erst recht später, als sie sich gegenseitig besucht hatten. Dann war sie dieser Witterung gefolgt. Bis an die Nordküste Rügens. Hier oben konnte der Freund nicht mehr weiter. Es gab kein Entrinnen für ihn. Marie hatte ihn in die Enge getrieben. Er konnte sich höchstens noch in die Ostsee stürzen.

Tom hatte nie eine Chance gehabt, Marie zu entkommen, auch wenn es lange anders ausgesehen hatte. Sie war mit ihm untrennbar verbunden. Über Johann, ihren Sohn, den er ermordet hatte. Und über Lore. Er hätte über Kontinente und Meere fliehen und sich im hintersten Winkel der Welt verstecken können. Marie hätte ihn gefunden.

Er war nicht mehr weit. Als sie das spürte, wurde auch ihr Herzschlag ruhiger.

Sie fuhr in gemächlichem Tempo etwa zwei Kilometer parallel zur Küste. Die Gegend schien verlassen zu sein. Doch Marie stellte fest, dass der Waldsaum sich alle zwei- bis dreihundert Meter öffnete. Wege führten tief hinein in die wuchernde Wildnis.

Marie hielt an und schaute in eine Schneise. Sie entdeckte Holzhütten und rostige Wohnwagen. Die Grundstücke waren durch Seile voneinander abgetrennt. Überall wuchs mannshohes Unkraut, das die kargen Behausungen vor neugierigen Blicken schützte. Die Siedlungen waren auf bunten Holzschildern als »Seeanemone«, »Waldfriede« und »Spökenkieker« angekündigt. Menschen in Badelatschen und gelben Regenmänteln huschten zwischen den Unterkünften hin und her.

Sie war an der Steilküste von Bakenberg angelangt. Die Kennzeichen der unter den tief hängenden Kiefern geparkten Autos zeigten ihr, woher die Anwohner und Camper kamen: ausschließlich aus dem Osten.

Als ihr eine junge Frau mit zwei Kindern entgegenkam, kurbelte Marie die Scheibe herunter und fragte nach der Siedlung »Sonnenseite«. Die Frau antwortete ihr in breitem Sächsisch. Es war nicht mehr weit.

Marie rollte noch ein Stück und parkte den Toyota dann zwischen zwei mächtigen Kiefern. Als sie ausstieg, bemerkte sie, dass der Boden feucht war. Mit ihren halbhohen Straßenschuhen versank sie im Morast. Sie versuchte, auf Zehenspitzen zu einer der Schneisen zu gelangen, die mit Betonplatten und Industriematten ausgelegt waren. Doch ihre Füße waren schon nass.

Marie durchstreifte die Siedlung.

Es war wie in einem Indianerdorf. Mitten in dem Waldsaum auf der Steilküste gab es Grillstellen, einen Gemeinschaftsplatz, ein kleines Fußballfeld, alles mit groben, geschälten Holzbalken umzäunt. Ein buntes Schild kündigte Veranstaltungen des Platzwarts an: Tauziehen, Gulasch aus der Kanone, ein Wurstfest.

Viele der Holzhütten standen auf Pfählen, etwa fünfzig Zentimeter über der Erde. Die Verbindungswege waren schmale Knüppeldämme. Es war kühl und dunkel. Die Kiefern überwucherten alles. Manche ihrer Wurzeln hatten die Hütten schon fest im Griff.

Es war kurz vor Mittag, und Frauen mit Salatschüsseln und Grillgut waren unterwegs. Es roch nach Päckchensuppe. Marie wurde misstrauisch beäugt. Fremde hatten es hier sicher schwer.

Sie lugte in die Seitengänge, in denen nur vereinzelt Autos standen.

Kurz vor dem Ende der Schneise, nur wenige Meter von der

Steilküste entfernt, entdeckte sie Tom. Er kam ihr entgegen, vom Meer her. Tom war allein. Er ging gebeugt.

Er bog in eine Seitengasse ab.

Marie betrat kurz nach ihm den Steg, der tiefer in den Wald führte.

Das Holz war glitschig. Sie musste sich vorsehen. Sie machte ein paar zaghafte Schritte.

Der Freund war verschwunden. Marie spürte aber, dass er noch in ihrer Nähe war. Er war nicht weggelaufen. Das konnte er jetzt nicht mehr.

Marie schaute in die erste Hütte. Die Scheiben waren schmutzig. Marie konnte kaputte Möbel erkennen, Stuhlbeine, eine Tischplatte, einen Schrank ohne Türen. Wenn Lores Eltern vor ein paar Tagen noch hier gewesen waren, sah es sicher nicht so aus.

Marie ging weiter.

Der Steg führte zu einer tiefer im Wald stehenden Hütte aus schmalen, dunkel lackierten Holzbrettern. Sie sah gepflegter aus. Auf dem Waldboden neben der Hütte war bräunliches Sägemehl verstreut, zwei Baumstümpfe glänzten hell. Sie schienen noch recht frisch zu sein.

Marie musste sich nicht anschleichen: Der Freund wusste, dass sie auf dem Weg zu ihm war.

Marie klopfte nicht an. Sie trat einfach ein.

Es war stickig. In der Ecke glühte ein Radiator. Er zischte, ohne wirklich Wärme zu verbreiten. Die Hütte war spärlich möbliert. Ein breites Bett, auf dem Kleider lagen. Eine Anrichte aus einfachem Holz. Ein kleines Spülbecken aus Blech. Ein tropfender Wasserhahn. Ein Kocher. Ein niedriger Tisch. Vier Stühle. Auf den Dielen lagen Zeitschriften.

Am Tisch saß ein Mann im Mantel. Es war Tom. Der Freund.

19

Marie hatte ein paar Fragen. Es waren nicht viele. Aber darauf wollte sie Antworten.

»War Johann schon tot, als du dich bei mir gemeldet hast?«

Tom seufzte. Er stützte die Ellbogen auf seine Knie ab und schaute auf seine Hände.

Jetzt trug er wieder die Kinderuhr mit den Himbeeren.

»Ach, Marie, du glaubst ja nicht, wie schlimm das für mich war. Ich wollte Johann nichts tun. Wirklich nicht. Er tat mir so leid.« Er hob ruckartig den Kopf. »Du hast mir auch leidgetan. Als ich dich im Fernsehen sah – so verzweifelt und kraftlos. Da habe ich nur noch geweint. Noch nie war ich einem Menschen so nahe wie dir. Wir hatten beide dasselbe Schicksal. Du und ich. Wir liebten beide dasselbe Kind. Johann.«

Sein Gesicht war fahl. Es hatte jeden Ausdruck verloren. Die Haut wirkte schlaff. Die kleinen Augen sahen aus, als wären sie aus blindem Glas gemacht.

»Wann hast du ihn getötet?«, fragte Marie.

Tom quälte sich. »Es fällt mir schwer, darüber zu sprechen. Vor allem mit dir, Marie. Aber ich glaube, ich bin am Ende meines Weges. Hier geht es nicht mehr weiter. Und du hast ein Recht darauf, finde ich.« Er biederte sich bei ihr an. Hoffte er wirklich, noch davonzukommen?

Marie stand mitten in der Hütte. Die geballten Fäuste hatte sie hinter ihrem Rücken versteckt.

Jetzt erst sah sie, wie schmächtig der Freund eigentlich war. Aber um ein elfjähriges Kind zu töten, musste man nicht kräftig sein. Er sah harmlos aus. Harmlos und gewöhnlich. Er hätte alles sein können. Aber kein Mörder. Mörder stellte man sich anders vor.

Tom ließ den Kopf hängen. »Er war plötzlich so anders. Er wollte nicht mehr mit mir reden. Ich habe versucht, ihn aufzumuntern. Aber nichts war ihm recht.« Tom klang jetzt fast verärgert. »Er wurde trotzig, dein kleiner Johann.«

Marie kreuzte die Arme vor der Brust. Sie wollte ruhig wirken.

»Er fing an zu schreien. Richtig ungezogen wurde der Junge. Er schrie einfach. Ohne Grund. Ich hatte ihm nichts getan. Ich doch nicht. Ich habe versucht, ihn zu beruhigen. Aber auch ernst mit ihm geredet. Dass das nicht geht. Diese Schreierei.« Tom sank noch mehr in sich zusammen. »Aber er hat nicht gehört. Er war kein guter Junge. Ich habe alles für ihn getan. Und er hat nur gebrüllt. Der kleine Affe.«

Er schüttelte sich, als wäre ihm kalt. Dann fing er an zu weinen. Er weinte haltlos. Er tat sich selbst leid.

»Wann hast du es getan?«, fragte Marie hart. »Wann hast du Johann getötet?«

Er schaute auf. Mit verzerrtem Gesicht. Eine Fratze. Tränenüberströmt. Wie ein Kind, dem Schlimmes angetan worden war. »Er hat mir keine andere Wahl gelassen. Er hat mich dazu gezwungen. Er schrie und schrie. Die ganze Nacht. Das macht einen fertig, Marie. Dir wäre es nicht anders gegangen. Ich habe ihm gesagt: ›Du hörst jetzt auf, oder …‹« Er drehte den Kopf weg, fast verschämt. »Ich bin keiner, der Kindern wehtut. Wahrlich nicht. Mir hat man selbst als Kind sehr, sehr wehgetan. Erwachsene sind so mies zu Kindern. Das habe ich gelernt. Seitdem kann ich Kindern nicht wehtun. Mein eigener Vater hat mich …«, er verschluckte sich, »… mit einer Stahlbürste.« Er schrie sie an. »Marie, weißt du, was eine Stahlbürste ist? Weißt du, wie weh das tut?«

Marie bekam keine Luft mehr. Sie wollte hinaus. Ins Freie. Aber sie konnte nicht. Sie wollte die Antwort auf ihre Frage. »Hast du Johann vorher getötet? Bevor wir uns trafen?«

Er verbarg sein Gesicht.

Dann nickte er. Er schaute noch mal auf. »Ich habe mich mit dir getroffen, weil du mir so leidgetan hast. Als ich dich im Fernsehen sah ... so verzweifelt, so tief verletzt. Ich dachte, ich muss dir helfen. Ich muss bei dir sein. Ich weiß doch, wie das ist, wenn man sein Liebstes verliert. Wir beide – wir gehören zusammen. Wir haben unser Liebstes verloren. Das verbindet doch. Spürst du das nicht auch, Marie?«

Marie nickte.

Sie wusste, dass Tom auch vor Gericht so reden würde.

Marie dachte an Fürbringers Worte. Über das Gutachten. Und den Freigang.

Tom kippte langsam zur Seite. Er schluchzte immer heftiger. »Marie, verzeih mir!«

Marie ging zu der Anrichte. Sie zog die Schublade auf. Dort fand sie sofort, was sie suchte.

Sie nahm es und ging damit zu Tom.

Sie half ihm, sich wieder aufzurichten. Er schaute sie an. »Verzeihst du mir?«

Sie nickte und lächelte. Er schlug die Hände vors Gesicht.

Es war ganz einfach.

Sie trat hinter ihn.

Sie musste mit ihrer Rechten nur zwischen seine Unterarme kommen. Er wehrte sich nicht.

Tom schien erleichtert, dass sie ihm verzieh. Sie, die Mutter des Jungen, den er umgebracht hatte.

Marie hielt den Atem an. Dann machte sie einen kräftigen

Schnitt. Es war, als würde sie ein Filetsteak schneiden. Sie kam beim ersten Versuch durch.

Als sie das Messer zwischen seinen Armen hervorzog, war die Tischplatte schon voller Blut. Das Blut war warm und sauber. Es dampfte leicht.

Marie sah zu, wie es in kürzer werdenden Schüben hervorquoll.

Tom schwieg. Er war tot, bevor das Blut zu quellen aufhörte.

Er fiel über den Tisch in sein Blut. Aus dem Schnitt drang Luft aus den Lungen ins Freie. Es klang, als würde aus einem Luftballon die Luft entweichen.

Marie ging zurück zur Anrichte und wusch sich unter dem Wasserhahn die Hände. Es dauerte sehr lange, das Wasser floss spärlich.

20

Marie hörte Schritte auf dem Steg. Sie trat vor die Hütte.

Lore blieb erschrocken stehen. Sie hatte zwei Tüten mit Lebensmittel dabei, die sie, wie Marie an dem Aufdruck feststellen konnte, im Konsum des Feriendorfes gekauft hatte.

Lore stellte die Tüten ab. Sie fielen langsam in sich zusammen, Bierdosen rollten heraus. »Tom hat Kevin zu einem Reiterhof gebracht. Er hat dem Jungen nichts getan, Marie!«

Marie kannte den Zustand, in dem Lore sich befand. Sie glaubte, dass ihr Junge noch am Leben sei. Tom hatte ihr das gesagt. So wie er Marie gesagt hatte, Johann sei noch am Leben.

»Was ist mit Tom?«, fragte Lore leise.

»Er ist da drinnen. Er hat dich belogen, Lore. Kevin ist auf keinem Reiterhof.«

»Doch«, sagte Lore trotzig. »Ich weiß es. Es geht ihm gut.«

Ein Haarschopf erschien hinter der ersten Hütte. Ein Junge betrat den Steg. Kevin. Als er Marie entdeckte, versteckte er sich hinter seiner Mutter.

»Ich habe ihn gerade vom Reiterhof abgeholt«, sagte Lore.

Sie wollte an Marie vorbei. Doch Marie ließ es nicht zu, dass sie die Hütte betrat.

»Tom ist tot.«

Lore schaute sie mit großen Augen an. »Was sagst du da?«

»Er hat mir erzählt, dass er Johann getötet hat, bevor er sich mit mir getroffen hat. Verstehst du: Johann war schon tot. Und er hat mir damals gesagt, er lebt und ich bekomme ihn wieder.«

»Hast du Tom getötet?«

Marie antwortete nicht auf Lores Frage. Lore sank auf die Knie. Sie schluchzte.

Der Junge bückte sich und umarmte seine Mutter ungeschickt.

Marie zog sie hoch. Sie wollte nicht, dass jemand sie so sah. »Komm, wir müssen hier weg!«

Lore hörte auf zu weinen. Sie hob die Tüten mit den Lebensmitteln auf, sammelte die Bierdosen ein und ging mit Kevin zur Schneise zurück.

Marie befahl ihr, in dem Wagen, in dem sie gekommen war, auf sie zu warten. Zu Kevin gewandt, sagte sie: »Wir fahren zu deinem Opa.« Der Junge strahlte sofort.

Lore nahm Kevin an der Hand und ging wortlos zur Straße zurück.

Marie holte das Messer, mit dem sie Tom die Kehle durchgeschnitten hatte.

Es waren nur wenige Meter zu dem Abstieg über die Steilküste, einer schmalen Holztreppe.

Der salzige Wind wehte Marie die Haare aus dem Gesicht. Für einen Moment blieb ihr die Luft weg. Das tat gut. Die Ostsee.

Sie stieg die Treppe hinab.

Es war ein kalter, grauer Strand mit faustgroßen Steinen, die bei jedem Schritt Maries aneinanderkratzten. Das Meer war ruhig und braun.

Schon nach wenigen Schritten durch die Gischt hörten die Steine auf. Marie ging auf Sand. Das Wasser war eiskalt, aber das machte ihr nichts aus.

Sie lief in die Ostsee hinein, bis das Wasser ihr zur Hüfte reichte. Dann warf sie das Messer in einem weiten Bogen ins Meer.

Marie fand in der Hütte frische Sachen von Lores Mutter. Eine Hose und einen Rock, auch Wollstrümpfe. Marie zog sich um. Im Küchenschrank gab es eine Flasche mit flüssigem Grillanzünder. Sie schüttete einen Teil davon über Tom, den Rest über das Bett. Dann zündete sie die Flüssigkeit an. Sofort schlugen Flammen hoch. Sie tanzten auf Toms Leiche. Das geronnene Blut brodelte leicht, dann verdampfte es bis auf eine schmale Spur.

Als Marie sich in der Schneise umdrehte, sah sie einen weißlichen Feuerschein hinter den Fensterscheiben. Es dauerte nicht lange, bis die Flammen aus dem Dach schlugen.

Es prasselte. Das Holz der Hütte brannte wie Zunder.

Lore hatte Kevin auf die Rückbank von Roberts Wagen gelegt. Marie deckte ihn mit Decken aus der Hütte zu. Er lag so ruhig, als würde er gleich einschlafen.

Marie stieg ein und startete den Motor. Sie konnte Lore nicht allein fahren lassen. Den Toyota von Lores Vater ließ sie zurück.

Auf der Straße von Dranske nach Altenkirchen kam ihnen in schnellem Tempo eine Wagenkolonne entgegen. Es waren Polizeifahrzeuge mit Blaulicht. Am Ende der Kolonne fuhr ein Zivilfahrzeug.

Für einen Moment glaubte Marie, das verkniffene Gesicht von Bäsch im Fond erkannt zu haben.

Marie empfand seine Anwesenheit auf Rügen nicht als Bedrohung – auch wenn sie zeigte, dass Fürbringers Nachfolger sich über alle Zuständigkeiten hinwegsetzte, wenn es um sie und Lore ging. Aber seit der Freund tot war, konnte nichts mehr Marie schrecken.

Sie würde auch mit Bäsch fertig werden.

Sie hatte vor nichts mehr Angst. Sie spürte keinen Schmerz mehr.

Marie konnte wieder richtig atmen. Ihre Lunge war frei.